Vera Nentwich

Tote singen selten schief

AF288569

Zu diesem Buch

Du möchtest singen und dann ist die Chorvorsitzende tot. Da bleibt nur eines zu tun: Mörder jagen!

Sabine „Biene" Hagen kommt mit zur Probe des Frauenchors Harmonia. Doch der fröhliche Gesang nimmt ein jähes Ende. Die Vorsitzende des Chors ist auf der Fahrt zur Probe zu Tode gekommen. Nur logisch, dass die Chorschwestern die erfahrene Detektivin Biene Hagen bitten, in dem Fall zu ermitteln. Doch die erste Verdächtige ist ebenfalls im Chor.
Auch sonst ist Bienes Leben kompliziert genug. Der äußerst attraktive Schulfreund ihres Kompagnons kommt zu Besuch und zu allem Überfluss stiehlt jemand ausgerechnet das Fahrrad von Oma Trudi.

Biene hat alle Hände voll zu tun, die Verdächtigen unter die Lupe zu nehmen, das Gefühlschaos in den Griff zu bekommen und nicht zuletzt Omas Fahrrad wiederzufinden.

Vera Nentwich ist witzig und irgendwie ungewöhnlich. Die Autorin ist Entertainerin durch und durch und schreibt seit Jahren erfolgreich humorvolle Krimis und Romane. Am wohlsten fühlt sie sich jedoch auf der Bühne. Ihre Lesungen können schon mal zu einer fulminanten Show ausarten, bieten gleichzeitig aber jede Menge Tiefgang. Vera Nentwich lässt sich nicht in starre Formen pressen und steht für die Freiheit, Dinge neu zu denken. Ob sie sich für die Belange Schreibender einsetzt oder ihre eigenen Ideen in die Tat umsetzt: Vera Nentwich ist unkonventionell und erfrischend anders.

Vera Nentwich

Tote singen selten schief

Mehr über die Autorin und ihre Bücher:
www.vera-nentwich.de

Bienes frühere Fälle:
Tote Models nerven nur
Liebe vertagen, Mörder jagen
Tote machen Träume wahr
Tote Bosse singen nicht
Tote Trolle meckern nicht
Tote Tanten plaudern nicht
Tote Trainer pfeifen nicht

Ebenfalls von Vera Nentwich erschienen:
Kick ins Leben
Rausgekickt: Blaue Vögel
Pseudonyme küsst man nicht
Wunschleben
Frau Appeldorn und der tote Maler
Frau Appeldorn und der tote Bademeister

Ähnlichkeiten mit lebenden oder verstorbenen Personen sind
rein zufällig und nicht beabsichtigt.

1. Auflage September 2024
© 2024 Vera Nentwich, c/o coni GmbH
Lewerentzstraße 104, 47798 Krefeld
Lektorat: Dorothea Kenneweg
Korrektorat: Gundi Fischer
Covergestaltung: Catrin Sommer - rausch-gold.com
Druck: Sowa Sp. z o.o., Piaseczno Business Park
ul. Raszynska 13, 05-500 Piaseczno, Poland
ISBN 978-3-9818806-8-7

I

„Du meinst wirklich, dass ich da mitmachen soll?" Ich drehe mich zu meiner besten Freundin Betty, nachdem sie den Wagen in die Parklücke manövriert hat. Sie stoppt den Motor und verzieht das Gesicht zu einem schiefen Grinsen.

„Jetzt sind wir schon mal hier. Da kannst du es dir auch ansehen. Wenn es wirklich nichts für dich ist, dann lässt du es eben."

Wir steigen aus und gehen einige Schritte, bis wir an der Albert-Mooren-Halle ankommen. Im Keller dieser in die Jahre gekommenen Veranstaltungshalle im Grefrather Ortsteil Oedt probt der Frauenchor Harmonia Oedt e.V.. Betty ist seit einiger Zeit Mitglied, und genauso lange bearbeitet sie mich, dass ich sie einmal begleiten solle.

„Ich kann nicht singen", habe ich jedes Mal erwidert, und Betty hat immer milde gelächelt.

„Das glaube ich nicht", hat sie stets dagegengehalten. Sie lässt nicht locker, wenn sie sich etwas in den Kopf gesetzt hat. In einem schwachen Moment habe ich mich breitschlagen lassen. Ergeben folge ich ihr durch den Eingang zur Gaststätte, die zur Halle gehört. Direkt hinter der doppelten Glastür gehen wir nach rechts die Treppe hinunter und folgen dem Gang bis zu einem Raum ganz am Ende. Fröhliches Stimmengewirr ist schon zu vernehmen, bevor wir die Tür öffnen.

Einige der Frauen sehen zu uns, als wir den Raum betreten.

„Ich hole mal unsere Vorsitzende", lässt Betty mich wissen. Sie sucht den Raum mit Blicken ab.

Geschätzt etwa vierzig Frauen aller Altersklassen tummeln sich in dem Saal. Die meisten scheinen so im Alter von vierzig bis sechzig zu sein. Einige wenige ordne ich in meine Altersklasse ein. Ebenso könnten einige Damen durchaus die siebzig erreicht haben.

„Hallo, du musst Sabine sein." Eine Frau kommt auf mich zu. Sie ordne ich eher den Jüngeren zu. Sie ist wahrscheinlich so gerade vierzig. Sie hat schulterlanges dunkelbraunes Haar, trägt eine markante Brille, die mich sofort für sie einnimmt, und hat eine sportliche, schlanke Figur.

„Ich bin Svenja, die Schriftführerin des Vereins." Sie reicht mir die Hand.

„Sabine Hagen, das weißt du ja schon", stammele ich. „Mich nennen aber alle Biene."

Sie nickt freundlich. „Ja, Betty hat uns schon von dir erzählt. Schön, dass du heute bei uns reinschnuppern möchtest."

Betty kommt zu uns. „Sind Petra und Nicole noch nicht da?"

Svenja schüttelt den Kopf. „Nein, ich habe sie noch

nicht gesehen. Vielleicht holen sie sich oben noch etwas zu trinken."

„Nicole ist unsere Vorsitzende, und Petra die zweite Vorsitzende", erläutert Betty in meine Richtung.

Ich nicke und beobachte das Treiben um mich herum. Der Saal hat den Charme der achtziger Jahre. An den weißen Wänden stehen einige Vitrinen, die mit Pokalen vollgestopft sind. An der rechten Wand hängen Fotos und Urkunden, die auf die lange Geschichte des Chores hinweisen. Ich bemerke überrascht, dass der Chor schon seit 1938 besteht und in früheren Jahren einige Auszeichnungen als Meisterchor eingesammelt hat. Dies mildert nicht gerade meine Nervosität.

„Sie kommen sicher gleich", hängt Svenja an, als sich die Tür öffnet und ein Mann eintritt. „Ach, da kommt unser Chorleiter Martin Abels."

Ich drehe mich zu dem schlaksigen Mann um. Sein Haaransatz ist schon weit zurückgedrängt, aber ansonsten versprüht er einen jugendlichen Elan. Seine Augen leuchten.

„Das ist Sabine. Sie möchte heute mal bei uns reinschauen."

Der Chorleiter lächelt mich an. „Wie schön."

Ich ergreife seine ausgestreckte Hand. „Mich nennen alle nur Biene."

„Und mich Martin", erwidert er. „Weißt du denn,

welche Stimmlage du hast?"

Ich schüttele den Kopf. „Ich habe keine Ahnung."

Er macht einen Schritt an den Flügel, der mitten im Raum steht, legt seine Unterlagen darauf ab und wendet sich wieder mir zu.

„Sopran bist du nicht, denke ich."

Ich sehe ihn überrascht an. „Echt?"

„Meinst du, dass du eine Sopranstimme hast? Ich schätze eher, dass sie tiefer liegt. Vielleicht Mezzo, aber eher doch Alt." Er sendet mir ein Lächeln.

„Wenn du das sagst."

„Ja, ich schlage vor, wir versuchen es mal im Alt 1. Wenn du dich dann entscheidest, bei uns zu bleiben, setzen wir zwei uns mal zusammen und ermitteln das genauer."

„Okay", lasse ich zögerlich verlauten.

„Jetzt hab erst mal Spaß bei uns", wünscht mir Martin.

„Ist doch toll", wendet Betty ein. „Dann sind wir in der gleichen Stimmgruppe."

Das beruhigt mich ein wenig.

„Wir stehen da hinten", erläutert Betty gerade, als die Tür zum Raum noch einmal aufgestoßen wird.

„Entschuldigt die Verspätung." Eine abgehetzt wirkende Frau rauscht herein. Sie wirft ihre Tasche auf einen der an der Wand stehenden Tische und kommt auf uns zu.

„Hallo Petra. Wir haben dich schon vermisst", begrüßt Betty den Neuankömmling.

„Ja, es ist heute alles irgendwie verhext."

Svenja kommt wieder zu uns. „Nicole ist auch noch nicht da."

„Echt?" Petra lässt den Blick durch den Raum gleiten. „Hat sie denn etwas gesagt?"

Die Schriftführerin zuckt mit den Schultern. „Nicht, dass ich wüsste."

Der Chorleiter haut auf eine Tischglocke, die auf seinem Flügel thront, und sofort stoppt das konstante Gebrabbel. Betty zupft an meiner Jacke. „Komm", raunt sie mir zu. Ich beeile mich, ihr ans Ende des Raums zu den dortigen Sängerinnen zu folgen. Wir setzen uns in die hintere Reihe. Svenja nimmt vor uns Platz. Ich werfe meine Jacke über den freien Stuhl neben mir.

„Wir singen uns erst einmal ein!" Martin macht eine ausladende Handbewegung. Sofort erheben sich alle Frauen. Ich benötige einen Moment, um zu realisieren, dass ich aufstehen soll, und folge verspätet.

„Nun unsere Sequenzen", lässt Martin wissen und spielt eine Tonfolge. Auf sein Kopfnicken setzen alle Sängerinnen ein und singen eine Folge aus la, nö und wieder la. Betty flüstert mir die Silbenfolge zu und bei der zweiten Tonfolge kann ich vorsichtig einsteigen. Die ganze Prozedur wird mehrfach mit geänderten Silben- und Tonfolgen wiederholt. Dann gibt Martin das Signal, dass das Einsingen beendet ist, und sagt das erste Lied an. Dazu nennt er eine Nummer, und alle nehmen einen Ordner zur Hand, in dem sie nach den Noten suchen.

Eternal Flame hat er aufgerufen, und Betty nimmt die entsprechenden Noten aus der Klarsichtfolie und hält sie mir hin. „Ich kann das Stück auswendig", erklärt sie, während ich zögerlich zugreife.

Ich rücke meine Brille zurecht und betrachte das Papier, das sie mir zuvor in die Hand gedrückt hat. Ich kann Noten nicht lesen, wie ich Texte lese. Ich kann nur erkennen, wann die Töne höher oder tiefer sein sollten und wann eher kurz oder wieder länger. Nur vage erinnere ich mich an den Musikunterricht in der Schule. Wie hieß noch die Musiklehrerin? Ich muss dem Reflex widerstehen, Betty anzustupsen und sie danach zu fragen, denn Martin spielt das Intro zum Stück und gibt mit einem Kopfnicken den Einsatz. Alle beginnen zu singen. Ich versuche, mich im Gewirr der Symbole zu orientieren. Betty ist in ihrem Element und singt mit Inbrunst. Alle Frauen um mich herum sind mit vollem Eifer dabei. Der Chorleiter sitzt an seinem Flügel und wedelt mit den Händen, sendet mal hierhin einen auffordernden Blick und dorthin ein eher ermahnendes Nicken. Ich atme tief ein und versuche, mit einzustimmen. Überraschenderweise erklingen Töne, und ich lasse mich darauf ein. Was soll's? Schließlich habe ich den Song im Auto schon diverse Male laut mitgesungen. Nur singen die Altistinnen bei diesem Stück nicht die bekannte Melodie, sondern eine zweite Stimme, und dies ist an manchen Stellen eine Herausforderung für mich. Einige Male gleite ich in die Hauptstimme ab, aber niemand scheint dies zu bemerken. Oder zumindest geschieht nichts, was darauf deuten ließe. Ich werde mutiger und lasse meine Stimme kräftiger ertönen. Als ich ansetze, um „You belong to me" zu schmettern, gibt Martin das Signal zum Stopp. Ich zucke unweigerlich zusammen. Habe ich etwas falsch gemacht? Sagt er jetzt, dass ich doch lieber nur zuhören solle?

Er sieht in meine Richtung. Oder ist die ganze Stimmgruppe gemeint? Dann lächelt er. „Alt eins singt an der Stelle mmh", erläutert er. Einige der Frauen neben mir, Betty eingeschlossen nicken ertappt und lachen. Ich schaue in das Notenblatt und entdecke die gemeinte Stelle. Okay, wenn es auch andere falsch gemacht haben, kann ich nichts dafür. Ich spüre, wie mir ein riesiger Felsbrocken vom Herzen fällt. Martin erklärt den Frauen im Sopran, dass sie eine Stelle erst leise angehen und sich dann langsam steigern sollen. Dann zählt er erneut ein, und wir beginnen von vorne. Dieses

Mal achte ich genau auf die Noten und den dazugehörigen Text und bemühe mich, Bettys Gesang zu folgen. Es gelingt mir mehr und mehr. Die Stelle mit dem Summen funktioniert reibungslos, und Martin äußert seine Zufriedenheit. Dann sagt er das nächste Lied an.

Ich lasse alle Bedenken fahren, und bis zum Schluss habe ich mich wirklich verausgabt. Ich hätte nicht gedacht, dass Singen mir einen derartigen Spaß machen könnte.

Betty grinst mich an, als Martin die Probe beendet. „So, wie deine Augen leuchten, scheint es dir gefallen zu haben."

„Du hattest tatsächlich recht. Ist ein schönes Gefühl, seine Stimme so zu spüren."

Die Sängerinnen stehen von ihren Stühlen auf, und sofort setzen die Gespräche wieder ein. Betty gesellt sich zu einem der Grüppchen. Ich schlüpfe in meine Jacke, während ich mich in der Runde umschaue. Aus allen Richtungen schnappe ich Gesprächsfetzen auf. Die Frauen scheinen voller Elan bei der Sache zu sein. Die lebendige Atmosphäre ist ansteckend, und ich muss zugeben, dass ich dagegen nicht immun bin.

Petra kommt wieder auf mich zu. „Und, wie war es für dich? Ist doch gar nicht so schwer, oder?"

Sie hat die fünfzig definitiv überschritten. Das Haar ist kurz und grau mit blonden Strähnen. Sie trägt eine goldene Brille mit dünnem Gestell. Ihre Statur könnte man füllig nennen, was sie durch ein weit fallendes Shirt mit einem großflächigen, bunten Aufdruck zu kaschieren versucht, das sie zu einer hellen Jeans trägt.

„Macht tatsächlich Spaß", muss ich gestehen.

„Wir sind eine lustige Truppe, oder?"

Ich nicke, während Betty zu uns kommt.

„Es tut mir leid, dass Nicole noch nicht da ist. Sie ist unsere Vorsitzende", fährt Petra fort.

„Wo steckt sie denn eigentlich?", meldet sich Betty zu Wort.

Petra zuckt mit den Schultern. „Ich habe keine Ahnung. Sie hat nicht gesagt, dass sie nicht kommt."

„Hast du mal versucht, sie anzurufen?"

Die Angesprochene schüttelt den Kopf. „Aber das mache ich jetzt mal." Wir verfolgen, wie sie zur Garderobe geht, um ihr Handy aus der Tasche zu fischen.

„Nicole ist sonst immer überpünktlich. Ich kann mich nicht erinnern, dass sie je gefehlt hätte", erläutert Betty, während sie sich ihre Jacke anzieht.

„Sind alle wirklich nett bei euch", stelle ich fest, während mir eine Chorsängerin lächelnd zunickt. Ich nicke zurück, und sie nimmt dies zum Anlass, auf mich zuzukommen.

„Hallo, ich bin Astrid", stellt sie sich vor. „Toll, dass du gekommen bist."

„Danke."

„Sag mal, darf ich dich etwas fragen?"

Ich nicke und bin gespannt, welche Frage ihr auf den Nägeln brennt.

„Du bist doch die Detektivin, oder?"

Wieder nicke ich und hebe die Mundwinkel zu einem Lächeln. „Ja, das hat sich in Grefrath wohl schon rumgesprochen." In meinen Jackentaschen taste ich nach meinen Visitenkarten.

„Wow!" Sie schürzt anerkennend die Lippen. „Ist das nicht total gefährlich?"

„Ach, nein", wiegele ich ab. „Das wird überschätzt."

„Aber, sag mal …" Sie macht eine Pause und beugt sich etwas zu mir hinunter. „Du machst das doch zusammen mit diesem reichen Spanier, oder?"

„Er ist Argentinier. Aber ja, Jago ist mein Geschäftspartner."

„Nur Geschäftspartner?" Zu verzieht das Gesicht zu einem Grinsen.

„Absolut. Nur Geschäftspartner."

„Das heißt, er ist noch zu haben?"

Ich kann meine Überraschung bei dieser Wendung des Gesprächs nicht ganz verbergen und höre auf, nach meinen Visitenkarten zu kramen. Ich ordne Astrid ebenfalls älter ein, als ich es bin. Die Vierzig dürfte sie zumindest streifen, wenn nicht schon überschritten haben. Sie hat ein freundliches Gesicht mit markanten Pausbäckchen. Ihre Haarfarbe gleicht fast meiner, aber bei ihr ist doch ein deutlicheres Goldblond zu erkennen. Bei mir ist es mehr ein Aschblond. Zudem trägt sie ihr Haar lang und hinten zu einem Pferdeschwanz zusammengebunden. Ich mag es lieber kürzer, höchstens kinnlang. Meine Frisur soll so wenig Arbeit machen wie nur möglich. Astrid wirkt sympathisch auf mich, aber bei allem, was ich bisher über Jagos Frauengeschmack weiß – und das ist nicht viel – passt sie so gar nicht in dieses Bild. „Soweit ich weiß, hat er keine feste Beziehung. Aber, ehrlich gesagt, weiß ich nicht viel über das, was Jago in seinem Privatleben so macht."

Der Blick von Astrid bekommt etwas Schwärmerisches. „Ich habe ihn einige Male in Grefrath gesehen, wie er da mit seinem schicken Sportwagen herumfährt. Sieht nicht schlecht aus."

Mit Sportwagen untertreibt sie fast. Jago fährt einen Aston Martin, der in einer kleinen Gemeinde wie Grefrath kaum auffälliger sein könnte. Ich zucke mit den Schultern. „Ja, kann schon sein."

„Dein Leben muss echt total aufregend sein."

Wer hätte gedacht, dass man dies einmal über mich denken würde. Dass man ausgerechnet mein Leben für aufregend hält. Sabine Hagen, die alle nur Biene nennen, geschrieben wie das Insekt, 32 Jahre jung, ledig, lebt bei der Oma im Haus, ist nie groß aus der kleinen Gemeinde Grefrath am Niederrhein herausgekommen, und plötzlich soll sie in den Augen der Menschen ein aufregendes Leben haben. Das muss ich erst einmal verdauen.

Petra kommt zurück und schwenkt die Hand mit dem Handy hin und her. „Nicole geht nicht ans Telefon. Ihr wird doch wohl nichts passiert sein?"

„Ach, man muss ja nicht gleich an das Schlimmste denken", wende ich ein. „Von wo kommt sie denn?"

„Sie ist aus Vorst. Bei dem trockenen Wetter heute ist sie sicher mit dem E-Bike gefahren."

Ich hebe beschwichtigend die Hände. „Vielleicht hat sie einfach einen Platten. Oder der Akku hat den Geist aufgegeben. Es kann viele Gründe geben."

Petra wirkt nicht überzeugt. „Ich rufe mal bei Heiko an."

„Das ist Nicoles Mann", erklärt mir Betty gerade, als Martin zu mir kommt.

„Wie hat es dir gefallen?"

„Ganz gut, eigentlich", stammele ich. „Aber ist es nicht viel wichtiger, was du denkst? Meinst du denn, ich könnte hier mitsingen?"

Er lacht, und seine blauen Augen blitzen auf. „Ja, natürlich."

„Na, so natürlich ist das nicht. Ich kann nicht mal

richtig Noten lesen, und habe noch nie so viel gesungen wie heute. Ich will ja nicht, dass ich euch irgendwie ausbremse."

„Ach, Sabine", wieder lacht er auf. „Aber du möchtest lieber Biene genannt werden, oder?"

„Ja, gerne."

„Liebe Biene, mach dir da keine Sorgen. Was ich gehört habe, war völlig in Ordnung. Und das mit dem Notenlesen ist kein großes Hindernis. Das Wichtigste ist, dass du Freude am Singen hast."

„Es hat schon irgendwie Spaß gemacht."

„Dann ist ja alles gut. Ich freue mich, dich nächste Woche wiederzusehen." Er schenkt mir ein weiteres Lächeln und wendet sich einer anderen Sängerin zu, während ich im Augenwinkel Petra beobachte, die sich das Handy ans Ohr hält.

„Dann bist du nächste Woche wieder dabei?", fragt Betty und grinst.

„Sieht wohl so aus."

Sie tätschelt mir die Schulter. „Das finde ich richtig toll."

„Hört mal alle!", ist Petra zu vernehmen. Alle stocken in ihren Gesprächen und sehen zu ihr. Sie starrt auf ihr Handy, und ihr Gesicht sieht aus, als wäre sie Frankenstein persönlich begegnet. „Etwas Schreckliches ist geschehen. Nicole hatte einen Unfall." Sie stockt und lässt die Hand mit dem Telefon kraftlos sinken. „Sie ist tot."

Die Stille durchdringt den Raum. Alle sehen sich mit schreckgeweiteten Augen an. Einige halten sich die Hand vor das Gesicht. Von irgendwo ist ein Schluchzen zu vernehmen. Ich gehe zu Petra, die stocksteif an ihrem Platz steht und in die Weite zu starren scheint.

„Das ist ja schrecklich. Was ist denn passiert?"

Sie sieht zu mir, als müsste sie erst einmal realisieren, wo sie ist. Dann ändert sich ihr Blick, und sie nimmt mich wahr. „Ich weiß es nicht genau. Die Polizei war gerade bei Heiko, ihrem Mann. Er konnte mir nicht viel sagen. Jemand hat sie wohl von der Straße gedrängt und ist dann abgehauen."

„Das tut mir so leid." Ich nehme sie in den Arm, und sie lässt es geschehen. Dass ein so schöner Abend voller Freude ein solch trauriges Ende nehmen muss, erschüttert mich.

II

„Du hast gesungen?" Meine Oma hält ihre Kaffeetasse auf halbem Weg zum Mund und reißt die Augen auf. „Ich habe dich noch nie singen gehört."

Ich lege das Brötchen ab, von dem ich einen Bissen genommen habe, und kaue schneller, um ihr antworten zu können. „Ja, es hat mich selbst verwundert. Ich habe immer gedacht, dass ich nicht singen kann. Aber gestern Abend hat es wirklich Spaß gemacht."

Oma nippt an ihrem Kaffee. „Heißt das, du machst das jetzt öfter?"

Ich nicke. „Ich denke schon." Dann muss ich an das abrupte Ende der Chorprobe denken. „Wenn es denn überhaupt weitergeht."

„Wie meinst du das?"

„Die Vorsitzende des Vereins ist gestern Abend tödlich verunglückt."

„Was? Wie schrecklich!"

„Was steht denn bei dir heute an?", wechsele ich das Thema. Ich habe schon bemerkt, dass Oma ihr neues Shirt mit viel Glitzer trägt.

„Heute machen wir eine Tour mit der Fahrradgruppe", erklärt sie mir. Meine Oma ist aktiv im Forum „Älter werden" der Gemeinde. Dort organisieren die Senioren selbst die verschiedensten Aktivitäten. Die Fahrradgruppe hat es Oma besonders angetan.

„Karl kommt gleich vorbei und holt mich ab." Karl ist jetzt schon länger ihr Freund. Ein netter Kerl, der ihr guttut, auch wenn sie sehr darauf bedacht ist, dass er nicht zu oft vorbeischaut. Ihre Unabhängigkeit ist ihr wichtig, und das ist ein Zug, den ich auf jeden Fall von ihr geerbt habe. Ich schätze meine Freiheit ebenfalls sehr. Auch wenn meine Freundinnen deshalb gelegentlich behaupten, ich sei bindungsunfähig. Insbesondere, nachdem zuletzt meine Beziehung zu Jochen in die Brüche gegangen ist.

Ich habe mir schon oft Gedanken darüber gemacht, warum ich mich so schwertue, mich auf ihn oder sonst irgendjemanden einzulassen. Vielleicht liegt es an dem frühen Verlust meiner Eltern. Seit sie tödlich verunglückt sind, als ich zwölf Jahre alt war, lebe ich bei meiner Oma. Mein Großvater ist ebenfalls vor Jahren gestorben, und so haben wir nur noch uns. Zusammen leben wir in ihrem Haus. Sie im Erdgeschoss, und ich habe meine eigene Wohnung in der ersten Etage. Aber zumeist sitze ich bei Oma in der Küche.

Es klingelt.

„Das wird Karl sein. Ich muss los", verkündet Oma und hastet zur Tür.

Ich sehe ihr nach, wie sie ihre Jacke greift und die Tür öffnet. Ich habe eine genaue Sicht auf sie durch die geöffnete Küchentür und kann erkennen, dass hinter der Haustür nicht Karl steht, sondern ein junger Mann mit hellen Haaren, der einen Stapel Pakete trägt.

„Ihre Nachbarin ist nicht da. Kann ich die Pakete bei Ihnen abgeben?" Er hat einen deutlichen Akzent, der auf osteuropäische Wurzeln hindeutet.

„Nicht schon wieder", antwortet Oma. „Beim letzten Mal haben Sie mir Pakete von Leuten gegeben, die einige Häuser weiter wohnen, und die ich gar nicht kenne. Es hat Tage gedauert, bis ich herausgefunden hatte, bei wem ich endlich die Pakete loswerden konnte."

„Nehmen Sie sie jetzt oder nicht?"

Er macht Anstalten, den Stapel abzustellen.

„Wagen Sie es nicht, mir den Kram einfach vor die Füße zu knallen!"

„Wo soll ich denn hin mit den Paketen?" Der Bote schaltet auf einen flehentlichen Tonfall um.

„Woher soll ich das wissen? Da müssen Sie eben nochmal wiederkommen."

Er knurrt etwas in einer osteuropäischen Sprache, was nicht nett klingt, und dreht sich zum Gehen. Dabei stößt er mit seinen Paketen an Omas Drahtesel. Mit einem lauten Scheppern fällt es um.

„Passen Sie doch auf! Mein Fahrrad", schimpft sie und drängt sich an ihm vorbei, um es wieder aufzurichten.

Der Bote knurrt erneut etwas Unverständliches und hastet mit seiner Sendung zu seinem Wagen. Er schleudert die Pakete mit einer deutlich erkennbaren Wut in seinen Transporter, knallt die seitliche Tür zu und steigt auf der Fahrerseite ein.

Während ich den ziemlich lädierten Kleinlaster betrachte, der ursprünglich mal weiß gewesen sein könnte, und darüber nachdenke, dass hoffentlich nichts Zerbrechliches in den Paketen ist, rast er los.

Oma richtet ihr geliebtes Fahrrad auf und wischt mit der Hand Gras vom Lenkrad. Ich muss immer schmunzeln, wenn ich sie damit sehe. Außenstehende vermuten gewiss nicht, dass dieses Gefährt einer Frau von Mitte siebzig gehört. Das rosafarbene Gestell mit seinem mit Kunststoffblümchen geschmückten Körbchen wäre eher angemessen für ein junges Mädchen. Aber vielleicht passt es dann doch wieder zu meiner Oma; schließlich ist sie im Herzen immer dieses junge und neugierige Kind geblieben. Sie schiebt ihr Zweirad an die Hauswand und kommt dann wieder zurück.

„So ein unangenehmer Kerl", brummelt sie, als sie sich wieder an den Küchentisch setzt.

„Ja, er hätte höflicher sein können, aber …"

Sie lässt mich nicht ausreden. „Was?"

„Ich meine, diese Paketboten haben wirklich keinen leichten Job. Ich kann schon verstehen, dass er die Lieferung schnell abgeben möchte. Für jede wiederholte Anfahrt bekommt er wahrscheinlich Druck von seinen Vorgesetzten."

Sie nickt langsam und sinkt in ihren Stuhl. „Ja, du hast ja recht. Aber er hat es sich zu einfach gemacht. Ich hatte beim letzten Mal Pakete hier stehen von Leuten, die drüben auf der Umstraße wohnen. Es kann doch nicht meine Aufgabe sein, die Pakete durch den halben Ort zu verteilen. Als ich die Empfänger endlich gefunden hatte, sagten sie mir, dass auf ihrer Benachrichtigung nur stand, die Pakete seien beim Nachbarn abgegeben worden. Ich wohne einen halben Kilometer weit weg. Das geht doch nicht."

„Ja, du hast recht", pflichte ich ihr bei, als es wieder an der Tür klingelt.

„Das ist jetzt bestimmt Karl", verkündet Oma und ist schon wieder auf dem Weg zur Tür. Dieses Mal bestätigt sich die Annahme, als Karl nach dem Öffnen zu mir herüberwinkt. Oma greift wieder ihre Jacke und hebt auch noch einmal kurz ihre Hand in meine Richtung.

„Viel Spaß!", rufe ich ihr nach, und schon sind sie verschwunden.

Ich nehme den letzten Bissen von meinem Brötchen, leere die Kaffeetasse und räume das Geschirr in die Spüle. Nach einem letzten Kontrollblick, der mir bestätigt, dass alles ordentlich ist, greife ich mir Jacke und

Tasche von der Garderobe und verlasse ebenfalls das Haus.

Es ist ein schöner Frühlingsmorgen. Ich fühle mich beschwingt. Ob es daran liegt, dass ich gestern gesungen habe? Zumindest erwische ich mich dabei, wie ich *Eternal Flame* vor mich hin summe, während ich die Dunkerhofstraße in Richtung Deversdonk hinunterradele.

Als ich die Tür zur Detektei öffne, höre ich Stimmen. Sie kommen aus Jagos Büro, und eine davon hat definitiv Jagos spanischen Akzent. Die andere Stimme ist gleichfalls männlich, aber ohne Akzent und mir gänzlich unbekannt. Die Unterhaltung ist lebhaft, und ich höre lautes Lachen. Ganz offensichtlich ist es kein Kundengespräch.

Ich hänge meine Jacke an den Haken und luge um die Ecke in Jagos Büro. Mein Kollege sitzt auf einem seiner Besucherstühle und sieht in meine Richtung. Mit dem Rücken zu mir sitzt ein anderer Mann, von dem nur sein Hinterkopf mit dem akkuraten Haarschnitt und der Kragen seines beigen Sakkos über die Rückenlehne hinausragen.

„Ola, Biene", begrüßt mich Jago und wedelt heftig mit der Hand. „Komm herein!"

Ich mache ein paar Schritte ins Büro. „Guten Morgen

zusammen."

Der Mann dreht seinen Kopf zu mir und erhebt sich dann. Jago tut es ihm gleich. „Ein guter Freund ist zu Besuch", erläutert er.

Der Mann steht jetzt vor mir. Er überragt mich etwas. Unter seinem Sakko trägt er ein schlichtes, weißes T-Shirt, das seinen gut definierten Oberkörper erahnen lässt. Er hat braune Augen, die mich genau mustern, kurzes, dunkles Haar und gebräunte Haut. Der Hauch eines herben Aftershaves weht mir um die Nase, und ich muss dem Reflex widerstehen, tief die Luft einzusaugen. Der Freund ist aber eindeutig kein Lateinamerikaner oder Südländer, wie es Jago ist. Vor mir steht auf jeden Fall jemand, der es sich im Leben gutgehen lassen kann. Man erkennt sofort, dass Jago und er Gemeinsamkeiten haben. Jago trägt ebenfalls vornehmlich Sakko, wenn es auch bei ihm im Regelfall schwarz ist. Statt des T-Shirts verhüllt bei ihm ein weißes Hemd den makellosen Oberkörper. Dennoch könnten sie Brüder sein.

„Das ist Chris. Christoph Selbrock. Mein bester Schulfreund", stellt Jago vor.

„Freut mich sehr, dich kennenzulernen. Ich habe schon viel von dir gehört." Der Schulfreund hält mir die Hand entgegen, und ich ergreife sie zögerlich.

Warum bekomme ich kein Wort heraus? Es ist, als ob ich gelähmt wäre. Oder besser, gefangen von der Ausstrahlung dieses verdammt gut aussehenden Kerls.

„Sie redet aber nicht viel, deine Partnerin", kommentiert Chris, ohne meine Hand loszulassen.

„Äh, Entschuldigung", bekomme ich dann doch heraus und ziehe meine Hand zurück. „Ich hatte nur nicht mit Besuch gerechnet."

Jago lacht. „Ich auch nicht. Chris stand überraschend vor der Tür."

Der Genannte dreht sich zu Jago. „Ich war in der Gegend und dachte, es wäre eine gute Gelegenheit, dass wir uns endlich mal wiedersehen. Wie lange ist das jetzt her, dass wir uns zuletzt getroffen haben?"

„War es nicht im vorigen Jahr in St. Moritz?" Jago runzelt die Stirn.

„Das ist leider schon zwei Jahre her. Erinnerst du dich nicht mehr? Wegen Corona konnten wir kaum etwas unternehmen."

Jago nickt. „Stimmt. Aber wir hatten trotzdem unseren Spaß." Er lacht auf, und sein Freund fällt mit ein.

„Wie du diese Schauspielerin …" Chris prustet los.

„Hör bloß auf!" Jago hält sich den Bauch vor Lachen. Ich kann mich nicht entsinnen, ihn je so entspannt und locker gesehen zu haben. Auch wenn wir über die Jahre sicher eine Art Vertrautheit entwickelt haben, so bleibt doch immer ein Rest Distanz zwischen uns bestehen.

„Mir scheint, ihr habt euren Spaß. Ich lasse euch

dann mal in euren Erinnerungen schwelgen." Ich drehe mich zum Gehen.

Das Lachen bricht ab. „Wir sind unhöflich", stellt Chris fest. „Bleib doch noch! Du musst mir unbedingt erzählen, wie du es geschafft hast, Jago hier in diesem Kaff festzuhalten."

„Also, ich glaube nicht, dass ich etwas damit zu tun habe."

Der Freund zieht einen Mundwinkel nach oben, was ihm einen sehr verschmitzten Ausdruck gibt und seine Grübchen betont. „Da habe ich aber ganz anderes gehört."

Jetzt wird es für mich interessant. Ich habe mich selbst immer wieder gefragt, was Jago ausgerechnet in der kleinen Gemeinde Grefrath hält. Schließlich könnte er überall auf der Welt leben. Er besitzt Wohnungen in mehreren Städten und verfügt über alle finanziellen Möglichkeiten. Dass ich ein Grund dafür sein könnte, dass er sich hier niedergelassen hat, ist mir nie in den Sinn gekommen. Nach anfänglichen Irritationen sind wir schließlich nur Freunde und Geschäftspartner. Er hat immer klargemacht, dass mehr nicht drin ist, und ich habe das längst verinnerlicht.

„Ach, was hast du denn gehört?", frage ich daher.

Chris setzt sich wieder in den Besucherstuhl unter der strengen Beobachtung von Jago. Ich ziehe mir ebenfalls einen Stuhl heran und setze mich. Jago sieht von ihm zu mir und zurück. Ich mustere seinen Gesichtsausdruck. Ist es ihm unangenehm? Chris wendet sich ihm zu und lächelt. Jago zuckt mit den Schultern, was das Signal sein könnte, dass er nichts gegen die Offenbarung hat.

Chris lacht kurz auf. „Als ob das nicht offensichtlich wäre."

Ich kann nicht umhin, ihn neugierig anzusehen, und er versteht meine Aufforderung.

„Na, er fühlt sich hier einfach geborgen. Nicht wahr, mein Lieber?"

Wieder zuckt Jago mit einer Schulter und lässt sich in seinem Stuhl zurücksinken.

„Hat er dir je von unserer Zeit im Internat erzählt?", fährt Chris fort.

Ich schüttele den Kopf.

„Wir waren unzertrennlich. Uns hat verbunden, dass wir uns beide von unseren Eltern abgeschoben gefühlt haben." Er seufzt leicht. „Du musst wissen, mein Vater ist ein stinkreicher Industrieller in dritter Generation. Und natürlich sollte ich als ältester Sohn in seine Fußstapfen treten. Zuerst war ich in einer öffentlichen Schule in Bochum. Ja, ich bin ein echtes Ruhrgebietskind." Wieder lacht er auf. „Aber mein Vater wollte verhindern, dass ich mich zu sehr mit den normalen

Leuten verbrüdere, und bestand darauf, dass ich eine besondere Ausbildung genießen sollte. Also wurde mir eines Tages gesagt, dass ich ins Internat in die Schweiz gehen würde." Er macht eine Pause, und es wirkt, als ob er sich sammeln müsse, um fortzufahren. Er spricht leiser, als er fortfährt. „Ich habe Rotz und Wasser geheult, bin einmal sogar weggelaufen, und die Polizei hat mich an der A40 aufgegabelt. Die ersten Wochen in der Schweiz waren die Hölle. Diese affektierten Söhne aus besserem Hause waren so gar nicht mein Fall. Dann kam Jago, und ich wusste, dass ist einer, dem es genauso geht."

Jago lächelt zaghaft.

„Für ihn war es noch viel schwerer als für mich. Ich meine, von Deutschland in die Schweiz ist zwar auch ungewohnt, aber kein Kulturschock. Aber von Argentinien? Und dann konnte er kaum die Sprache."

Jago nickt. „Das war hart", murmelt er nur.

Auch Chris nickt. „Ja, mehr als hart. Aber wir hatten uns, und das hat uns da durchgeholfen." Dann lacht er wieder auf. „Und später haben wir es ihnen gezeigt, stimmt's?"

Ich betrachte Jago, wie er da in seinem Stuhl sitzt und auf seinen Freund sieht. Zum ersten Mal wird mir bewusst, wie entwurzelt er sich gefühlt haben muss, und mir wird endlich klar, was er in Grefrath sucht.

„Nun ist er hier bei uns in Grefrath. Wir sind seine Familie."

Wenn ich es nicht besser wüsste, dann würde ich behaupten, dass sich Jago verstohlen eine Träne aus dem Augenwinkel reibt.

„Genug von mir", lenkt er ab. „Du hast noch gar nicht erzählt, was dich eigentlich nach Deutschland und speziell nach Grefrath führt?"

„Lebst du denn nicht in Deutschland, Chris?", frage ich.

Der schüttelt den Kopf. „Aktuell lebe ich in Boston."

„Chris war am MIT", erläutert Jago.

Ich kann nicht umhin, ihn fragend anzusehen.

„Massachusetts Institute of Technology, das ist eine der führenden Spitzenuniversitäten", führt er weiter aus.

„Wow." Ich schürze die Lippen, um meine Bewunderung auszudrücken. „Was machst du denn jetzt?"

„Ich habe ein Start-Up in Sachen KI und bin nach Düsseldorf eingeladen worden, um einen Vortrag zu halten. Da ist es doch meine Pflicht, bei dir vorbeizuschauen, oder etwa nicht?"

„Auf jeden Fall", pflichtet Jago ihm bei. „Wie lange bleibst du?"

Sein Freund winkt ab. „Ach, ich habe gesagt, dass ich die Gelegenheit nutzen möchte, um ausgiebig Freunde und Familie zu besuchen. Ich habe also einige Tage."

„Wie schön." Jago strahlt.

„Wo wohnst du denn?", wende ich den Blick auf die praktischen Fragen.

„Ich habe mich vorsorglich im Steigenberger in Düsseldorf einquartiert."

„Nicht schlecht", rutscht mir raus.

„Aber ich hatte gehofft, dass ich vielleicht bei dir …?" Er sieht Jago fragend an.

Dessen Blick bekommt etwas Schwärmerisches. „Si, natürlich. Du bist mir herzlich willkommen."

Chris' Miene hellt sich auf. „So wie früher. Wir zwei auf einer Bude. Das wird lustig."

Die Art, wie die beiden Männer sich ansehen, macht es ist offensichtlich, dass ein tiefes Band zwischen ihnen besteht.

Nachdem Chris sich verabschiedet hat, ist Jago kurz darauf ebenfalls verschwunden. Wer weiß, wohin. Mir war schon immer ein Rätsel, was er so anstellt, wenn er nicht mit mir unterwegs ist, um unsere Ermittlungsarbeit voranzutreiben. Ich drücke auf den Knopf unseres edlen Kaffeevollautomaten und beobachte, wie Milchschaum in mein Glas blubbert, als es klingelt. Während die Maschine weiter an meinem Getränk arbeitet, gehe ich zur Tür. Zu meiner Überraschung stehen Betty und die Chorsängerin von gestern davor. Wie heißt sie noch?

„Hallo, das ist ja eine Überraschung."

„Können wir kurz reinkommen?", fragt Betty, und ihr Gesicht sieht gar nicht glücklich aus. „Astrid und ich müssen etwas mit dir besprechen."

Ja, genau, Astrid war es. Ich mache einen Schritt zur Seite, damit sie eintreten können.

„Ich habe mir gerade einen Kaffee gemacht. Möchtet ihr auch einen?"

Betty sieht zu Astrid, und beide schütteln verneinend die Köpfe.

„Okay, dann lasst uns in mein Büro gehen." Ich weise den beiden mit der Hand den Weg, hole meine fertige Latte macchiato bei der Maschine ab und folge ihnen.

„Setzt euch", fordere ich sie auf und lasse mich selbst in meinen Bürostuhl sinken. „Was ist denn los?"

Astrid sieht Betty fragend an, und die gibt ihr mit einem Nicken zu verstehen, dass sie reden soll.

„Du hast doch gestern die schreckliche Nachricht noch mitbekommen, oder?", beginnt Astrid stockend.

„Ja, das war wirklich ein Schock. Wisst ihr denn schon Genaueres?"

Sie schüttelt den Kopf. „Das ist ja der Grund, warum wir hier sind."

„Ich verstehe nicht."

Betty ergreift das Wort. „Wir waren vorhin bei Heiko. Du erinnerst dich, Nicoles Mann. Wir wollten ihm unser Beileid ausrichten und sehen, ob wir etwas für ihn tun können."

Ich nippe an meiner Latte und fordere sie mit einer Kopfbewegung auf, weiterzureden.

„Jedenfalls war die Polizei heute Morgen nochmal bei ihm und hat ihm alle möglichen Fragen gestellt. Ob Nicole Feinde hätte. Ob er sich vorstellen könnte, dass jemand Nicole etwas antun wollte. So etwas. Sie gehen anscheinend davon aus, dass sie absichtlich angefahren wurde. Ist das nicht grauenvoll?"

„Du liebe Güte. Wie kommen die denn darauf?", wundere ich mich. „Hatte Nicole denn Feinde?"

Astrid schüttelt heftig mit dem Kopf. „Nein, Heiko konnte niemanden nennen."

„Normalerweise traut man eine solche Tat auch keinem Menschen zu", stelle ich fest.

„Deshalb sind wir hier." Astrid sieht zu Betty und fährt fort: „Betty meinte, dass du vielleicht helfen könntest. Schließlich bist du Detektivin."

„Wobei soll ich helfen?"

„Du sollst herauskriegen, wer Nicole dies angetan hat", meldet sich Betty zu Wort.

„Ich? Aber die Polizei ermittelt doch, wie ihr sagt."

„Ja, sicher. Aber doppelt gemoppelt hält besser,

oder?" Betty sieht mich herausfordernd an. „Komm, mach das für deine Chorschwestern!"

„Hey, ich war gerade einmal bei euch", protestiere ich.

„Und es hat dir Spaß gemacht."

„Der Polizei wird das aber gar nicht gefallen."

„Das hat dich doch noch nie gestört." Betty kennt mich einfach zu gut.

„Na gut, aber könnt ihr euch mich denn überhaupt leisten?"

Betty verzieht das Gesicht. „Möchtest du jemals wieder zu uns zum Mittagessen kommen?" Sie grinst.

Ich seufze. „Ich verstehe. Jago wird nicht begeistert sein. Er schimpft immer, ich solle nicht so viel ohne Bezahlung machen."

Astrid hebt den Kopf. „Ist er hier?"

„Nein, er ist vorhin gegangen."

„Ist er der eigentliche Grund, warum du gekommen bist?", fragt Betty und zwinkert ihr zu.

Astrid sinkt etwas zusammen. „Schade", murmelt sie.

„Das heißt also, du forschst ein wenig nach?", nagelt Betty mich fest.

„Ja, ja, ich gucke mal, was ich in Erfahrung bringen kann."

„Schön." Betty steht auf, und Astrid tut es ihr nach.

„Du meldest dich?"

Ich nicke.

„Wir sehen uns", Betty nickt mir zu und gibt der Chorkollegin das Signal zu gehen.

Wo soll ich in Dreiteufelsnamen mit meinen Nachforschungen ansetzen? Normalerweise würde ich zuallererst Jochen anrufen. Er ist bei der Polizei und könnte mir etwas zum Ermittlungsstand sagen. Okay, er würde sich zieren und lamentieren, dass er damit seinen Job riskiert, aber letztlich würde er dann doch etwas erzählen. Doch diese Option ist in weite Ferne gerückt. Zwischen uns herrscht aktuell Eiszeit. Er hat Schluss gemacht. Na ja, ich war nicht völlig unschuldig daran. Er wollte den nächsten Schritt machen, und ich habe mich damit schwergetan. Da hat er die Reißleine gezogen. Seither ist Jochen zum ersten Mal in meinem Leben nicht an meiner Seite. Schon in der Grundschule war er immer da und hat mich beschützt. Auch wenn ich mich so manches Mal lieber selbst geprügelt hätte. Nein, in diesem Fall werde ich ohne ihn klarkommen müssen.

Ich setze mich an meinen Schreibtisch und beginne, Informationen über Nicole zusammenzutragen. Nicole Dehler war die erste Vorsitzende des Frauenchors Harmonia e.V. in Oedt. Sie hat erfreulicherweise einen Facebook-Account mit diversen öffentlich einsehbaren

Informationen. Sie müsste 51 Jahre alt gewesen sein. Verheiratet mit Heiko; die beiden haben zwei Kinder, die schon erwachsen zu sein scheinen. Die Bilder, die man sehen kann, deuten auf eine glückliche Ehe hin, soweit man Bildern auf Social Media trauen kann. Die weitere Suche ergibt, dass sie bei der Gemeinde Grefrath gearbeitet hat. Auf der Webseite der Gemeinde finde ich sie als Ansprechpartnerin für Denkmalpflege im Fachbereich II – Bauen, Planen und Umwelt, der im Rathaus in Oedt sitzt.

Alles in allem scheint sie ein normales Leben geführt zu haben. Warum fährt jemand diese Frau einfach so über den Haufen? Auf jeden Fall muss es jemand gewesen sein, der wusste, dass sie um diese Zeit mit dem E-Bike zur Chorprobe unterwegs sein würde. Gut, vielen Menschen aus ihrem Umfeld wird dies bekannt gewesen sein. Gewusst haben es natürlich auch ihre Chorschwestern. Aber die waren ja alle selbst bei der Probe. Aber Moment mal: Kam nicht eine Sängerin verspätet? Hätte sie nicht vorher die Vorsitzende anfahren und es dann noch zur Probe schaffen können? Dies wäre besonders kaltblütig, aber möglich wäre es. Ich recherchiere weiter. Dieses Mal ist ein anderer Name mein Ziel.

III

Petra Eiken, wie die zweite Vorsitzende mit vollem Namen heißt, wohnt in Grefrath. Ich überlege, direkt zu ihr zu fahren, aber verwerfe den Gedanken wieder. Es ist besser, wenn ich es sachte angehe und erst einmal anrufe. Ich will sie nicht aufschrecken. Sollte sie wirklich etwas mit dem Tod von Nicole zu tun haben, wird sie sicher im Alarmmodus sein. Also wähle ich ihre Nummer und lausche dem Rufton. Ihre Stimme ertönt, die mich auffordert, eine Nachricht zu hinterlassen. Ich lege auf. Meine weiteren Nachforschungen muss ich verschieben. Ich lege das Telefon ab und betrachte den Stapel Papiere auf meinem Schreibtisch. Einige Fallberichte müssen dringend geschrieben werden, aber alles in mir sträubt sich dagegen, diese leidigen Aufgaben jetzt in Angriff zu nehmen. Ein Blick auf die Uhr sagt mir, dass ich mich um diese Zeit üblicherweise wieder auf den Weg nach Hause machen würde, um mit Oma zu Mittag zu essen, aber sie ist ja heute auf einer Radtour. Ein nettes Gespräch hätte mir jetzt gutgetan. Mein Blick geht aus dem Fenster über den Platz. Jetzt weiß ich, wie ich doch zu einem netten Gespräch kommen kann. Schon bin ich auf dem Weg zur gegenüberliegenden Bäckerei, um mir ein belegtes Brötchen zu holen. Ich hoffe, ich habe Glück, und Micha hat Dienst.

Neben Betty gehört Micha zu meinen besten Freundinnen. Die Dritte im Bunde ist Annette. Sie ist Krankenschwester in Kempen. Wir vier kennen uns seit der Schulzeit und haben schon so manche schöne, aber auch einige herausfordernde Etappen im Leben gemeinsam überstanden. Micha hat Mann und Kind und arbeitet als Bäckereifachverkäuferin. Ich kann sie schon bei der Arbeit sehen, als ich noch einige Meter von der Bäckerei entfernt bin. Sie sieht auf und nickt mir kurz zu, als ich eintrete, und packt das geschnittene Brot für eine Kundin in die Tüte. Nachdem die Frau bezahlt hat, wendet sie sich mir zu.

„Hallo Biene. Heute nicht bei Oma zum Mittagessen?"

Ich schüttele den Kopf. „Nein, sie ist auf einer Radtour unterwegs. Machst du mir so ein Brötchen mit Putenbrust und Ei?" Ich zeige auf ein größeres Exemplar.

Micha folgt meinem Finger und nimmt das Zielobjekt aus der Theke. „Klar, kriegst du. Mit Remoulade?"

„Ja, wenn schon, denn schon."

„Und 'ne Latte?"

„Wie du mich kennst." Ich grinse in ihre Richtung.

Sie lacht. „Na, das ist jetzt nicht so schwer. Kommt sofort." Sie stockt in ihrer Bewegung und sieht an mir vorbei. „Sagtest du nicht, dass deine Oma auf einer

Radtour ist?"

„Ja, wieso?"

Sie zeigt an mir vorbei. „Weil sie da gerade kommt."
Ich drehe mich um und kann sehen, wie Oma und Karl
aus einem Taxi aussteigen. Sie steuern auf die Detektei
zu. „Sie möchte definitiv zu dir", konstatiert Micha,
während ich weiter in Richtung des Büros starre, wo
Oma auf die Klingel drückt. Nach einer Weile realisieren sie, dass niemand im Büro ist und nach einem
kurzen Wortwechsel drehen sie sich in unsere Richtung.
Ich kann sehen, wie sie über den Deversdonk auf die
Bäckerei zukommen.

Kaum dass sie den Laden betreten haben, sprudelt
Oma schon los. „Dachte ich es doch, dass ich dich hier
finden kann, wenn du um diese Zeit nicht im Büro bist."

„Ich dachte, ihr seid auf Fahrradtour?"

„Waren wir auch", brummt Karl.

„Ist was passiert?"

Omas Blick verdunkelt sich. „Das kann man wohl
sagen", quetscht sie zwischen ihren Lippen hervor.

Nun hat sie meine volle Aufmerksamkeit. „Jetzt sag
schon!"

„Irgendein Mistkerl hat mein Fahrrad geklaut." Oma
sieht aus, als würde sie am liebsten jemandem eine
schallende Ohrfeige verpassen.

„Wir haben ein Päuschen am Bauerncafé gemacht",

erläutert Karl. „Als wir wieder losfahren wollten, fehlte Trudis Fahrrad."

„Ach, Mensch, dein schönes Rad." Zwar ist Omas Drahtesel schon in die Jahre gekommen und kann mit all den technisch aufgemotzten Geräten, die aktuell so herumfahren, nicht mithalten, aber es hat seinen Charme. Es ist traurig, wenn es jetzt für immer verloren wäre.

„Fehlte nur dein Rad?", hake ich nach.

Oma nickt.

„Warum klaut jemand ausgerechnet dein Fahrrad? Es war doch nichts Besonderes daran."

Sie betrachtet ihre Finger, und Karl verzieht das Gesicht. „Sag's ihr!", raunt er ihr zu.

„Es kann sein …" Sie stockt. „Okay, es kann sein, dass ich es nicht abgeschlossen hatte."

„Oh", rutscht mir heraus.

„Verdammt, wer rechnet denn damit, dass jemand mitten im Nirgendwo einfach so ein Fahrrad klaut", schimpft Oma weiter.

„Tja, du hast es dem Dieb auch leicht gemacht. Der hatte vielleicht einfach keine Lust zu laufen und hat die Gelegenheit genutzt. Dein Fahrrad ist doch registriert, oder?"

„Ja, ich denke schon", bestätigt Oma kleinlaut.

„Dann musst du es der Polizei melden, und wenn du

viel Glück hast, wird es irgendwo gefunden."

„Kannst du nicht Jochen anrufen? Der kann doch da bestimmt was tun."

„Du weißt doch, wie es zwischen mir und Jochen steht."

Micha stellt das Brötchen und die Latte macchiato neben mir auf die Theke und verfolgt unsere Unterhaltung.

„Wofür habe ich denn eine Enkelin, die Detektivin ist?", protestiert Oma. Karl will etwas einwenden, doch sie gibt ihm mit der Hand das Signal, still zu sein.

„Kannst du den Dieb nicht ausfindig machen?", fährt Oma fort.

„Wie soll ich das denn machen?"

„Kengk, was weiß ich? Du bist doch die Fachfrau. Tu eben irgendwas." Sie nennt mich häufig Kengk, was Grefrather Dialekt ist und Kind bedeutet.

„Oma", versuche ich zu beschwichtigen. „Ich verstehe ja, dass es dich trifft, wenn man dir das Fahrrad klaut. Aber es kann so ziemlich jeder gewesen sein, der irgendwann beim Bauerncafé vorbeigekommen ist. Wie soll ich da herauskriegen, wer das war?"

„Du schaffst das schon, Kengk. Sonst musst du eben doch Jochen anrufen, und um Hilfe bitten."

Oma dreht sich zum Gehen und zupft Karl am Ärmel, damit er ihr folgt. Mir kommt ein Gedanke, den ich aussprechen muss.

„Ist dein Fahrrad wirklich gestohlen worden, oder möchtest du nur, dass ich Jochen anrufe?"

Sie stockt und wendet sich wieder zu mir. „Dass du so etwas von mir denkst." Sie schüttelt den Kopf und verlässt dann gefolgt von Karl die Bäckerei.

„Zuzutrauen wäre es ihr", konstatiert Micha und grinst.

Ich nicke. „Ja, allerdings." Ich nehme das Brötchen und beiße hinein. Oma mag Jochen, und sie hat sich immer gewünscht, dass wir dauerhaft zusammenkommen würden. Da wäre so ein Trick, um uns wieder in Kontakt zu bringen, durchaus vorstellbar.

„Kennst du den Frauenchor in Oedt?", wechsele ich das Thema und wende mich Micha zu.

„Klar", bestätigt diese. „Ach ja, du warst ja bei der Probe, oder? Wie war es denn?"

„Eigentlich ganz schön, wenn nicht jetzt die Vorsitzende tot wäre."

„Was?" Micha sieht mich mit großen Augen an, und ich erzähle ihr die ganze Geschichte.

„Das ist ja schrecklich", konstatiert sie. „Hoffentlich geht es jetzt mit dem Chor weiter. Wäre schade drum."

„Warum soll es nicht weitergehen? Was weißt du denn über den Chor?"

Micha zuckt mit den Schultern. „Was jeder weiß. Den

Verein gibt es schon ewig, aber irgendwann ging es bergab. Die Frauen waren ziemlich in die Jahre gekommen, und es hieß, ohne Nachwuchs würde er sich auflösen. Dann kamen ein paar jüngere Frauen dazu und holten den neuen Leiter dazu. Der hat dann das Ruder rumgerissen. Wenn sie jetzt einmal im Jahr ihr Konzert in der Albert-Mooren-Halle geben, ist es immer proppenvoll."

„Ja, der Martin Abels hat wirklich ein einnehmendes Wesen."

Micha lächelt. „Der ist echt witzig. Beim Konzert rappt der sogar." Wieder lacht sie auf. „Das hat so gar nichts mehr mit der altehrwürdigen Truppe von früher zu tun." Sie macht eine Pause und scheint mit ihren Gedanken abzuschweifen. Dann fährt sie fort: „Und du denkst, die Vorsitzende wurde absichtlich angefahren?"

„Nicht ich denke das. Die Polizei scheint dies zu vermuten. Betty hat mich jedenfalls gebeten, mal etwas nachzuforschen. Kennst du sonst noch jemanden aus dem Chor?"

Sie schüttelt den Kopf. „Wenn die ein Konzert haben, kommt immer jemand vorbei und bringt uns ein Plakat. Ich kenne die Frau aber nicht näher."

„Dann werde ich wohl ganz von vorne beginnen müssen."

„Augen auf bei der Berufswahl", spottet Micha und

grinst mich an. „Sechs Euro zwanzig", schließt sie an.

„Ach ja, klar." Ich fummele mein Portemonnaie aus der Tasche. „Mist. Ich habe noch kein Geld geholt." Ich kippe die verbliebenen Münzen auf die Theke und sortiere sie. „Da, kriege ich noch so gerade zusammen."

Micha sammelt die Geldstücke ein. „Sonst hätte ich dich auch hier festhalten müssen." Sie lacht auf.

Ich deute einen Kuss in ihre Richtung an. „Da habe ich ja nochmal Glück gehabt. Ich mach mich mal wieder an die Arbeit. Schließlich muss Geld reinkommen."

Als ich die Bäckerei verlasse, beschließe ich, kurz einen Abstecher zur Sparkasse zu machen und meinen Bargeldbestand wieder aufzufüllen.

In dem Moment, als ich den Türöffner zum Eingangsbereich der Bank betätige, kommt Georg aus einem Seitenausgang heraus.

„Hallo, Biene", begrüßt er mich. „Betty hat mir erzählt, du ermittelst nun in ihrem Auftrag?"

Georg ist der stellvertretende Filialleiter der hiesigen Sparkassenfiliale und Bettys Ehemann. Die beiden sind meine absoluten Idole, was eine glückliche Beziehung angeht. Sie sind seit der Schulzeit zusammen, haben ein Eigenheim, die dazugehörigen zwei Kinder, und ich kann mich nicht entsinnen, sie je streiten gesehen zu haben. Er überragt mich um mehr als eine Kopflänge, und ich muss nach oben sehen, wenn ich ihm ins Gesicht blicken möchte.

„Hallo Georg. Ja, deine Frau kann sehr hartnäckig sein, wenn sie sich etwas in den Kopf gesetzt hat."

Er lacht auf und sein schlaksiger Körper scheint dadurch in eine Art Wellenbewegung zu geraten. „Das kann man wohl sagen. Ist aber auch schrecklich, was mit Nicole geschehen ist. Ich kann kaum fassen, dass es jemand vielleicht absichtlich getan hat, also, dass es womöglich ein Mord war."

„Kanntest du sie?"

„Ja, bei den Konzerten habe ich sie getroffen. Manchmal auch bei irgendwelchen Events von der Gemeinde. Sie hat da gearbeitet."

„Was hat sie denn genau gemacht?"

„Wenn ich mich recht erinnere, hatte sie mit Denkmalschutz und so etwas zu tun."

„Okay, klingt nicht so spannend. Kann ich mir wohl sparen, im beruflichen Umfeld nach Ansätzen zu suchen."

Georg schürzt die Lippen. „Da wäre ich nicht so sicher."

„Wie meinst du das?"

„Wenn jemand bauen möchte, kann es schon entscheidend sein, ob der Denkmalschutz zuschlägt oder nicht."

„Ach ja? Kommt dir da zufällig jemand in den Sinn?"

Er nickt. „Kennst du das Haus in Oedt, gegenüber der Kirche an der Straße nach Tönisvorst?"

Ich versuche, mir diese Ecke vor Augen zu führen. „Meinst du dieses alte, etwas schiefe Haus?"

„Ja, genau das. Ist verkauft worden und steht unter Denkmalschutz. Die neuen Eigentümer wollen aber natürlich modernisieren. Da muss es einen ziemlichen Streit gegeben haben, und Nicole war die zuständige Sachbearbeiterin."

„Das klingt tatsächlich nach einem Ansatz, den ich verfolgen sollte. Kennst du die Eigentümer?"

Er schüttelt den Kopf. „Leider nicht. Sollen aus Krefeld oder Tönisvorst kommen. Mehr weiß ich nicht." Er sieht auf die Uhr. „Ich muss los. Betty wartet mit dem Essen."

„Danke und Grüße", rufe ich ihm hinterher.

Ich betätige wieder den Türöffner, und während ich an den Bankautomaten trete, denke ich über das Gehörte nach. Eigentümer aus Tönisvorst. Die könnten dieselbe Strecke nach Oedt gefahren sein wie Nicole. Ich sollte mal nach Oedt fahren.

Mit Bargeld ausgestattet, komme ich wieder am Büro an und bemerke Jagos Aston Martin auf dem Parkplatz. Er ist also wieder zurück, daher biege ich sogleich in sein

Büro ab. „Da bist du ja wieder."

Er sieht von seinem Computer auf. „Si."

„Und?"

„Was, und?"

„Was macht dein Freund?"

Jago hört auf, auf seiner Tastatur zu tippen, und lässt sich in seinen Bürostuhl sinken. „Ich denke, er geht seinen Geschäften nach. Er kommt heute Abend vorbei, falls dich das interessiert."

„Ist schön, mal einen Freund von dir kennenzulernen. Er macht einen sympathischen Eindruck."

„Er findet dich auch sympathisch."

„Echt?" Warum freut mich das mehr als erwartet? „Wir haben einen neuen Mordfall", lenke ich ab, indem ich ein anderes Thema anschlage.

Jago zieht die Augenbrauen hoch. „Oh, was ist denn passiert?"

„Die Vorsitzende vom Frauenchor in Oedt ist angefahren worden und gestorben. Die Polizei meint, dass es Absicht war."

„Und was haben wir damit zu tun?" Sein Blick zeigt deutlich, dass er bereits ahnt, was kommt.

„Also, äh …", ich stocke. „Betty hat mich gebeten, etwas nachzuforschen."

Jago verschränkt die Arme vor der Brust. „Und ich gehe davon aus, dass Betty nicht vorhat, dafür zu bezahlen, oder?"

„Stimmt, aber ich muss es trotzdem tun."

Er seufzt. „Wie sollen wir je auf einen grünen Zweig kommen, wenn wir ständig unentgeltlich arbeiten?"

„Na ja, ständig ist etwas übertrieben."

„Biene, wir müssen jeden Monat einen Mindestumsatz machen, damit die Kosten gedeckt werden."

„Ich weiß."

„Und du wünschst dir ja auch noch einen Firmenwagen. Von den Kosten, die uns vom letzten geblieben sind, will ich gar nicht reden."

Der Firmenwagen ist ein heikles Thema. Den letzten habe ich zu Schrott gefahren. Immerhin bei der Verfolgung eines Verdächtigen, also in Ausübung meiner Tätigkeit für die Detektei.

„Aber wenn wir spektakuläre Morde aufklären, ist das gute Werbung für uns", gebe ich zu bedenken. „Wie sieht es denn eigentlich aus mit dem neuen Firmenwagen?"

„Ach, Biene", seufzt mein Geschäftspartner.

„Ich muss mal nach Oedt, und du wirst mich doch wohl kaum mit dem Fahrrad fahren lassen, oder?"

Er verschränkt die Arme vor der Brust. „Nein, du kriegst meine Autoschlüssel nicht."

Ich zucke mit den Schultern. „Dann schnapp du sie dir, und lass uns fahren."

Er sieht zu mir hoch, und es ist zu erkennen, wie er in seinem Kopf die verschiedenen Optionen abwägt. Wie immer kommt er zu dem Schluss, dass jede dieser Möglichkeiten außer der, mit mir zu fahren, einen erheblichen Protest meinerseits auslösen würde, und dass es das Theater nicht wert ist. Er zieht die Augenbrauen hoch und erhebt sich langsam aus seinem Stuhl. Ich quittiere dies mit einem kurzen Lächeln und mache mich auf den Weg nach draußen.

Ich stehe schon am Auto, als Jago ankommt und die Wagentüren öffnet, damit ich mich in die edlen Ledersitze gleiten lassen kann. Jago steigt ebenfalls ein und startet den Motor.

„Wohin?", fragt er und sieht zu mir.

„Oedt, Kirche", lasse ich ihn wissen, und er lenkt den Wagen über den Deversdonk in Richtung Hohe Straße.

Am Zielort angekommen, biegen wir hinter der Kirche rechts ein. Die Straße führt auf ein Wohngebiet zu. Direkt links liegt ein Tattoostudio und etwas weiter ein Kindergarten. Jago wendet dort und rangiert den Wagen gekonnt in eine Parklücke am Straßenrand. An der Ecke liegt etwas zurückgesetzt ein großes, weißes Haus, dessen Grundstück mit einem niedrigen Mäuerchen umgeben ist. Hier wohnte einst die besser betuchte Einwohnerschaft von Oedt. Wir gehen daran vorbei auf die Hochstraße. Wie um sich von den normalen Bürgern abgrenzen zu wollen, trennt eine hohe Mauer das Grundstück des Herrschaftshauses vom Nachbarn ab. Dahinter erblicken wir einen niedrigen Holzzaun mit einem Törchen. Alles wirkt alt und abgenutzt, und mir kommen Zweifel, ob das dazugehörige Haus überhaupt bewohnbar ist. Die Fassade drückt deutlich aus, dass dieses Gebäude schon einige Zeit auf dem Buckel hat. Die Wände sind krumm und schief, und mich überrascht, dass sie stehen bleiben. Im Gegensatz dazu sind die Fensterumrahmungen frisch gestrichen. Direkt neben der Haustür fällt das Emblem des Landes Nordrhein-Westfalen auf, das angibt, dass dieses Gebäude unter Denkmalschutz steht. Das moderne Klingelschild will so gar nicht zu dem bröckelnden Mauerwerk passen und deutet darauf hin, dass Menschen in diesem Haus leben. Ich hoffe daher sehr, dass das Haus stabiler ist, als es aussieht. Nur ein Nachname ziert das Schild: Hendricks. Sind das die Eigentümer, von denen Georg gesprochen hat, oder nur Menschen, die hier früher mal gewohnt haben? Ich drücke auf den Klingelknopf, aber es rührt sich nichts.

„Es ist mitten am Tag", wirft Jago hinter mir ein. „Wahrscheinlich sind sie bei der Arbeit oder anderswo unterwegs."

„Kann sein", gebe ich zu und drücke erneut auf den

Knopf. Wieder keine Reaktion. „Immerhin haben wir jetzt wenigstens einen Namen."

„Dafür sind wir jetzt extra hierher gefahren?"

„Ja, die Detektivarbeit ist eben manchmal mühsam."

Jago bewegt den Kopf beinahe unmerklich von rechts nach links.

Aber ich weiß, was er denkt. „Du brauchst gar nicht den Kopf zu schütteln."

Wir drehen uns zum Gehen, als ein Junge mit einem übergroßen Schulranzen um die Ecke kommt und uns verwundert anstarrt. Er geht an uns vorbei zur Haustür, um sie aufzuschließen. Ich mache einen Schritt auf ihn zu.

„Entschuldige bitte."

Der Junge schreckt zusammen, dreht sich zu mir und umklammert seinen Schlüssel mit beiden Händen.

„Keine Angst, ich habe nur eine Frage." Er steht stockstief da, und ich fahre fort: „Wohnst du hier mit deiner Familie?"

Der Junge nickt langsam.

„Schon lange?"

Er schüttelt den Kopf. „Zwei Monate."

„Ihr heißt Hendricks?"

Wieder nickt er. „Ich darf nicht mit Fremden reden." Hastig dreht er sich um und fummelt am Schloss, um die Tür zu öffnen.

„Alles klar. Schon gut." Ich nehme die Hände hoch, um ihm zu zeigen, dass ich nichts Schlimmes vorhabe. Er verschwindet durch die Haustür und schließt sie eilig hinter sich.

„Unsere neuen Eigentümer heißen Hendricks", fasse ich in Richtung Jago zusammen.

„Das hätten wir auch einfacher herausfinden können", murrt mein Geschäftspartner.

„Jetzt meckere nicht rum, nur, weil du mich mal kurz fahren musstest. Besorge mir einen Firmenwagen, und so etwas bleibt dir in Zukunft erspart."

Er läuft vor mir, und ich kann sein Gesicht nicht sehen, aber ich bin mir sicher, dass er eine Grimasse zieht.

IV

Jago lenkt den Wagen wieder Richtung Grefrath.

„Wir müssten mit dem Ehemann des Opfers sprechen", teile ich ihm mit.

Er sieht zu mir. „Und?"

„Der wohnt in Vorst."

„Geht nicht."

„Was geht nicht?"

„Ich kann dich da nicht hinfahren."

„Warum nicht?"

„Weil ich gleich einen Termin in Düsseldorf habe."

„Siehst du, wir brauchen einen Firmenwagen."

„Damit du unbezahlte Ermittlungen machen kannst?"

„Das ist jetzt übertrieben." Ich verschränke die Arme vor der Brust und hoffe, dass er bemerkt, dass ich schmolle. Er zeigt aber keinerlei Regung, sondern fährt stoisch weiter zum Büro. Da ich nicht gewillt bin, meine Protesthaltung aufzugeben, schweigen wir uns an, bis wir auf dem Deversdonk eintreffen.

„Ich lasse dich nur kurz raus und muss dann gleich weiter", verkündet er. Ich steige wortlos aus und schlage die Tür kraftvoll zu. Doch dieses Luxusgerät federt den Schwung elegant ab, und es ertönt nur ein dumpfes Plopp. Ich muss mich beherrschen, nicht wütend gegen die Tür zu treten. Jago fährt los, und ich sehe dem Wagen nach, wie er um die Ecke verschwindet.

Ganz kurz, wirklich nur einen winzigen Moment, habe ich überlegt, ins Büro zu gehen und mich dem liegengebliebenen Papierkram zu widmen. Dann aber greife ich mein Rad und strampele nach Hause. Im Anbetracht der Lage muss eben Opas alter Mercedes wieder herhalten, um mich zu meinem Ziel zu bringen. Er tut seit Jahrzehnten seinen Dienst. Einst war dieses dunkelblaue Ungetüm das Ein und Alles für meinen Großvater, und nach seinem Tod hat Oma den Wagen nicht abgeben wollen. Generell sieht sie es nicht so gerne, wenn ich ihn mir ausleihe. So steht er brav in der Garage und wird nur zu seltenen Gelegenheiten herausgeholt. Und ich habe entschieden, dass heute so ein besonderer Anlass ist.

Ich stelle mein Fahrrad ab, hole den Autoschlüssel und öffne das Garagentor. Jedes Mal, wenn ich in den Wagen einsteige, der älter ist als ich, fühle ich mich in das letzte Jahrhundert versetzt. Es riecht leicht muffig im Inneren. Zwar baumelt ein unvermeidlicher Duftbaum am Rückspiegel, aber auch der hat sicher schon vor Jahrzehnten seine letzten Aromen an die Luft abgegeben. Der Schlüssel muss noch kraftvoll im Schloss herumgedreht werden, um den Antrieb in Gang zu setzen. Er tut dies mit einem laut hörbaren Blubbern, und die Schwaden, die dabei aus dem Auspuff gepustet werden, dürften alleine den Klimawandel um Wochen fortschreiten lassen. Ich lege den Gang ein und lasse den Wagen langsam zur Straße rollen.

Es geht dieselbe Strecke nach Oedt, die ich vorhin mit Jago gefahren bin. Dieses Mal fahre ich aber an der Kirche vorbei, quer durch den Ort und dann an der Radarfalle vorbei, die mich schon so manches Mal abgelichtet hat, Richtung Süchteln hinaus. Dort, wo die Straße aber eine langgezogene Kurve nach Süchteln macht, fahre ich geradeaus in Richtung Vorst. An dieser kurvenreichen Straße muss Nicoles Unfall geschehen sein. Ich fahre langsamer, um die Stelle zu entdecken. Nach drei Kurven kommt eine Bushaltestelle in Sicht, dort, wo rechts und links asphaltierte Feldwege abgehen. Am Straßenrand liegen einige Blumen. Hier muss es gewesen sein. Ich lenke den Wagen in den rechten Feldweg und halte an, um mir den Ort näher anzusehen. Ich steige aus und gehe an die gegenüberliegende Seite zu den Blumen. Auf dieser Strecke wird es recht einfach gewesen sein, eine Radfahrerin, die aus Richtung Vorst kommt, ins Visier zu nehmen. Ein Auto kommt aus der Kurve und wird erst spät entdeckt. Dann ein kurzer Tritt auf das Gas, und schon ist es geschehen. Ich inspiziere den Straßenbelag. Die Polizei wird sicherlich alles genau untersucht haben, aber vielleicht hat sie mir etwas übriggelassen. Ich stelle mir vor, wie Nicole mit ihrem E-Bike wahrscheinlich mit 25 Kilometern die Stunde hier entlangfuhr. Das Auto hielt frontal auf sie zu und erwischte sie dort, wo ich nun stehe. Der Zusammenstoß dürfte Nicole aus dem Sattel geschleudert haben. Sie ist wahrscheinlich hart auf dem Boden gelandet. Da sie dabei gestorben ist, muss sie sich wohl das Genick gebrochen haben. Oder das Auto hat sie anschließend noch einmal überrollt. Zu dumm, dass ich Jochen nicht fragen kann, um Details zu erfahren. So kann ich nur mutmaßen.

Ein Fahrzeug erscheint aus der Kurve und bremst stark ab, als der Fahrer mich erblickt. Er wedelt mit der Hand und scheint sich darüber aufzuregen, dass ich an einer derart unübersichtlichen Stelle herumlaufe. Ich mache eine entschuldigende Handbewegung und gehe wieder zum Mercedes zurück. Wäre blöd, wenn man mich an derselben Stelle überfahren würde.

Betty hat mir Nicoles Adresse genannt, deshalb lenke ich das tuckernde Vehikel weiter nach Vorst. Am Ortseingang führt die Strecke an einer großen Grünfläche vorbei. Dort halte ich kurz an und schaue auf mein Handy, um herauszufinden, wo ich genau hin muss. Etwa hundert Meter weiter vor mir geht es links ab. Ich suche die Hausnummern ab, um meine Zieladresse zu finden, und lande schließlich bei einem Ensemble von vier gleichaussehenden Reihenhäusern. Das zweite trägt die gesuchte Nummer. Ich lasse den Wagen daran vorbeirollen und parke einige Meter weiter am Straßenrand.

Jedes dieser Häuser hat einen kleinen Vorgarten, der mit mehr oder weniger Stauden und in einem Fall auch mit einem Zierahorn bepflanzt ist. Alles wirkt gut situiert. Während ich darüber nachdenke, wie ich vorgehen möchte, entdecke ich im Rückspiegel eine Frau, die auf den Hauseingang zugeht. Nachdem sie an der Tür geklingelt hat, öffnet ein Mann. Das muss der Ehemann des Opfers sein. Die unbekannte Frau redet und reicht dem Hausherrn etwas, das für mich wie eine Visitenkarte aussieht. Schon verabschiedet sie sich wieder, und er sieht ihr nach, während er die Karte in seiner Hand hin und her dreht. Dann kehrt er ins Haus zurück und zieht die Haustür hinter sich zu. Kann es sein, dass jemand so kurz nach dem Unglück schon versucht, daraus Profit zu schlagen? Menschen gibt es! Ich denke, ich sollte noch ein wenig warten, bevor auch ich bei ihm klingele.

Als ich schließlich aus dem Auto aussteige und auf das Haus zugehe, habe ich bereits mehrfach die Worte laut vor mich hingemurmelt, mit denen ich mich gleich dem Ehemann vorstellen möchte. Ich erreiche die Haustüre und drücke auf die Klingel. Es dauert einen

Moment, bis Bewegung hinter der Tür bemerkbar wird. Schließlich wird sie geöffnet, und ein junger Mann sieht mich fragend an. Dies ist gewiss nicht der Ehemann von eben, und meine sorgfältig einstudierte Vorstellung bricht in sich zusammen.

„Was kann ich für Sie tun?", fragt er mich.

„Entschuldigen Sie", stammele ich. „Ich bin eine neue Chorkollegin von Frau Dehler und wollte der Familie mein Beileid aussprechen."

„Das ist nett. Es waren schon einige Frauen vom Chor hier. Ich bin ihr Sohn Simon. Kommen Sie herein." Er macht den Weg frei, damit ich eintreten kann.

Das Haus wirkt modern eingerichtet, aber strahlt gleichzeitig eine wohlige Wärme aus. Ich folge ihm in das Wohnzimmer, das mit seinen Möbeln aus heller Eiche und einem modernen Esstisch und dazu passenden Stühlen durchaus in einem aktuellen Wohnmagazin abgebildet werden könnte. Auf dem Sideboard stehen ein paar Bilderrahmen und einige andere Gegenstände, die ich auf die Schnelle nicht einordnen kann. Auf einem Sofa, das bestimmt den Namen eines berühmten Designers trägt, sitzt ein jüngerer Mann, der sicher der andere Sohn ist. Aus dem Sessel daneben erhebt sich dem Alter nach der Witwer und kommt auf mich zu.

„Das ist eine Chorkollegin von Mutter", erläutert

Simon.

Der Vater mustert mich. „Wir kennen uns aber noch nicht, oder?" Er hält mir die Hand hin, und ich ergreife sie.

„Nein, ich bin erst neu dabei. Aber ich wollte nicht versäumen, Ihnen und Ihrer Familie mein herzlichstes Beileid auszurichten. Es ist eine Tragödie."

Die Männer nicken wortlos, und der Ehemann löst seine Hand von meiner. Er betrachtet mich. „Wie lange sind Sie denn schon im Chor?" Sein Gesicht zeigt deutlich, dass er mir nicht ganz traut. Ich überlege kurz, ob ich weiter um die Wahrheit herumtänzeln soll, aber entscheide mich dann, dass die Wahrheit zumeist der beste Weg ist.

„Um ehrlich zu sein, war ich erst einmal bei der Probe."

Sein Gesicht verdunkelt sich, und ich beeile mich, ihm zuvorzukommen. „Bevor Sie sich nun wundern. Ich bin Privatdetektivin, und einige Chorkolleginnen haben mich gebeten, zum Tod Ihrer Frau und Mutter zu ermitteln. Man hat mir erzählt, dass die Polizei ein Tötungsdelikt vermutet."

Der Sohn, der bisher gar nichts gesagt hat, springt auf. „Was soll das denn? Meine Mutter ist erst ein paar Stunden tot, und Sie haben die Frechheit, hier aufzutauchen, und gleich ein Geschäft daraus zu machen? Wie viele pietätlose Geschäftemacher tauchen hier heute wohl noch auf?"

„Aber nein." Ich hebe abwehrend die Hände. „Sie verstehen mich falsch. Eine Bekannte von mir ist im Chor und hat mich um einen Freundschaftsdienst gebeten. Ich verlange ganz gewiss kein Geld von Ihnen."

Der Vater nickt seinem Sohn zu. „Lass es gut sein, Finn." Dann sieht er mich an. „Die Polizei vermutet tatsächlich, dass jemand Nicole absichtlich angefahren hat. Aber was wollen Sie tun, was die Polizei nicht schon erledigt?"

„Aus meiner Erfahrung hilft es, wenn jemand mit einem anderen Zugang zu den Dingen auf die Ereignisse blickt." Ich krame in meiner Handtasche nach einer Visitenkarte. In der hintersten Ecke entdecke ich eine, die nicht allzu sehr ramponiert ist. Ich streiche sie etwas glatt und halte sie ihm hin. „Hier. Wenn Sie sich nach mir erkundigen, werden Sie feststellen, dass ich schon bei einigen Fällen entscheidende Hinweise liefern konnte."

Er nimmt meine Karte und betrachtet sie ausgiebig.

Simon sieht zu mir. „Moment mal. Da wurde doch letztens der Eishockeytrainer umgebracht. Sind sie etwa diese Detektivin aus Grefrath, die den Mörder gefasst hat?"

Es passiert mir tatsächlich zum ersten Mal, dass Menschen bereits von meiner Arbeit und den Erfolgen gehört haben, bevor sie mich kennenlernen. Ich spüre geradezu, wie meine Brust stolz anschwillt.

Ich nicke leicht. „Ja, genau die bin ich."

„Papa, was kann es schaden, wenn sie nachforscht? Je eher wir dieses Monster kriegen, das Mutter das angetan hat, desto besser."

Der Hausherr sieht zu seinem Sohn und dann zu mir.

„Kommen Sie. Setzen Sie sich! Was wollen Sie wissen?"

Ich mache einen Schritt auf die Männer zu, und Simon schiebt mir einen Sessel zurecht. Ich lasse mich hineinsinken, und Vater und Söhne setzen sich mir gegenüber.

„Was genau hat die Polizei denn gesagt?"

Finn zuckt mit einer Schulter. „Nicht viel. Sie haben gefragt, ob Mutter Feinde gehabt hätte. Und dass die Untersuchung ergeben hätte, dass jemand frontal auf sie zugefahren sein muss."

„Lassen Sie mich raten: Der Kommissar war ein älterer Mann mit krausem, grauem Haar, und immer etwas knurrig, nicht wahr?"

Die Söhne nicken.

„Sie kennen ihn?", hakt Finn nach.

„Sagen wir mal so: Herrn Kommissar Terhoven und

mich verbindet eine von fachlichem Respekt geprägte Beziehung." Ich unterschlage, dass dieser Respekt nur von mir ausgeht und von ihm gewiss nicht erwidert wird.

„Hatte Ihre Mutter Feinde?", fahre ich fort.

„Sicher keine, die zu so etwas fähig wären", konstatiert der Witwer.

„Gab es denn Konflikte mit irgendwem?"

Alle schütteln ihre Köpfe.

„Vielleicht bei der Arbeit? Jemand, der mit einer Entscheidung Ihrer Mutter nicht einverstanden war?", hake ich nach.

„Sie hat nie viel über die Arbeit erzählt."

„War da nicht letztens so ein Fall, wo es Streit gab?", wirft Simon ein.

„Was meinst du?", fragt der Vater nach.

„Letzte Woche muss das gewesen sein. Da kam Mutter später nach Hause als sonst. Erinnerst du dich?"

„Ach, stimmt. Aber ich glaube nicht, dass das wichtig ist." Herr Dehler sieht mich an.

„Alles kann wichtig sein. Was ist denn letzte Woche vorgefallen?"

Simon kommt seinem Vater zuvor. „Mutter kam später, und als wir sie gefragt haben, was los war, hat sie erzählt, dass ein Mann sie vor dem Rathaus abgefangen hat, als sie gerade Feierabend machen wollte. Sie hatte ihm wohl zuvor eine geplante Umbaumaßnahme an seinem Haus untersagt, das unter Denkmalschutz steht."

„Hat Ihnen Ihre Mutter vielleicht den Namen des Mannes genannt?"

Simon schüttelt den Kopf. „Leider nein. Oder habt ihr mehr mitgekriegt?", richtet er sich an seine Familie, aber alle verneinen dies.

„Gut, das ist aber schon mal ein Hinweis. Gab es sonst noch etwas? Ich meine, Ihre Mutter war die Vorsitzende eines großen Frauenchors. Gab es da niemals Streit?"

„Nicole hat den Chor und das Singen geliebt. Sie ist regelrecht aufgeblüht, seit sie da mitmacht. Es hat auch unserer Ehe sehr gutgetan."

„Ich möchte Ihnen nicht zu nahe treten, aber hat es denn gekriselt?"

Er verzieht das Gesicht. „In welcher Ehe kriselt es nie? Aber Nicole war wesentlich zufriedener, seit sie jede Woche einmal zum Singen ging. Vorher konnten schon Kleinigkeiten mal zu einem Streit führen. Nein, es ging uns richtig gut in letzter Zeit."

„Wie schön. Und im Chor gab es nie Probleme? Ich kann mir gut vorstellen, dass es bei so vielen Frauen auf einem Haufen auch mal zu Meinungsverschiedenheiten kommt."

Der Vater sieht zu seinen Söhnen, und die schütteln die Köpfe.

„Davon hat sie nie etwas erzählt", wendet sich der Ehemann wieder an mich. „Außer …"

„Was?"

Er saugt tief Luft ein. „Es war nichts. Vor einiger Zeit hat mal eine Chorschwester behauptet, Nicole hätte eine Affäre mit ihrem Ehemann. Sie hat mich damals kontaktiert und mich aufgefordert, meiner Frau Einhalt zu gebieten. Ich habe Nicole darauf angesprochen, aber sie hat mir sehr überzeugend versichert, dass rein gar nichts an der Sache dran sei. Das habe ich dann auch der Chorkollegin mitgeteilt. Ich weiß aber nicht, ob sie mir geglaubt hat."

„Von welcher Chorkollegin ist denn die Rede?"

„Es geht um die zweite Vorsitzende, Petra Eiken."

Das ist allerdings eine interessante Information. Ich versuche, mir nichts anmerken zu lassen.

„Haben Sie das auch der Polizei erzählt?"

„Nein, Sie vermuten doch nicht, dass Petra …"

„Ich kann mir das auch nicht vorstellen", versuche ich zu beschwichtigen, obwohl sie für mich als Verdächtige auf der Liste ganz nach vorne gerutscht ist. „Danke, dass Sie mit mir gesprochen haben. Ich werde weiter nachforschen und sehen, was sich so ergibt." Ich stehe · von meinem Sessel auf. „Sie haben meine Nummer.

Rufen Sie mich jederzeit gerne an, wenn Ihnen noch etwas einfällt. Ich halte Sie auf dem Laufenden. Jetzt lasse ich Sie erst einmal in Ruhe."

Der Ehemann nickt und erhebt sich ebenfalls. „Danke. Ich bringe Sie noch zur Tür."

Als ich den Motor des Mercedes starte, sortiere ich in Gedanken das soeben Gehörte. Petra Eiken hatte also ein Motiv. Und sie kam gestern zu spät zur Probe. Es wird allerhöchste Zeit, dass ich ihr auf den Zahn fühle.

V

Während ich den Mercedes in eine Parklücke auf dem Deversdonk bugsiere, hält ein Taxi vor unserer Detektei, und Jagos Freund Chris steigt heraus. Der Taxifahrer holt ihm sein Gepäck aus dem Kofferraum und braust davon. Chris steht schon vor der Tür, als ich bei ihm ankomme.

„Hallo", begrüße ich ihn, und er erschrickt.

„Ach, hallo", lässt er vernehmen, als er sich zu mir dreht.

Ich betrachte seinen Koffer. „Nun ziehst du also hier ein?"

Jagos Wohnung liegt direkt über unserem Büro.

Er lacht. „Nicht dauerhaft. Ich verspreche es." Er hebt übertrieben theatralisch seine Hand zum Schwur. „Aber ich freue mich auf ein paar schöne Tage mit meinem alten Kumpel."

Ich quetsche mich an ihm vorbei, um die Tür zu öffnen. Dabei kann ich nicht vermeiden, ihm recht nahe zu kommen und einen Schwall seines Duftes zu inhalieren. Verdammt, der Kerl riecht echt gut. Ich stecke die Schlüssel ins Schloss und beeile mich, ins Büro zu kommen.

„Jago, dein Besuch ist da", rufe ich in die Stille. Sekunden später kommt mein Kompagnon um die Ecke und steuert freudig auf seinen Freund zu. Die beiden

Männer umarmen sich kurz. Ich bin immer wieder überrascht, wenn ich Jago derart emotional erlebe. Es kommt nicht oft vor, aber in diesen seltenen Momenten ist erkennbar, dass in ihm eine sehr sensible Seele wohnt.

„Ola, Biene", begrüßt er mich, nachdem er sich aus der Umarmung gelöst hat.

„Hi", erwidere ich und erwarte, dass er etwas erwidert, aber zu einem größeren Gedankenaustausch ist mein Kollege offenbar nicht bereit. Er wendet sich stattdessen Chris zu.

„Komm, ich zeige dir dein Zimmer." Er nickt mir kurz zu und geht voran. Gemeinsam verschwinden beide nach oben in Jagos Wohnung. Sie ist so eingerichtet, wie ich mir die Innenausstattung im Wohnhaus einer argentinischen Hazienda vorstelle. Was ja auch etwas über Jago aussagt. Ich bin mir sicher, dass er seine Heimat gelegentlich vermisst. Wie schön, dass nun ein guter Freund bei ihm ist.

Ich schaue auf die Uhr. Die meisten Berufstätigen sollten nun langsam Feierabend haben, und ich könnte Petra Eiken zuhause antreffen. Die Gelegenheit sollte ich beim Schopfe packen. Ich drehe also auf dem Absatz um und gehe wieder zum Wagen. Der Papierkram muss noch warten.

Dieses Mal geht es in Richtung des Eisstadions, denn

laut meiner Recherche wohnt die zweite Vorsitzende des Chors im Vogelviertel. Alle Straßen sind dort nach Singvögeln benannt.

Ich halte vor einem weißen Haus an, das die gesuchte Hausnummer trägt. Ein Auto steht in der Einfahrt vor der Garage. Offensichtlich ist jemand zuhause.

Ich klingele und Petra öffnet die Tür. „Sabine?"

„Hallo, Petra. Nenn mich ruhig Biene, wie es alle tun. Hast du einen Moment Zeit?"

„Klar. Was ist denn? Geht es um den Chor?"

„Irgendwie schon."

„Dann komm rein!" Ich folge ihr in das Haus. Neben der Garderobe sind einige Pakete gelagert. Im Vorbeigehen kann ich einen Blick in die Küche erhaschen, wo sich Töpfe, Geschirr und anderes auf der Arbeitsplatte türmen. Fast ist sie mir sympathisch. Schließlich gelingt es mir auch nie, alles immer picobello ordentlich zu halten. Wir erreichen das Wohnzimmer. Auch hier liegt einiges auf dem Sessel, und ich muss erst ein paar Zeitschriften beiseiteräumen, um ihrer Aufforderung, mich zu setzen, Folge leisten zu können.

„Entschuldige die Unordnung", sagt sie dann auch pflichtbewusst. „Aber aktuell komme ich zu nichts."

„Ich kenne das", gebe ich ehrlich zu. „Ich kriege das auch nie geregelt."

„Möchtest du einen Kaffee?"

Ich winke ab. „Lass nur. Ich möchte dich nicht lange aufhalten."

Sie nimmt einen Stapel Bügelwäsche von einem Sitzplatz, lässt ihn auf den Boden daneben fallen und setzt sich. „Was führt dich zu mir?"

„Es war wirklich sehr schön bei der Probe gestern. Wenn nicht dieses schreckliche Ende gewesen wäre."

Sie hebt erschrocken die Hände. „Soll das heißen, du möchtest deswegen doch nicht bei uns mitsingen?"

Jetzt ist es an mir abzuwinken. „Nein, nein, so war das nicht gemeint. Ich denke schon, dass ich es weiter probieren möchte. Falls es denn überhaupt weitergeht."

„Natürlich geht es weiter. Nicoles Tod ist für uns alle ein Schock, aber ich bin mir sicher, dass sie nicht gewollt hätte, dass wir deswegen den Chor auflösen."

„Wie lange wart ihr dort schon zusammen tätig?"

Sie runzelt die Stirn, als ob sie die Zahlen im Kopf sortieren müsse. „Ich bin jetzt knapp zehn Jahre dabei. Nicole war damals schon da. Auf jeden Fall kennen wir uns seitdem."

„Wart ihr befreundet?"

„Du meinst über den Chor hinaus?"

Ich nicke.

„Etwas schon. Das lässt sich gar nicht vermeiden. Jede von uns hat einige der Chorschwestern zu Geburtstagen oder anderen Anlässen eingeladen. Und seit wir gemeinsam im Vorstand sind, wurde der Kontakt natürlich noch enger."

„Ich frage mich die ganze Zeit, wer einen Grund haben könnte, Nicole mutwillig anzufahren?"

„Mutwillig?" Sie sieht mich überrascht an.

„Ach, weißt du es noch gar nicht? Die Polizei vermutet, dass jemand Nicole absichtlich angefahren hat. Ist das nicht schrecklich?"

Ich beobachte jede ihrer Regungen, aber sie gibt sich keine Blöße, sondern wirkt aufrichtig erschrocken. „Das ist ja fürchterlich."

„Kannst du dir vorstellen, dass jemand Nicole so sehr gehasst hat, ihr das anzutun? Wie war sie denn so?"

Sie schüttelt energisch den Kopf. „Das kann ich mir beim besten Willen nicht vorstellen. Alle mochten Nicole."

„Es gab nie Streit?"

Sie schürzt die Lippen. „Nein, Streit direkt nicht. Höchstens mal eine kleine Kabbelei, wer beim Konzert wo stehen soll, oder so etwas. Aber Streit? Nein, da kann ich mich an nichts erinnern." Sie mustert mich. „Warum fragst du mich das alles?"

„Betty und Astrid haben mich gebeten, ein wenig nachzuforschen, und ich versuche, mir ein Bild zu machen."

„Nachforschen? Warum denn das?"

„Du weißt, dass ich Detektivin bin?"

Sie nickt. „In diesem Fall ist das doch aber Sache der Polizei."

„Sicher. Aber ein zweiter Blick kann ja nicht schaden."

Deutet ihr Gesichtsausdruck darauf hin, dass sie sich unwohler fühlt? Ich bin mir nicht sicher.

„Ich war heute bei Nicoles Familie", beginne ich vorsichtig.

Sie sieht hoch und fixiert mich mit ihrem Blick.

„Der Ehemann hat mir erzählt, dass es Streit zwischen Nicole und dir gegeben hat. Du sollst eine Affäre zwischen ihr und deinem Mann vermutet haben."

Sie sackt in sich zusammen und betrachtet ihre Fingerspitzen. „Ach das", sagt sie so leise, dass ich es kaum hören kann.

„Was war denn da los?", hake ich nach.

Sie seufzt. „Es ist mir peinlich."

„Bleibt unter uns. Aber ist vielleicht besser, wenn ich es klären kann, als dass die Polizei darauf stößt."

Mit aufgerissenen Augen sieht sie zu mir. „Die Polizei? Da war nichts." Wieder betrachtet sie ihre Fingerspitzen und beginnt, ein Hautstückchen von ihrem linken Zeigefinger zu knibbeln. „Es war eine schwierige Zeit", fährt sie zögerlich fort. „Mein Mann und ich hatten Probleme, und ich habe nach Gründen gesucht.

Ich bildete mir ein, dass es nur eine Affäre sein kann. Nicole war einige Male bei uns, und mein Mann war immer sehr charmant zu ihr. Daraus habe ich meine Schlüsse gezogen."

„Was ist dann geschehen?"

„Vor drei Wochen bei der Probe – ich hatte mich gerade wieder mit Gerd gestritten – habe ich ihr vorgeworfen, sie hätte ein Verhältnis mit ihm und würde meine Ehe zerstören. Sie hat alles strikt bestritten, aber ich habe ihr nicht geglaubt. Schließlich habe ich ihren Mann Heiko abgepasst und es ihm erzählt."

„Wie hat Nicole reagiert?"

„Bei der Probe danach sind wir uns aus dem Weg gegangen. Und gestern war sie ja nicht da."

„Du bist gestern zu spät gekommen. Was war der Grund?"

Sie springt auf. „Was willst du denn damit andeuten?" Ihre Stimme überschlägt sich fast.

Ich versuche, so beschwichtigend wie möglich zu antworten. „Ich möchte gar nichts andeuten. Ich muss nur alle Fakten abfragen."

Sie steht da vor mir, und alles an ihrer Körperhaltung zeigt, dass es in ihr brodelt. Ich beobachte jede ihrer Regungen und mache mich fluchtbereit, falls es zu einer Überreaktion kommen sollte. Die Frau ist mit den Nerven am Ende. Ich muss keine Psychiaterin sein, um festzustellen, dass sie ein psychisches Wrack ist. Abwesend kaut sie an ihren Fingernägeln und dreht sich dabei um die eigene Achse. Dann macht sie wieder einen Schritt auf mich zu. Ich spanne bereits die Muskeln zum Sprung an. Doch sie lässt sich unvermittelt wieder in den Sessel fallen und sackt in sich zusammen.

„Gestern gab es wieder Streit mit Gerd. Er hat seine Sachen gepackt." Sie hebt die Hände vor ihr Gesicht, und ein leises Schluchzen ist zu vernehmen.

„Das tut mir leid. Wo ist dein Mann denn jetzt?"

„Er hat ein Zimmer im Hotel am Markt." Langsam gleiten ihre Hände von ihrem Gesicht und geben verweinte Augen frei.

„Das ist sicher nicht leicht. Danke, dass du es mir erzählt hast. Wenn ich noch etwas für dich tun kann?"

Sie schüttelt schwach den Kopf. „Geht schon. Irgendwie", murmelt sie.

„Dann lass ich dich jetzt besser in Ruhe." Ich erhebe mich, und sie macht Andeutungen, es mir gleichzutun. „Lass nur. Ich finde alleine raus." Ich nicke ihr noch kurz zu und verlasse das Haus.

Während ich zurück zum Wagen schlendere, lasse ich die Szene auf mich wirken. Petra ist eindeutig gestresst. Sie hat selbst zugegeben, dass sie zu spontanen, unüberlegten Aktionen neigt. Gestern war für sie eine absolute

Ausnahmesituation. Sie streitet sich mit ihrem Mann. Er teilt ihr mit, dass er auszieht. Da wäre es absolut plausibel, dass sie ausgerastet und mit dem Auto in Richtung Vorst gefahren ist, um Nicole abzufangen. Vielleicht war es eine Kurzschlussreaktion, als sie ihre Kollegin auf dem Bike entdeckte. Der Verstand hat ausgesetzt, sie trat auf das Gaspedal, und das war's.

Ich drehe mich um. Das Auto steht in der Einfahrt. Wenn meine Theorie stimmt, dann sollte es Spuren an ihm geben. Ich blicke in Richtung des Hauses, um zu überprüfen, ob sie mich vielleicht noch beobachtet, aber es ist nichts zu sehen. Geduckt husche ich auf die Einfahrt zu dem Kleinwagen, ohne das Fenster neben der Haustür aus den Augen zu lassen. Ich schleiche so um das Fahrzeug herum, dass es mich vor eventuellen Blicken schützt. Ich knie mich hin und inspiziere die Front. Wie bei fast allen modernen Modellen ist die Front aus Kunststoff. Sie lässt sich leicht eindrücken. Es gibt Kratzer, aber ich könnte nicht mit Sicherheit sagen, ob sie von Nicoles Fahrrad stammen. Dazu benötigte ich die Mittel, die nur die Polizei zur Verfügung hat. Zur Sicherheit lichte ich das vordere Fahrzeugteil mit dem Handy ab. Dann beeile ich mich, zu meinem Wagen zu gelangen.

Während ich den alten Daimler auf die Stadionstraße lenke, überlege ich angestrengt, wie ich beweisen kann, dass Petra die Täterin ist. Die Polizei müsste einfach ihr Auto untersuchen. Das Naheliegendste wäre, Jochen anzurufen und ihm einen Tipp zu geben. Aber es ist gar nicht sicher, dass er mir überhaupt zuhören würde. Vielleicht fällt mir noch ein anderer Weg ein.

Als ich das Garagentor vor dem Mercedes schließe, ist mir noch keine Lösung für mein Dilemma in den Sinn gekommen. Ich gehe ins Haus, und kaum bin ich eingetreten, ruft Oma schon nach mir.

„Hallo, Kengk."

Ich schlendere in die Küche, wo Karl auf meinem Stammplatz auf der Eckbank sitzt und das Gesicht verzieht, als ich eintrete. Ich sehe ihn fragend an.

„Frag nicht", brummelt er.

Ich sehe zu Oma, die in der Küche werkelt.

„Kengk, hast du etwas wegen meines Fahrrads unternommen?" Sie dreht sich zu mir und hält ein Brotmesser in der Hand.

Ich ziehe mir einen Stuhl heran und lasse mich darauf fallen. „Nein, dafür war leider noch keine Zeit."

„Kengk, du musst schnell handeln, sonst ist das Rad wahrscheinlich schon längst in Richtung Polen unterwegs."

„Oma, sowas passiert bei Autodiebstählen. Dein altes Fahrrad wird sicher nicht ins Ausland verschoben."

„Woher willst du das wissen?"

„Siehst du?", flüstert Karl mir zu.

„Das weiß ich sicher", wende ich mich wieder Oma zu. „Direkt morgen werde ich mich intensiv darum kümmern."

„Aber auch wirklich. Ich will mein Fahrrad wiederhaben." Sie fuchtelt bedrohlich mit dem Brotmesser.

„Ja, versprochen."

„Isst du mit uns zu Abend?", wechselt sie unvermittelt das Thema, und bevor ich antworten kann, dreht sie sich wieder weg und werkelt weiter. Morgen werde ich ihr irgendetwas liefern müssen, auch wenn ich keine Ahnung habe, wie ich das angehen soll.

Als Oma beginnt, die Abendbrotutensilien abzuräumen, möchte ich gerade aufstehen und mich verabschieden, da meldet sie sich betont beiläufig noch einmal zu Wort. „Vorhin habe ich Jochen getroffen."

Ich überlege noch, wie ich darauf reagieren soll, als sie sich wieder auf ihren Stuhl setzt und mich bekümmert ansieht. „Es geht ihm nicht gut."

„Das tut mir leid", antworte ich ehrlich.

„Du solltest ihn mal anrufen."

„Ich glaube nicht, dass ihm das hilft."

„Ihr seid doch schon so lange befreundet. Ich bin sicher, dass du etwas für ihn tun kannst."

Ich ergreife ihre Hand, die auf dem Tisch liegt. „Oma, er hat mit mir Schluss gemacht. Ich bin wahrscheinlich die Letzte, von der etwas hören möchte."

„Er hat mir Grüße für dich ausgerichtet."

„Und?"

„Das ist doch ein deutliches Zeichen, dass ihm etwas an dir liegt."

„Mag ja sein, aber es passt einfach nicht."

„Ach, Kengk, ihr zwei passt prima zusammen. Ihr müsst es nur zulassen."

Ich ziehe meine Hand wieder weg und erhebe mich.

„Oma, lass es gut sein. Ich gehe jetzt hoch." Bevor sie etwas erwidern kann, bin ich schon auf dem Weg nach oben in meine Wohnung.

VI

Mit der ersten Latte macchiato des Arbeitstages in der Hand luge ich in Jagos Büro hinein. „Wo ist denn dein Freund?"

Jago sieht über seinen Schreibtisch hinweg zu mir. „Er hat heute zu tun. Er kommt erst heute Abend wieder."

„Ist schön, mal einem Freund von dir zu begegnen."

„Du kennst doch schon meine Schwester."

„Das ist was anderes. Familie ist Familie, und Freunde sind Freunde." Ich nippe am Milchschaum. „Und was werdet ihr unternehmen?"

„Das wird sich ergeben."

„Mitteilsam wie immer." Ich verziehe das Gesicht zu einem deutlichen Grinsen und hoffe, dass er den Sarkasmus erkennt. Er bleibt völlig ungerührt.

„Gibt es etwas Geschäftliches?"

„Ich war gestern noch bei der zweiten Vorsitzenden des Chors. Sie könnte es gewesen sein."

Er zieht die Augenbrauen zusammen. „Ich meinte, zu den Fällen, für die wir bezahlt werden."

„Das sind doch Kinkerlitzchen im Vergleich zu einem Mordfall."

„Aber wir leben von diesen, wie hast du es genannt?"

„Kinkerlitzchen."

Er versucht, das Wort zu wiederholen, was mit

seinem spanischen Akzent sehr lustig klingt, und ich kann mir ein Grinsen nicht verkneifen.

Er verzieht missbilligend das Gesicht. „Biene, manchmal habe ich das Gefühl, dir fehlt der Geschäftssinn."

„Manchmal habe ich das Gefühl, du solltest dir den Stock aus der Hose ziehen." Ich kann nicht umhin, dass es ungehalten klingt, denn es macht mich wütend, wenn er mir die Ernsthaftigkeit abspricht. Was kann es Ernsthafteres geben, als einen Mord aufzuklären?

„Stock? Welchen Stock?"

Ich habe vergessen, dass er sich manchmal mit den deutschen Metaphern schwertut, was mich regelmäßig amüsiert. Und wenn ich lachen muss, kann ich nicht mehr wütend auf ihn sein.

„Vergiss es!" Entnervt winke ich ab. „Ich kümmere mich schon noch um die anderen Fälle. Aber du wirst mir doch zustimmen, dass die Aufklärung der bisherigen Mordfälle unserer Detektei nicht geschadet hat. Ich würde sogar sagen, es war sehr gutes Marketing, oder etwa nicht?"

Er zieht einen Mundwinkel hoch und nickt schwach. „Okay, okay, du hast recht. Wäre nur schön, wenn eben auch Geld reinkäme."

„Das wird es. Das wird es", konstatiere ich ins Blaue. „Hilfst du mir jetzt?"

Er lässt sich in seinen Chefsessel sinken. „Was soll ich

denn tun?"

„Du kennst dich doch mit den Behörden besser aus als ich."

„Wie meinst du das?"

„Jetzt stelle dein Licht mal nicht unter den Scheffel. Du bist doch mit den Honoratioren auf Du und Du. Wenn ich auf gut Glück beim Amt nachfrage, mit welchen Fällen unser Opfer so beschäftigt war, werde ich sicher direkt abgeblockt. Aber wenn der große Investor Herr Jago Diaz Fernandez anfragt, breitet man ihm sicherlich den roten Teppich aus."

„Jetzt übertreibst du."

Ich zucke mit den Schultern. „Sollen wir wetten?"

„Ist ja schon gut." Er hebt abwehrend die Hände. „Ich mache es ja schon. Wo hat sie nochmal gearbeitet?"

„Bauamt, Bereich Denkmalschutz."

„Glaubst du wirklich, jemand hätte sie mutwillig überfahren, weil sie irgendwelche Umbauten nicht genehmigt hat?"

„Warum nicht? Die Menschen sind schließlich zu allem fähig."

„Da hast du allerdings recht." Er beginnt auf seiner Tastatur zu tippen, und dann wählt er eine Nummer. Ich höre, wie er nach der zuständigen Person fragt und weiterverbunden wird.

„Ich muss mal kurz …", raune ich in seine Richtung.

Nachdem ich das Latteglas auf seinem Besprechungs-tisch abgestellt habe, beeile ich mich, zur Toilette zu kommen. Als ich wieder zurück bin, hat er offensicht-lich die Zielperson erreicht. Ich nehme meinen Kaffee vom Tisch und lausche. „Ja, das geht", höre ich ihn noch sagen. „Vielen Dank, dass Sie so kurzfristig Zeit für uns haben." Dann beendet er das Gespräch.

„Herr Zeller erwartet uns nach Mittag", teilt er mir mit.

„Habe ich es nicht gesagt?", triumphiere ich und nehme zur Unterstreichung einen kräftigen Schluck aus meinem Glas.

Er winkt mit einer Hand ab. „Hätte bei dir sicher auch geklappt."

„Das glaubst du selbst nicht."

„Ist ja auch egal. Bis dahin verdienen wir aber noch ein bisschen Geld, in Ordnung?"

Dieses Mal ist es an mir, abwehrend die Hand zu heben. „Jawohl. Setze mich gleich an den Abschlussbe-richt unserer letzten Observierung."

„Prima. Und denke auch daran, die Stunden aufzu-schreiben, damit ich alles abrechnen kann."

„Sehr wohl, der Herr", erwidere ich übertrieben theatralisch und garniere die Äußerung mit dem Ver-such einer ehrfürchtigen Verneigung.

„Verschwinde", kommt nur als Antwort. Also hebe

ich mein fast leeres Latteglas wie zu einem Gruß und mache mich lachend auf in mein Büro.

Kurze Zeit später sitzen wir im Aston Martin, und Jago lenkt ihn nach Oedt. Dort angekommen, fährt er auf den Parkplatz hinter der alten Villa, die nun die Außenstelle der Gemeindeverwaltung beherbergt.

Als wir auf den Eingang zugehen, kommt uns bereits ein Mann entgegen.

„Herr Diaz Fernandez, wie schön, dass wir uns einmal persönlich kennenlernen." Er läuft mit ausgestreckter Hand auf Jago zu und dieser ergreift sie. „Herr Zeller, nehme ich an?"

Der Angesprochene nickt und schüttelt die Hand ausgiebig.

Jago entzieht sich seiner Umklammerung und weist auf mich. „Das ist meine Kollegin, Frau Hagen."

Auch ich bekomme die Hand hingehalten und greife zu.

„Die berühmte Detektivin", haucht Herr Zeller. Ich beschließe, ihn zu mögen. Nicht nur, dass er meine beruflichen Fähigkeiten zu würdigen weiß, er wirkt auch so gar nicht, wie ich mir einen Mitarbeiter der Gemeinde vorgestellt habe. Sicherlich würde er mit seinem leicht exzentrischen, aber dennoch stilsicheren Outfit jeder hippen Werbeagentur Ehre machen. Er trägt eine dunkelblaue Stoffhose, die eng an den Beinen anliegt und so wirkt, als ob am Ende einige Zentimeter Stoff gefehlt hätten. Diese Mode erinnert mich an Bilder von kleinen Schuljungen aus früheren Zeiten mit den zu kurzen Hosenbeinen. Dazu hat er blankpolierte, braune Lederschuhe kombiniert, und gekrönt wird das Ensemble durch ein weißes Hemd und eine Weste mit einem leichten Karomuster. Die runde Brille mit dem kräftigen, schwarzen Rahmen verleiht ihm einen fast schon pfiffigen Zug.

Er fordert uns auf, ihm zu folgen. Wir betreten das Gebäude und steigen eine Holztreppe in die erste Etage hinauf. Herr Zeller gibt einen Zahlencode ein, um eine Glastür zu öffnen. Wir gehen hindurch, und er weist uns den Weg in ein Büro. Der Raum wiederum entspricht völlig meinen Erwartungen an ein Büro in der Verwaltung. Alles ist in dem üblichen blassen Grau gehalten. Die Wand ist mit Regalen und Sideboards vollgestellt, in denen sich Aktenordner aneinanderreihen. Von Digitalisierung ist hier noch nicht viel zu spüren, abgesehen von dem PC, der unter dem Schreibtisch steht und mit gleich zwei großen Monitoren verbunden ist, die fast die ganze Tischfläche einnehmen. Ein kleiner Besprechungstisch steht in der Ecke, und Herr Zeller fordert uns auf, dort Platz zu nehmen.

„Kann ich Ihnen etwas anbieten? Einen Kaffee vielleicht?"

Da ich sicher bin, hier keine Latte macchiato zu bekommen, winke ich dankend ab, und auch Jago verneint. Herr Zeller setzt sich ebenfalls und strahlt Jago an.

„Nun, lieber Herr Diaz Fernandez, in welches Objekt möchten Sie gerne investieren?"

Ich sehe überrascht zu meinem Kompagnon, und er gibt mir mit einem kurzen Blinzeln zu verstehen, dass ich mitspielen soll. Ich lehne mich leicht zurück und bin gespannt, was er vorhat.

„Nun", beginnt dieser langsam. „Wie ich schon am Telefon erwähnte, gibt es ein Objekt am Markt in Grefrath, das man mir angeboten hat. Ich bin durchaus interessiert. Es würde mich freuen, wenn ich etwas zur Erhaltung eines Objekts an einem so zentralen Platz der Gemeinde beitragen könnte. Aber ich will auch ehrlich sein: Ich bin mir nicht sicher, ob sich diese Investition lohnt."

Unser Gegenüber sieht ihn fragend an. „Was lässt sie daran zweifeln?"

Jago richtet sich auf und mustert ihn kritisch. „Das Objekt steht unter Denkmalschutz, wie Sie ja wissen. Nun ist mir zu Ohren gekommen, dass Ihr Amt nicht sehr umgänglich sei, wenn es um die Bedürfnisse von Investoren geht."

Herr Zeller zieht die Stirn in Falten. „Oh, ich bedauere, dass dies behauptet wird. Ich kann Ihnen versichern, dass es unser Bestreben ist, die Belange des Denkmalschutzes und die der Bauherren in Einklang zu bringen. Darf ich fragen, wer Ihnen Gegenteiliges gesagt hat?"

„Ich möchte niemandem Probleme bereiten." Jago scheint innerlich mit sich zu ringen, aber ich bin mir sicher, dass dies nur ein perfektes Schauspiel ist und er gerade zum finalen Schritt ansetzt. „Aber ich habe das Gefühl, dass ich Ihnen vertrauen kann. Ich traf letztens Herrn Hendricks, und er berichtete mir, dass er ebenfalls ein Gebäude erworben hat, das unter Denkmalschutz steht. Eine Kollegin von Ihnen soll ihm große Schwierigkeiten bereitet haben. Er hat mir auch den Namen genannt. Wie war der noch?" Er macht eine Pause und scheint nachzudenken. „Dehler, glaube ich. Kann das sein?"

Herr Zeller hebt die Hände, als wolle er jeden Zweifel persönlich aus dem Raum tragen. „Ich bin mir sicher, dass es sich dabei um ein Missverständnis handelt. Frau Dehler war meine beste Mitarbeiterin."

„War?", stellt sich Jago weiter unwissend.

Herr Zeller nickt betroffen. „Ja, sie ist überraschend verstorben. Ein Unfall, wie es heißt."

„Oh, das tut mir leid." Jago und ich senden mitleidsvolle Blicke. „Herr Hendricks hat mir von einem heftigen Streit mit ihr berichtet", lässt Jago dennoch nicht locker.

Der Angesprochene weitet die Augen. „Das hat er Ihnen erzählt?"

Jago nickt, und Herr Zeller fährt fort: „Es gab einen Streit. Aber nach meinen Informationen ging dieser von Herrn Hendricks aus. Er hat die Kollegin auf dem Parkplatz abgepasst, als sie in ihren wohlverdienten Feierabend gehen wollte. Sein Geschrei war bis in mein Büro zu hören."

„Mir hat er dies anders berichtet", wirft mein Kompagnon ein.

„Das kann ich mir denken." Die Erregung ist dem Bauamtsleiter anzumerken. „Unsere Arbeit wird ja gerne mal falsch dargestellt, wenn jemand sich selbst besonders hervortun will."

„Wenn Sie dies so schildern, kommen mir natürlich Zweifel an den Aussagen von Herrn Hendricks. Was genau hat sich denn zugetragen?"

Herr Zeller lehnt sich etwas vor, und seine Stimme wird verschwörerisch. „Ich darf Ihnen das eigentlich nicht sagen. Datenschutz, Sie verstehen?"

Wir nicken beide.

„Aber Herr Hendricks hat die Vorgaben des Denkmalschutzes grob verletzt und es nicht einmal für nötig befunden, vorher den Kontakt zu uns aufzunehmen. Frau Dehler konnte gar nicht anders, als ein entsprechendes Verfahren gegen ihn einzuleiten."

„Worum ging es denn?"

Seine Stimme wird noch leiser. Er lehnt sich weiter zu uns. „Herr Hendricks hat ohne Genehmigung Veränderungen am Dachstuhl des Gebäudes vorgenommen. Diese verletzen im höchsten Maße die denkmalgeschützte Substanz des Hauses. Es ist schließlich Baujahr 1732 und muss im ursprünglichen Zustand erhalten bleiben. Wenn er vorher mit uns geredet hätte, wäre es sicher möglich gewesen, eine Lösung zu finden, aber so?"

„Er hat mir gesagt, dass Sie den Rückbau und die Wiederherstellung des Urzustands fordern und zudem mit einer empfindlichen Geldbuße gedroht haben."

Er nickt bestätigend. „Ja, es blieb uns keine andere Wahl. Er hat es sich selbst zuzuschreiben."

„Nun, lieber Herr Zeller, das lässt die Sache natürlich in einem völlig anderen Licht erscheinen."

Unser Gegenüber wirkt erleichtert. „Ich kann Ihnen versichern, wenn man uns rechtzeitig einbezieht, finden wir Lösungen, mit denen beide Seiten leben können."

Jago macht Anstalten, sich zu erheben. „Ich danke Ihnen sehr, dass Sie kurz Zeit für uns hatten. Nun weiß ich, dass ich bei Investitionen in der Gemeinde auf fairen Umgang zählen kann."

Herr Zeller erhebt sich ebenfalls. „Bitte zögern Sie nicht, sich bei mir zu melden, wann immer Sie Unterstützung benötigen. Ich kann Ihnen versichern, dass wir einen Weg finden, wie ich Ihnen helfen kann." Er sieht Jago mit einem Gesichtsausdruck an, den ich nicht einordnen kann.

Ich erhebe mich ebenfalls und beobachte das Schauspiel zwischen diesen beiden Kerlen. Ist dies so eine Art Männerritual, das ich nicht verstehe?

Jago lächelt. „Das freut mich zu hören." Wieder reichen sich die Männer die Hände. Jago sagt zu, sich demnächst wegen Details zu melden. Dann schüttelt Herr Zeller auch mir die Hand. Wir verabschieden uns, versichern, den Ausgang alleine zu finden und verlassen das Büro.

Als Jago den Wagen wieder vom Parkplatz lenkt, grinst er mich an. „Nun wissen wir, dass wir diesem Herrn Hendricks definitiv auf den Zahn fühlen sollten."

Ich nicke. „Du hast mir nie gesagt, dass du dich mit Denkmalschutzbestimmungen auskennst und über derart raffinierte Fähigkeiten verfügst."

Er zieht die Augenbrauen hoch. „Du weißt vieles nicht."

„Den Eindruck habe ich auch."

Wir sitzen eine Zeit lang wortlos nebeneinander,

während der Wagen die B 509 entlang rollt.

Es fühlt sich richtig gut an, mit Jago ein Detektivgespann zu bilden.

Nachdem ich mich den halben Tag mit der Buchhaltung beschäftigt habe und nun gerade darüber nachdenke, das Wochenende einzuläuten, klingelt es an der Tür. Ich erhebe mich, trete in den Flur und sehe noch, wie sich Jago beeilt, die Tür zu öffnen. Ich gehe ihm nach und erkenne schnell den Grund für seinen Eifer. Chris erscheint im Türrahmen und grinst. „So, Kumpel. Die Arbeit ist getan. Was machen wir jetzt?"

Die beiden Männer begrüßen sich, wie sich Männer begrüßen, mit einer angedeuteten Umarmung, bei deren Anblick ich mich jedes Mal frage, ob sich die Jungs einfach nicht trauen, sich richtig in die Arme zu nehmen.

Chris sieht zu mir. „Hi, Biene. Na, schon einen Mörder dingfest gemacht?"

„Siehst du", wende ich mich an Jago. „Auch Chris interessiert der Mordfall eher als unsere Routinearbeit." Dann drehe ich mich wieder zu Chris. „Nein, noch nicht. Aber immerhin war Jago heute Morgen so nett und hat geholfen, neue Erkenntnisse zum beruflichen Umfeld unseres Opfers zu erlangen."

„Klingt aufregend. Los, erzählt schon!"

„Soll ich uns eine Runde Kaffee machen?", schlage ich vor.

Beide nicken, und ich wende mich der Maschine zu, während die Männer in Jagos Büro gehen. „Ihr trinkt beide schwarz, oder?", rufe ich ihnen hinterher und laute Zustimmung schallt mir entgegen.

Als ich das Tablett mit Kaffeetassen in das Büro balanciere, sitzen sie an Jagos Besprechungstisch. Ich stelle das Tablett ab und geselle mich dazu.

„Jago hat schon kurz berichtet, wie der Stand ist. Wenn ich es richtig verstehe, habt ihr derzeit zwei mögliche Verdächtige", zitiert Chris, und ich nicke, während ich meine Latte vom Tablett nehme.

„Und was ist jetzt der nächste Schritt?" Chris' Augen leuchten. Es überrascht mich nicht, dass ein Start-up-Gründer auf unsere Schilderung so neugierig reagiert. In meiner Vorstellung haben solche Menschen einen gewissen Hang zum Adrenalinstoß. Allerdings irritiert mich doch etwas an seiner Begeisterung. Selten sehen mich Männer mit einem derartigen Interesse an. Ich muss darauf achten, seinen Blick nicht zu kreuzen, weil dies jedes Mal eine elektrische Welle durch meine Eingeweide jagt.

Ich zucke möglichst emotionslos mit den Schultern. „Ich denke, demnächst sollten wir diesem Herrn Hendricks mal einen Besuch abstatten."

„Das ist dieser Hausbesitzer, der sich mit dem Opfer gestritten hat, nicht wahr?" Chris sieht mich wieder Bestätigung heischend an. Ich nicke, ohne ihm in die Augen zu sehen.

Jago zieht seine Stirn in Falten. Ich gebe ihm durch ein kurzes Kopfheben zu verstehen, dass ich nicht weiß, was er will. Dann zieht er die Mundwinkel nach oben und sieht auf seine Uhr. „Vielleicht ist er jetzt zuhause."

„Du meinst, wir sollten jetzt noch zu ihm fahren?", hake ich nach.

„Klar, was sonst?"

Chris sieht von ihm zu mir und wieder zurück. „Toll, wie ihr mit wenigen Worten auskommt. Da merkt man, dass ihr ein eingespieltes Team seid."

Wir sehen ihn beide verblüfft an, und ich kann nicht umhin, ein wenig zu lachen.

„Was ist?", fragt der Freund irritiert.

„Nichts." Ich nehme schnell einen kräftigen Schluck aus meinem Latteglas. „Okay, dann lass uns Herrn Hendricks aufsuchen."

„Ich kann doch mit?" Chris sieht mit geweiteten Augen von einem zum anderen.

„Von mir aus", murmele ich und leere schnell mein Glas, um meinen beschleunigten Herzschlag in den Griff zu bekommen.

Auch Jago nickt und steht aus seinem Stuhl auf.

„Dann los!"

Ich hechte in mein Büro, um meine Tasche und die Jacke zu holen. Die beiden sind schon auf dem Weg nach draußen, als ich bei ihnen ankomme. Als wir Jagos Auto erreichen, stocke ich. „Moment mal", rutscht es mir heraus. „Wollen wir etwa zu dritt mit deinem Auto fahren?"

Jago zuckt mit den Schultern. „Hinten gibt es doch auch Sitze."

Ich sehe in das Wageninnere. „Aber nur für Kinder. Sehr kleine Kinder."

„Stell dich nicht so an." Er öffnet die Wagentür, und beide Männer sehen mich an.

„Was? Soll ich etwa …"

„Du bist die Schlankeste", meint Jago lakonisch.

Einen kurzen Moment überlege ich, ob ich protestieren soll, aber dann entscheide ich, dass ich keine Lust auf eine Diskussion habe. Also quetsche ich mich hinter den Vordersitz und versuche, meine Extremitäten irgendwie zu arrangieren, während die Herrschaften vorne einsteigen.

„Wir brauchen wirklich einen Firmenwagen, in dem man auch mal einen Gast mitnehmen kann, ohne sich gleich alle Knochen verrenken zu müssen", kann ich das Protestieren nicht ganz lassen.

Chris dreht sich zu mir, während Jago den Wagen

über den Deversdonk lenkt. „Wieso habt ihr eigentlich keinen Firmenwagen? Womit fährst du denn sonst, Biene?"

„Mit dem Fahrrad oder mit Opas altem Mercedes."

„Wie alt ist denn der Mercedes?"

„Dreißig Jahre, glaube ich."

„Echt?" Er wendet sich an Jago. „Das ist aber nicht repräsentativ für ein aufstrebendes Unternehmen."

Jago kommentiert die Aussage mit einem kurzen Zucken der Mundwinkel, während ich wieder versuche, mein hüpfendes Herz in den Griff zu bekommen.

An der Kirche in Oedt angekommen, schäle ich mich wieder aus dem Auto und muss meine Beine erst einmal strecken, damit sie wieder an den Blutfluss angeschlossen werden.

„Dass dieses Haus unter Denkmalschutz steht, sieht man sofort", stellt Chris fest, als wir an unserem Ziel ankommen.

„An der Plakette vom Land NRW?", frage ich.

Chris schüttelt mit dem Kopf. „Nein, weil es krumm und schief ist."

Ich muss lachen. „Ja, das stimmt. Baujahr 1732. Es hat also schon ein paar Jährchen auf dem Buckel."

„Ist mir ein Rätsel, warum man sich so etwas antut. Ich meine, hier gibt es doch sicher schönere Objekte, die nicht so viel Arbeit verlangen."

„Ich denke, es war sehr günstig zu bekommen, und manche Leute unterschätzen den Aufwand, den sie in ein solches Haus noch hineinstecken müssen", meldet sich Jago zu Wort. Wieder ganz der eloquente Geschäftsmann.

„Was sagen wir, wenn jemand öffnet?", fragt Chris, während ich bereits auf dem Weg zur Haustür bin.

„Die Wahrheit, denke ich. Oder was meinst du?", wende ich mich an meinen Kompagnon.

„Die Wahrheit ist meistens eine gute Variante", antwortet dieser.

Ich nicke und betätige den Klingelknopf.

Hinter der Tür sind Stimmen zu vernehmen. Als sie geöffnet wird, sieht uns eine Frau fragend an. „Ja, bitte?"

„Guten Tag", beginne ich. „Sind Sie Frau Hendricks?"

Die Frau nickt.

„Mein Name ist Sabine Hagen, und dies sind meine Kollegen Herr Diaz Fernandez und Herr Selbrock. Wir ermitteln im Todesfall von Frau Dehler und würden dazu gerne mit Ihrem Mann sprechen. Ist er da?"

„Ermitteln? Was für ein Todesfall?"

Ich lasse nicht locker. „Können wir mit Ihrem Mann sprechen?"

Die Frau scheint kurz nachzudenken, dann ruft sie ins Haus: „Daniel, kommst du mal?"

Sie mustert uns nacheinander, während aus dem Haus ein Mann zu uns stößt. Er überragt mich um mindestens einen Kopf. Sein Oberkörper wirkt, als ob er jeden Tag mehrere Tonnen zur körperlichen Ertüchtigung heben würde. Er hat zudem den breitbeinigen Gang, den man von Bodybuildern kennt. Auch lassen die Oberarmmuskeln nicht zu, dass er die Arme an den Körper anlegt. Sein Kopf ruht auf einem ausgeprägten Nacken und wirkt dazu im Vergleich fast zierlich. Alles in allem könnte er Arnold Schwarzenegger in seinen besten Zeiten Konkurrenz machen. Er ist definitiv eine Person, mit der man keinen Streit anfangen möchte. Vor meinen Augen stelle ich mir vor, wie das Opfer auf dem Weg in den Feierabend auf diesen Kerl getroffen ist. Nicole muss sich eingeschüchtert, wenn nicht gar bedroht gefühlt haben, als ihr auf dem Parkplatz von ihm aufgelauert wurde. Ich spüre jetzt schon so etwas wie Angst in mir aufsteigen, dabei hat er zu mir noch kein Wort gesagt, und ich habe zwei Männer an meiner Seite.

„Was ist denn?", fragt der Koloss.

Ich wiederhole das, was ich schon seiner Frau gesagt habe, und die Gesichtsfarbe des Hünen verdunkelt sich bereits.

„Frau Dehler ist tot?" Ich versuche, irgendeinen Ansatz von Mitgefühl herauszuhören, aber ich kann nichts entdecken.

„Ja, und sie haben sich kurz zuvor mit dem Opfer gestritten", prescht Chris an meine Seite und fixiert mein Gegenüber mit einem festen Blick.

Ich mag mutige Männer. Nur nicht, wenn ich in vorderster Reihe und direkter Reichweite eines angsteinflößenden Kerls stehe.

„Also, was mein Kollege …", versuche ich etwas abzuschwächen, aber Herr Hendricks ist bereits rot angelaufen.

„Was wollen Sie damit sagen?" Er presst die Worte kaum noch hörbar zwischen zwei sehr schmalen Lippen hervor und neigt sich leicht in Richtung von Chris, der allerdings keinerlei Anstalten macht, zurückweichen zu wollen.

„Er will gar nichts damit sagen", versuche ich erneut, die Situation zu beruhigen. „Wir wollten nur von Ihnen erfahren, was der Grund für den Streit war."

Langsam dreht sich der Kerl zu mir, und seine Bewegungen erinnern mich an den Moment in den frühen King-Kong-Filmen, wenn sich dieses massige Monster die Blondine schnappt.

„Diese Bitch wollte mir eine Strafe aufbrummen, weil ich das Kinderzimmer renoviert habe."

Ich kann mir diesen Typen überhaupt nicht als liebenden Vater vorstellen, doch meine ich, in diesem Augenblick etwas Weiches in seinen Augen zu entdecken.

Jetzt schaltet sich auch Jago ein. „Wir haben gehört, dass sie unerlaubte Veränderungen am Dachstuhl des Hauses vorgenommen haben."

„Wer sagt das?"

„Das tut nichts zur Sache." Jago bleibt souverän. „Wo waren Sie denn letzten Mittwoch am Abend?"

Die Augen von Herrn Hendricks verengen sich zu Schlitzen, und wieder presst er die Worte sehr langsam heraus. „Sie verschwinden jetzt besser."

Dies scheint mir sinnvoll zu sein, und ich gebe meinen Begleitern mit Blicken zu verstehen, dass ich dieser Aufforderung Folge leisten möchte.

Chris rührt sich nicht vom Fleck, er scheint noch nicht gewillt zu sein, mir zuzustimmen.

„Komm schon", raune ich ihm zu, aber er verzieht nur das Gesicht.

„Danke für Ihre Auskunft", flöte ich dem Befragten zu und tippe Chris an den Arm, damit er mir folgt. Doch der denkt nicht daran.

„Haben Sie etwas mit dem Tod von Frau Dehler zu tun?" Chris tritt einen Schritt neben mich und funkelt Herrn Hendricks an.

Ich ziehe kräftiger an seinem Arm, um ihn zum Gehen zu bewegen, aber er reagiert nicht. Stattdessen stehen sich diese beiden Kerle gegenüber und blitzen sich an.

„Was fällt Ihnen ein ...", zischt der Hüne und neigt sich vor in Richtung Chris.

Der weicht keinen Millimeter. „Was soll ich schon meinen? Waren Sie so wütend, dass Sie ihr aufgelauert und sie dann angefahren haben?"

Am Hals des Hausherrn treten die Adern dick und bläulich leuchtend hervor. Ich bemerke, wie er die Hände zu Fäusten ballt. Auch Chris scheint diese Regung nicht verborgen geblieben zu sein.

„Jetzt komm", raune ich ihm zu und sende einen flehenden Blick zu Jago, der die ganze Zeit hinter uns steht und die Szene gebannt beobachtet.

„Tu doch was!", zische ich ihm zu.

Er scheint aus einer Starre zu erwachen und bewegt sich seinerseits auf die beiden Kampfhähne zu. Aber statt Chris zum Gehen zu überzeugen, stellt sich Jago neben ihn und setzt einen Blick auf, der jedem Mafioso zum Ruhm gereichen würde. Was ist nur los mit diesen Typen? Produziert da irgendeine Drüse Testosteron im Übermaß und schaltet alle Gehirnwindungen auf Leerlauf?

Ich will gerade meine ganze Verzweiflung über die

eskalierende Situation herausschreien, um damit vielleicht alle wieder zur Vernunft zu bringen, als ich eine Regung an Herrn Hendricks bemerke, die mich stocken lässt. Die Adern schwellen ab, und auch die Haut seiner Hände bekommt wieder Farbe. Unvermittelt hebt er sie und winkt ab. „Lassen Sie mich und meine Familie einfach in Ruhe", raunt er und schließt die Haustür hinter sich.

Einen Moment verharren meine Begleiter in ihrer Drohposition, bis auch sie sich wieder entspannen.

„Was ist nur in euch gefahren?", schimpfe ich los.

„Was meinst du denn?", stellt sich Jago unwissend.

„Was ich meine? Dass ihr zwei euch aufplustert wie zwei Möchtegernboxer und einen Schrank von einem Kerl herausfordert. Der hätte euch mit einem Schnipser auf die andere Straßenseite befördert."

Chris lächelt mich an und legt beschwichtigend eine Hand auf meine Schulter, was einen Stromstoß an der berührten Stelle zur Folge hat. „Glaube mir, das hätte er nicht. Wir hatten alles im Griff." Er sieht zu Jago, und der bestätigt mit einem kurzen Nicken.

„Ach, Kerle", seufze ich. „Lasst uns jetzt gefälligst gehen."

Ich beeile mich, zum Auto zu kommen und wieder auf den hinteren Notsitz zu kriechen. Ich möchte vermeiden, dass Herr Hendricks es sich anders überlegt und noch einmal aus seinem Haus kommt. Jago startet den Wagen, und wir fahren in Richtung Grefrath.

Es dauert eine Weile, bis Chris das Schweigen bricht. „Dem Kerl ist auf jeden Fall ein Mord zuzutrauen."

Jago und ich nicken. Dann dreht sich Chris zu mir nach hinten. „Sorry, dass dir die Situation Angst gemacht hat."

„Hey, jetzt stellt mich nicht als schwaches, ängstliches Mädchen dar", protestiere ich. „Ihr habt euch unverantwortlich verhalten." Ich versuche, meine Wut darüber durch das Verschränken der Arme und meinen gestrafften Rücken auszudrücken, was in Anbetracht der Enge auf diesem Notsitz nur sehr begrenzt funktioniert.

Chris beobachtet mich bei meinen Bemühungen und wendet sich dann zu Jago. „Du musst wirklich einen gescheiten Firmenwagen anschaffen. So geht das nicht."

Mistkerl, schimpfe ich innerlich. *Verdammt attraktiver, mitfühlender Mistkerl.*

Am Deversdonk angekommen, hält mir Chris die Wagentür auf, bis ich mich endlich aus meiner Zwangslage befreit habe. Ich schüttele meine Gliedmaßen, als ich wieder auf festem Grund stehe.

„Und was steht jetzt an?", frage ich in die Runde.

Chris sieht zu Jago, und der antwortet: „Ich denke, ich werde Chris etwas die Gegend zeigen, oder?"

Sein Freund lächelt. „Prima."

Ich benötige einen Moment, um die Situation zu verstehen. „Ach so, alles klar." Ich verziehe das Gesicht. „Dann läute ich mal den Feierabend ein und lasse euch zwei Jungs tun, was ihr so tut. Ich wünsche euch ein schönes Wochenende."

Die beiden Männer nicken mir zu, während ich zu meinem Fahrrad schlendere, das Schloss öffne, aufsteige und losfahre. Sie winken mir zu, als ich Richtung Hohe Straße davonfahre. Warum ist ein Teil von mir nun beleidigt, dass Chris nicht vorgeschlagen hat, etwas zu dritt zu unternehmen?

VII

Ich stehe vom Frühstückstisch auf, während Oma noch in der Samstagszeitung blättert.

„Ich mache mich jetzt auf den Weg und suche nach deinem Fahrrad. In Ordnung?"

Sie sieht über die Zeitung hinweg zu mir. „Ja, Kengk. Bitte finde es."

„Ich tue mein Bestes." Auch wenn ich keine Ahnung habe, wo ich anfangen soll, füge ich innerlich hinzu. Dann gehe ich aus dem Haus und hole den Mercedes aus der Garage. Mein Plan ist, den Weg zum Bauerncafé abzufahren und zu schauen, ob Omas Rad irgendwo am Straßenrand liegt.

Kurze Zeit später biege ich hinter dem Eisstadion nach rechts ab und folge dem Straßenverlauf, der mich immer mehr aus dem bewohnten Bereich von Vinkrath hinausführt. Ich rolle langsam voran und starre abwechselnd nach links und nach rechts. Glücklicherweise ist heute ein zwar etwas grauer Tag, aber es regnet nicht, und die Sicht ist klar. Einen Gegenstand in quietschrosa sollte ich eigentlich erkennen können. Aber so sehr ich auch suche, ich kann nichts finden.

Schließlich öffnet sich der Blick, und an beiden Seiten erstrecken sich Wiesen und Koppeln. Vor mir auf der rechten Seite kommt das Bauerncafé in Sicht. Davor kann ich auf einer eingezäunten Weide zu meiner Überraschung Lamas erkennen. Oder sind es Alpakas? Ich kann diese Tiere nie unterscheiden. Ich halte vor dem Lokal. Es wirkt wie ein Wohnhaus, dessen Garten man in einen Biergarten umgewandelt hat. Vor einem Zaun stehen unzählige Fahrräder, dahinter dreht sich eine kleine Wassermühle an einem angedeuteten Bach.

Ich steige aus und gehe auf dem schmalen Weg in Richtung des Lokals, vorbei an vollbesetzten Tischen mit Gästen. Vielleicht gibt es unter den Leuten, die hier arbeiten, jemanden, der etwas gesehen hat.

„Gehören Sie zu der Gruppe?" Eine junge Frau kommt auf mich zu und sieht mich auffordernd an.

„Nein, ich bin alleine hier."

„Oh, dann tut es mir leid. Wir sind heute voll ausgebucht."

„Das freut mich für Sie." Ich schenke ihr ein Lächeln, um dann fortzufahren. „Ich bin gar nicht wegen des Frühstücks hier. Ich habe Fragen zu einer Gruppe, die vor ein paar Tagen hier Rast gemacht hat. Haben Sie am Donnerstag auch gearbeitet?"

„Ich bin immer hier. Uns gehört der Hof."

„Oh, wie schön. Super Idee mit dem Café. Ich höre nur Gutes darüber."

„Was möchten Sie denn wissen? Ich muss mich um die Gäste kümmern."

„Ja, sorry. Am Donnerstag war hier eine Gruppe vom

Forum Älterwerden aus Grefrath. Erinnern Sie sich vielleicht daran?"

„Ja, sicher. Die kommen regelmäßig hierher. Sind sehr nette Leute."

„Meine Oma gehört dazu. Bedauerlicherweise wurde an dem Donnerstag ihr Fahrrad gestohlen."

„Sie sind Trudis Enkelin?" Sie reißt die Augen weit auf.

„Äh, ja, das bin ich."

„Dann sind Sie die Detektivin, oder?"

Ich nicke.

Sie hält erschrocken die Hände vor den Mund. „O mein Gott, suchen Sie wieder nach einem Mörder?"

„Also, nein, eigentlich bin ich wegen des Fahrraddiebstahls hier."

Die Enttäuschung steht ihr deutlich ins Gesicht geschrieben. „Ach so. Tut mir so leid für Trudi. Sie war sehr traurig, als sie ihr Fahrrad nicht mehr finden konnte. Ich habe ihr dann ein Taxi gerufen."

„Haben Sie zufällig gesehen, ob sich jemand an den Rädern vor dem Hof zu schaffen gemacht hat, während die Gruppe hier gefrühstückt hat?"

Sie runzelt die Stirn. „Trudi fährt doch dieses süße rosa Rad, nicht wahr?"

„Ja, das stimmt. Haben Sie etwas gesehen?" Ich kann mein Glück kaum fassen, dass es vielleicht eine Spur geben könnte.

Sie schüttelt den Kopf. „Nein, leider nicht."

Ich muss mich beherrschen, nicht zu fluchen, als die Hoffnung auf einen Hinweis jäh zermalmt wird. Aber ich gebe noch nicht auf. „Können Sie sich erinnern, ob an diesem Tag irgendwer hier vorbeigekommen ist, der das Fahrrad genommen haben könnte?"

„Wenn ich die Gäste bediene, achte ich nicht darauf. Manchmal kommen schon Radfahrer vorbei. Aber die meisten halten dann auch bei uns."

„Ist vielleicht später ein anderes Fahrrad hier liegengeblieben, als alle Gäste weg waren?" Meine Theorie ist, dass vielleicht das Rad von jemandem eine Panne hatte und sich die Person einfach das nächstbeste Fahrrad gegriffen hat, aber die Frau zerstört die Idee mit einem neuerlichen Kopfschütteln.

„Sonst ist hier wirklich niemand vorbeigekommen?"

„Sie sehen doch selbst, wir sind hier nicht an der Autobahn. Außer der Post oder unseren Gästen sehen wir hier niemanden. Ich muss jetzt wirklich weiter." Schon hat sie sich abgewendet, um wieder ins Haus zu hetzen.

Ich sehe mich noch einmal um und betrachte die Szenerie. Seit ich hier bin, ist niemand vorbeigekommen. Das bestätigt die Aussagen der Wirtin. Die Theorie, dass jemand spontan Omas Fahrrad genommen haben könnte, wackelt beträchtlich. Aber wer soll es sonst gewesen sein? Ich trotte zum Auto und starte den Motor.

Ich erwische Oma auf der Terrasse, wie sie mit der großen neongelben Wasserpumpgun auf ein Taubenpärchen zielt. Mein Kommen verscheucht die Vögel, ohne dass Oma schießen muss.

„Diese verdammten Viecher vertreiben mir ständig die anderen Vögelchen", schimpft sie und dreht sich zu mir. „Kengk, hast du mein Fahrrad schon gefunden?"

„Nein, leider nicht."

„Mist", grummelt sie und stellt ihre Spielzeugwaffe in die Ecke. Dann folgt sie mir in die Küche.

„Bitte überlege nochmal", fordere ich sie auf. „Kannst du dich an irgendwen oder irgendwas erinnern an dem Morgen? Hast du vielleicht gesehen, ob beim Bauerncafé jemand vorbeigekommen ist?"

Oma lässt sich auf ihren Stammplatz sinken und zieht die Stirn in Falten. „Nein, Kengk, ich habe nichts gesehen. Aber wir haben uns ja auch die ganze Zeit unterhalten und nicht auf andere Besucher geachtet."

„Haben vielleicht die anderen von der Gruppe etwas gesehen?"

Sie zuckt mit den Schultern. „Das könnte sein."

„Dann frag sie doch bitte. Ohne irgendeinen Hinweis

sehe ich schwarz, dass ich dein Fahrrad finden kann."

„Ja, Kengk, ich starte mal einen Rundruf."

Gerade als ich mich mit dem Gedanken abgefunden habe, dass ich mich der Hausarbeit widmen muss, klingelt mein Telefon.

„Hi, Betty", begrüße ich meine Freundin.

„Hallo, meine Liebe. Was machst du heute?"

„Wollte gerade mal Staubsaugen."

„Na, das kannst du auch noch ein anderes Mal. Was hältst du davon, wenn du mit uns nach Kempen kommst? Da ist heute das Stadtfest. Annette ist auch dort."

„Da musst du mich nicht zweimal fragen. Holt ihr mich ab?"

„Klar."

Kaum zehn Minuten später ertönt die Türglocke, und ich hechte die Treppe hinunter. Betty umarmt mich kurz zur Begrüßung, und dann steige ich in ihren geräumigen Kombi, in dem die ganze Familie Platz findet. Georg nickt mir kurz zu, während mir ihre Tochter Maya um den Hals fällt. Deren Bruder Lukas starrt dagegen nur auf sein Handy und würdigt mich keines Blickes.

„Wir haben heute Glück mit dem Wetter", werfe ich

in die Runde.

„Das haben wir uns auch gedacht", antwortet Betty. „So eine Gelegenheit muss man nutzen nach den regnerischen letzten Wochen."

Ich beobachte, wie sie in Richtung ihres Mannes lächelt und leicht seinen Arm tätschelt.

„Hast du einen neuen Mordfall?", fragt mich Maya aus.

Ich nicke.

„Und weißt du schon, wer es war?" Die Augen des Kindes sind vor Neugier geweitet.

„Leider noch nicht. Wir stehen noch ganz am Anfang der Ermittlungen."

„Wenn ich groß bin, werde ich auch Detektivin", verkündet die Kleine.

Betty und Georg sehen sich an, und ich kann nicht erkennen, ob Besorgnis in ihren Blicken steckt. Dennoch sehe ich mich gezwungen, die Begeisterung des Kindes etwas abzuschwächen.

„Das ist nicht so spannend, wie es sich anhört."

Glücklicherweise entscheidet sich Maya dazu, ihren Bruder zu ärgern und sich nicht weiter mit ihrer beruflichen Zukunft zu beschäftigen.

Das Innere dieser Familienkutsche weckt tief verborgene Erinnerungen an meine eigene Kindheit in mir. Meine Eltern sind schon so lange tot, dass die Bilder mit ihnen in meinem Kopf immer blasser werden. Aber das Gefühl der familiären Geborgenheit, das mich jedes Mal durchströmt, wenn ich Betty und Georg besuche, lässt diese Bilder wieder schärfer werden.

Georg lenkt den Wagen über den Kempener Ring zum großen Parkplatz am Moorenring. Es gibt auch tatsächlich noch einen freien Platz.

„Gut, dass wir so früh sind", kommentiert Georg diesen glücklichen Umstand, und wir steigen alle aus. Vor uns liegt die Fußgängerzone in Kempen. Rund um die Innenstadt, in der sich das Leben abspielt, verläuft eine Straße. Früher wurde dieser Ring von den Burgmauern gebildet, heute ist an ihre Stelle die Straße getreten, die den Stadtkern umschließt. Dennoch hat sich Kempen dadurch immer einen gewissen Charme erhalten und die Stadt zu einem beliebten Ziel für Bummler gemacht.

„Wo wollen wir denn Annette treffen?", frage ich Betty.

Die sieht auf ihre Uhr. „Sie müsste eigentlich schon irgendwo hier sein." Wie auf Kommando lassen wir alle unsere Blicke über den Parkplatz in Richtung der Fußgängerzone schweifen, um unsere Freundin irgendwo zu entdecken.

„Sucht ihr mich?"

Erschrocken drehen wir uns um und sehen in das

lachende Gesicht von Annette.

„Mann, du kannst dich doch nicht so anschleichen", schimpfe ich übertrieben theatralisch. Dann umarme ich sie. „Schön, dass du da bist."

„Dann mal los", gibt Georg das Kommando, und die Truppe setzt sich in Bewegung.

Annette und ich schlendern hinter der Familie her.

„Betty hat erzählt, dass du jetzt auch singst?" Annette sieht zu mir.

„Na ja, bis jetzt war ich nur einmal bei der Chorprobe. Und gleich ist die Vorsitzende tot. Ob das ein gutes Omen für meine Gesangskarriere ist, bleibt dahingestellt."

„Das ist ja schrecklich. Eine ehemalige Kollegin von mir ist auch eine begeisterte Sängerin in dem Frauenchor in Oedt und schwärmt oft davon. Der Chorleiter muss sehr mitreißend sein. Was, und jetzt ist die Vorsitzende ermordet worden?"

„Sieht so aus. Die Polizei vermutet, dass jemand sie absichtlich angefahren hat, als sie mit dem Fahrrad auf dem Weg zur Probe war. Wie heißt deine Kollegin denn?"

„Petra."

Ich starre sie an. „Doch nicht etwa Petra Eiken?"

„Ja, wieso? Was ist mit ihr?"

„Ich weiß es noch nicht. Was kannst du mir denn

110

über sie erzählen?"

„Sie war eine tolle Kollegin. Immer hilfsbereit und mit vollem Einsatz dabei. Dann kam die Coronazeit. Sie hat sich völlig verausgabt, und mit ihrem Mann muss es heftig gekriselt haben. Schließlich ist sie zusammengebrochen. Burnout, hieß es. Davon hat sie sich bis heute nicht erholt. Sie hat gekündigt. Gelegentlich telefoniert sie noch mit einer Kollegin von der Station. Es soll ihr immer noch nicht gut gehen, und in ihrer Ehe läuft es wohl auch nicht besser. Warum interessierst du dich für sie?"

Ich druckse etwas herum.

„Ist sie etwa verdächtig?", schließt Annette aus meinem Zögern.

„Ihr Mann ist ausgezogen, und sie hat dem Opfer vorgeworfen, ein Verhältnis mit ihm gehabt zu haben."

„O Gott!" Annette schüttelt den Kopf. „Du meinst, sie hätte die Vorsitzende …"

„Hältst du es für möglich?"

Annette presst die Lippen zusammen und sieht mir direkt in die Augen. „Wenn du mich das vor zwei Jahren gefragt hättest, hätte ich es sicher vehement verneint. Aber so, wie sie zuletzt drauf war …"

Ich tätschele ihren Oberarm. „Vielleicht war sie es auch nicht. Ich werde es herausbekommen."

Sie nickt schwach, und wir beobachten, wie Betty

Georg zur Auslage der Filiale einer Buchhandelskette zieht.

„Oh, bitte lass sie nicht hineingehen", raunt Annette mir zu, und ich muss lachen. Wenn man Betty in einen Buchladen lässt, kommt sie ewig nicht wieder raus, und danach hat man einen großen Stapel Bücher zu schleppen.

Annette deutet mit dem Finger auf ein ausgestelltes Taschenbuch. „Sieh mal, Krimis, die an realen Orten spielen, haben Konjunktur. Vielleicht solltest du deine Erlebnisse mal aufschreiben. Würde bestimmt ein Hit."

Ich schüttele heftig den Kopf, während Georg seine Frau sanft weiterzieht, obwohl sie noch einen sehnsüchtigen Blick zurück in Richtung Ladentür wirft. Schnell setzen auch wir uns wieder in Bewegung.

„Du weißt doch, wie schlecht ich in Deutsch war. Ich glaube nicht, dass ich ein Buch schreiben könnte. Und erst recht nicht so, dass es jemand lesen wollte."

Annette tätschelt mir den Arm. „Du hast auch gesagt, du könntest nicht singen, und nun gehst du zu einem Chor. Man kann nie wissen."

Wir schlendern weiter die Geschäftsstraße entlang. Hier und da bleiben wir stehen und betrachten die angebotenen Waren. Die Kinder rennen voraus und wenden sich dem Schaufenster eines Geschenkeladens zu. Kaum dass wir sie erreicht haben, sind sie auch schon im Inneren des Ladens verschwunden.

Annette und ich bleiben an der Auslage stehen und studieren das Angebot. Es gibt alle möglichen Merchandisingartikel zu Filmen wie Star Wars, Spongebob und Videogames, mit denen ich mich nicht auskenne. Georg scheint durchaus Interesse an diesen Dingen zu haben und betrachtet sie mit leuchtenden Augen. Dann ist auch er im Geschäft verschwunden.

Betty lächelt in unsere Richtung. „Da ist Georg in seinem Traumland."

„Ich wusste gar nicht, dass er für so etwas zu begeistern ist", stelle ich fest.

Betty verzieht das Gesicht. „O ja, wenn ich ihn nicht bremsen würde, hätten wir das ganze Haus voll stehen mit solchen Dingen. Ich versuche mal, ihn loszueisen."

Schon ist auch sie in dem Laden verschwunden. Annette und ich sehen uns wieder an. „Sollen wir auch?", frage ich.

Annette zuckt mit den Schultern. „Muss nicht sein."

Ich nicke nur und wortlos betrachten wir weiter die verschiedenen Devotionalien im Schaufenster.

Kurze Zeit später erscheint Betty wieder und trägt einen Karton vor sich her.

„Was ist das?", frage ich neugierig.

„Das ist etwas für mein Handarbeitszimmer."

Ich überlege, ob Ironie in ihrer Aussage liegt, aber sie scheint es ernst zu meinen.

Annette und ich machen ein paar Schritte auf sie zu, um den Gegenstand näher in Augenschein zu nehmen. Es handelt sich um ein Sektglas mit einer aufgedruckten Skala, beginnend bei *Frag nicht!* über *Schlechter Tag* bis *Guter Tag*.

„O ja, das muss man haben", bestätige ich in einem übertriebenen Tonfall.

„Auf jeden Fall", schließt sich Annette grinsend an.

„Kauft Georg noch mehr ein?", frage ich.

„Ein Teil habe ich ihm gestattet", erklärt Betty lachend. „Er ist noch beim Bezahlen und füllt irgendetwas aus, um Rabatt zu kriegen."

Kurze Zeit später beobachten wir Georg, wie er, gefolgt von den Kindern, freudestrahlend mit einer Tüte aus der Tür tritt.

„Ich wusste nicht, dass in dir noch ein Kind wohnt", lässt Annette verlauten, und wir müssen alle lachen.

„Hast du gleich deine Adresse hinterlassen, damit du ja nichts verpasst?", füge ich an.

„Lacht nur. Man muss sich seine Begeisterungsfähigkeit erhalten, sonst stumpft man irgendwann ab", protestiert der Angesprochene.

Betty geht zu ihm, packt ihr Sektglas mit in seine Tüte und hakt sich bei ihm ein. Dann drückt sie ihm einen Kuss auf die Wange. „Und dafür liebe ich dich, mein Schatz."

Annette und ich unterstreichen die Szene mit einem übertriebenen Seufzer, der wieder Gegacker auslöst.

„Ihr seid blöd", ruft Georg aus, um dann ebenfalls laut loszuprusten. „Was haltet ihr von einer Bratwurst?"

Alle stimmen zu, und Georg geht voran.

VIII

Nach dem schönen Tag mit meinen Freunden in Kempen und einem faulen Sonntag freue ich mich nun richtig auf das Büro. Schwungvoll steige ich vom Rad, stelle es ab und öffne die Tür, nur um direkt von völliger Stille empfangen zu werden. Nirgends ist Licht eingeschaltet, und der Kaffeeautomat ist im Dämmerzustand. Ich gehe zurück zur Tür, öffne sie und suche auf dem Platz nach Jagos Auto. Es steht an der gewohnten Stelle. Er scheint also zuhause zu sein. Ich schließe die Tür wieder und trotte in Richtung unserer Kaffeeküche. Jagos Büro liegt verwaist da. Ungewöhnlich, dass er noch nicht bei der Arbeit ist. Enttäuschung macht sich breit. Ich hatte auf eine rege Diskussion des aktuellen Falles gehofft, und natürlich will ich mehr darüber erfahren, was Jago und sein Freund am Wochenende getrieben haben. Es scheint, dass Chris ihn ziemlich in Beschlag genommen hat.

Während ich den Vollautomaten aus seinem Schlaf reiße, muss ich doch lächeln. Es ist schön, dass Jago so einen guten Freund hat. So manches Mal hat er mir leidgetan. Er kam mir hier etwas verloren vor. Auch wenn er sich natürlich selbst dafür entschieden hat, in Grefrath zu bleiben. Wie ich nun weiß, hat er durchaus Gründe dafür. Dennoch ändert dies nichts daran, dass er hier außer mir keine anderen Bezugspersonen hat.

Zumindest, soweit ich darüber informiert bin, und ich muss mir mal wieder eingestehen, dass ich gar nicht so viel über Jagos Leben weiß. Doch es ist nicht nur Jagos Leben, das mich in diesem Moment beschäftigt. Sein Freund Chris nimmt meine Gedanken nicht weniger in Beschlag. Was hat es mit diesem Mann auf sich, dass er mich derart beschäftigt und diese irritierenden Gefühle in mir auslöst? „Sabine, du wirst dich doch nicht …" Hier unterbreche ich mich, denn ich wage es nicht, meine eigenen Gedanken zu Ende zu denken.

Ich betrachte, wie die Maschine ihre Arbeit verrichtet und schaumige Milch in mein Glas träufelt, als ich endlich deutliche Stimmen vernehme. Fast hätte ich gejubelt, so belebend wirken diese Töne in der Stille. Ich nehme mein fertiges Getränk und starre in die Richtung, aus der nun Jago und Chris zu hören sind, als sich auch schon die Tür zum Obergeschoss öffnet.

„Ola Biene", begrüßt mich Jago. Dabei strahlt er eine Fröhlichkeit aus, die ich selten an ihm gesehen habe.

Direkt hinter ihm erscheint der offenkundige Grund für diese Freude.

„Guten Morgen!" Auch Chris scheint guter Dinge zu sein. „Schon bei der Arbeit?"

Ich sehe von meinem Kaffeeglas zu ihm. „Na ja, sagen wir mal, ich bereite mich darauf vor."

Er lacht auf. „Gute Vorbereitung ist eben die halbe

Miete."

Ich schenke ihm ein Lächeln als Antwort. „Euch scheint es gut zu gehen. Hattet ihr ein schönes Wochenende?"

„Absolut", bestätigt Chris meinen Eindruck. „Wir hatten Spaß, nicht wahr?" Er sieht zu Jago, der heftig mit dem Kopf nickt.

„Was habt ihr denn gemacht?", muss ich neugierig nachhaken.

Wieder antwortet Chris. „Wir haben über die alten Zeiten geplaudert, und Jago hat mir ein wenig die Gegend gezeigt."

Ich tippe Jago an den Arm, als er an mir vorbei in Richtung seines Büros gehen will. Er sieht mich fragend an.

„Können wir uns kurz über den Fall unterhalten?"

„Du meinst, den Fall, mit dem wir kein Geld verdienen?"

„Jetzt sei mal nicht so ein Erbsenzähler."

Jago zieht die Stirn in Falten. „Was hat das mit Erbsen zu tun?"

Chris lacht hinter mir laut auf. „Ich liebe diesen Kerl!"

Nun wirkt mein Kompagnon erst recht verwirrt.

„Sagt man so", erläutere ich ihm. „Erbsenzähler sind kleinliche Leute, die immer nur auf das Geld gucken."

„Ach so." Jagos Gesichtszüge hellen sich auf. „Du meinst also Leute mit Geschäftssinn, die finanziell gut aufgestellt sind?"

„Hahaha." Nun ist es an mir, das Gesicht zu verziehen, und Jago lacht laut auf.

Dann zwinkert er mir zu und zeigt mit einer Handbewegung, dass wir ihm in sein Büro folgen sollen. „Kommt, lasst uns über den Fall sprechen."

Unser Tross setzt sich gerade in Bewegung, als mein Handy klingelt, das auf meinem Schreibtisch liegt. „Moment noch", rufe ich den Männern zu und hechte dem aufdringlichen Signal entgegen.

Auf dem Display lächelt mir Georgs Konterfei entgegen. „Hallo Georg", flöte ich ins Gerät. „Was bringt mich denn zu diesem überraschenden Anruf?"

Die Stimme am anderen Ende klingt aber nicht gewohnt fröhlich, sondern zittert vor Aufregung. „Betty ist im Krankenhaus."

„Was? Wie das?", kann ich nur begriffsstutzig fragen.

„Sie wurde angefahren."

„Was? O Gott! Wie geht es ihr?"

„Sie hat wohl riesiges Glück gehabt. Aber die Ärzte untersuchen sie noch."

„Okay, ich mache mich gleich auf den Weg." Eine Antwort warte ich nicht ab und beende das Gespräch.

Dann schnappe ich meine Sachen und renne in Jagos Büro, wo es sich die Männer bereits gemütlich gemacht haben.

„Jago, ich brauche dein Auto."

Er sieht mich überrascht an. Ich meine, dass er etwas einwenden möchte, doch ich gebe ihm keine Chance, Einspruch zu erheben.

„Gib mir verdammt nochmal deinen Autoschlüssel! Betty liegt im Krankenhaus, und ich muss zu ihr. Jetzt!"

Wortlos nimmt Jago den Schlüssel und wirft ihn mir zu. „Melde dich und sag Bescheid, wie es ihr geht", höre ich noch hinter mir, während ich schon auf dem Weg nach draußen bin.

Als ich am Kempener Krankenhaus ankomme, hoffe ich sehr, dass es auf der Landstraße keinen versteckten Blitzer gab. Meinen Führerschein dürfte ich dann für längere Zeit los sein. So ein Aston Martin hat schon mächtig Power.

Ich haste zum Eingang und erkundige mich nach der Notaufnahme. Schon von weitem sehe ich Georg, der im Gang auf und ab geht.

„Hallo Georg, wie geht es ihr?" Ich umarme ihn, und er lässt es geschehen.

„Sie ist noch beim Röntgen, aber sie sagen, dass sie ungeheuerliches Glück gehabt hat."

„Was ist denn genau geschehen?"

„Ich weiß auch noch keine Details. Die Polizei hat mich informiert, aber sie haben mir nicht viel erzählt. Sie soll mit dem Fahrrad die Schulstraße in Richtung Supermarkt entlang geradelt sein. Dann muss von hinten ein Auto mit einem Affenzahn angerast gekommen sein. Das hat sie voll gerammt. Sie soll im hohen Bogen auf den Bürgersteig geflogen sein. Das Auto ist dann einfach weitergefahren. Fahrerflucht."

„Weiß die Polizei, was für ein Auto es war?"

„Das haben sie mir nicht erzählt. Sie untersuchen die Unfallstelle noch und befragen Passanten."

Schockiert und etwas ratlos sehe ich mich in dem Krankenhausflur um. Was macht man in einem solchen Moment? Kann man wirklich nur dastehen und dem Pflegepersonal zusehen, das von einem Raum in den anderen hetzt?

„Hat Annette Dienst?", frage ich Georg.

„Keine Ahnung." Er starrt den Gang entlang, als ob seine Frau jeden Moment um die Ecke kommen könnte.

„Ich rufe sie mal an", teile ich ihm mit und fummele mein Handy aus der Tasche.

Ich lasse es einige Male klingeln, aber niemand hebt ab.

„Sie geht nicht ran."

Georg scheint gar nicht zu hören, was ich sage. Er wirkt, als wäre er in Gedanken ganz woanders, was ich ihm nicht verübeln kann.

„Hallo", ertönt eine bekannte Stimme hinter uns, und sowohl Georg als auch ich drehen uns erschrocken um. Vor uns steht Jochen in Uniform, in Begleitung seiner Dienstpartnerin.

„Hallo Biene", sagt er und sieht nur ganz kurz in meine Richtung. Sichtlich bemüht, keinen längeren Blickkontakt herzustellen. Dann wendet er sich Georg zu. „Gibt es etwas Neues von Betty?"

Der Angesprochene schüttelt den Kopf. „Sie ist noch beim Röntgen."

Ich zögere, ob ich ihm eine Frage stellen und damit riskieren soll, dass die Situation noch unangenehmer wird. Dann hält es mich aber nicht mehr. „Weißt du, was genau passiert ist?", schalte ich mich ein.

Jochen sieht zu mir, und es wirkt, als müsse er sich mit aller Kraft auf die Fakten konzentrieren. „Sie ist von einem Auto angefahren worden. Alles deutet darauf hin, dass es mutwillig war. Leider waren nur wenige Menschen auf der Straße, aber die wenigen Schilderungen, die es gibt, beschreiben eindeutig, dass der Fahrer oder die Fahrerin direkt auf Betty zugesteuert ist." Er wendet sich schnell von mir ab.

„Konnten die Zeugen wenigstens etwas zum Auto sagen?"

Er schüttelt den Kopf. „Nicht viel. Es soll dunkel

gewesen sein. Irgendetwas zwischen einem Japaner und einem BMW. Es kann also so ziemlich alles gewesen sein."

„So'n Mist. Das ist doch völlig verrückt. Wer tut denn so etwas?", lasse ich nicht locker.

„Das versuchen wir zu ermitteln. Wir hatten gehofft, dass wir mit Betty sprechen können. Kannst du dir jemanden vorstellen, der so sauer auf sie ist, dass er so etwas tun würde?", wendet er sich Georg zu.

Der sieht ihn mit geweiteten Augen an. „Du kennst doch Betty. Sie kämpft für das, was ihr wichtig ist. Aber sie wird niemals unfair. Ich kann mir einfach nicht vorstellen, dass sie etwas tun würde, das so etwas bei jemandem auslösen könnte."

Jochen nickt. „Ja, da kommt mir eigentlich auch nichts in den Sinn. Aber alles deutet darauf hin, dass jemand es auf sie abgesehen hat."

Schweigend starrt jeder in irgendeine Richtung, wir versuchen, unseren Blicken auszuweichen.

Jochen spricht leise mit seiner Partnerin. Dann geht diese an uns vorbei und verschwindet um die Ecke.

„Sie sucht einen Arzt, der uns mehr sagen kann", erläutert er uns.

Wieder versinken wir in eine belastende Stille. Ab und zu habe ich das Gefühl, dass Jochen Augenkontakt zu mir sucht, aber ich bemühe mich, dem auszuweichen. Schließlich kreuzen sich doch kurz unsere Blicke.

„Geht es dir gut?", fragt er.

Ich nicke. „Klar. Und dir?"

Auch er nickt. „Ja, alles okay."

Ich starre auf die weiße Wand und betrachte die Spuren daran, die von Kollisionen mit Betten oder Tragen zeugen. Jedes Mal, wenn sich eine der zahlreichen Türen entlang des Ganges öffnet, zucken wir alle zusammen, um dann direkt im Anschluss festzustellen, dass wieder nur ein Pfleger erscheint und gleich in einem anderen Raum verschwindet.

Jochens Partnerin kommt um die Ecke, und direkt dahinter erscheint ein Rollstuhl. Darauf sitzt Betty und winkt uns tatsächlich zu. Georg rennt zu ihr, und wir alle folgen ihm. Er umarmt seine Frau, die dabei aufstöhnt. „Au! Sei bitte vorsichtig. Ich bin etwas lädiert."

Nachdem Georg von ihr abgelassen hat, wende ich mich ihr zu. „Mensch, du machst ja Sachen. Aber freut mich, dich tatsächlich lächeln zu sehen." Ich deute eine Umarmung an.

„Lassen Sie uns in den Behandlungsraum gehen", wirft die Pflegerin ein, die Bettys Rollstuhl schiebt.

Wir machen den Gang frei, und die Pflegerin bewegt sie in einen der Räume. Alle trotten hinterher und beobachten, wie sich Betty mit Hilfe der Frau erhebt und sich dann stöhnend auf eine Liege legt.

„Der Arzt kommt gleich", teilt uns die Pflegerin noch mit und ist dann verschwunden. Wir gruppieren uns um die Liege herum. Georg ergreift die Hand seiner Frau.

„Was haben sie dir denn gesagt?", frage ich nach.

Betty sendet ihrem Mann ein Lächeln und dreht sich dann langsam zu mir. Nicht ohne wieder kurz aufzustöhnen. „Ich habe mir anscheinend nichts gebrochen. Das ist ein Wunder, haben die Ärzte gesagt. Ich kann wohl auch von Glück sagen, dass ich einen Fahrradhelm getragen habe."

„Wow, das erleichtert uns alle."

Jochen drängelt sich an mir vorbei. „Sorry, Betty, aber kannst du mir genauer erzählen, was passiert ist?"

Sie sieht zu ihm. „Hi, Jochen."

„Ja, hi", erwidert dieser. „Kannst du den Vorfall schildern?"

„Da gibt es nicht viel zu sagen. Ich fuhr zum Rewe. Plötzlich kam ein Auto von hinten und rammte mich. Ich wusste gar nicht, wie mir geschah. Ich sah nur noch den Bürgersteig auf mich zukommen. Im Augenwinkel habe ich dann noch mitbekommen, wie der Wagen beschleunigte, und mit quietschenden Reifen um die Kurve verschwand."

„Kannst du das Auto näher beschreiben?"

Betty überlegt. Ab und zu verzieht sie kurz das

Gesicht, als ob sie ein Schmerz durchzucken würde. „Ach Mensch, es tut echt jede Bewegung weh", mault sie. Dann wendet sie sich behutsam wieder Jochen zu. „Es war schwarz oder so dunkelgrau anthrazit. Aber ich kenne mich mit den Automodellen nicht so aus."

„Hast du vielleicht etwas vom Nummernschild gesehen?"

Betty bewegt den Kopf ganz langsam von links nach rechts.

„Hast du die Person am Steuer gesehen?", hakt Jochen nach.

Wieder schüttelt Betty den Kopf in Zeitlupe. „Tut mir leid", murmelt sie. „Es ging alles so schnell."

Die Tür öffnet sich und ein Arzt erscheint. „Oh, was ist denn hier für ein Auflauf?"

„Mein Mann und meine beste Freundin", erläutert Betty. „Und die Polizei natürlich. Die können alle hören, was Sie zu sagen haben."

Der Arzt sieht von einem zum anderen und wendet sich dann wieder Betty zu. Er spricht mit einem leichten indischen Akzent und hat ein freundliches Gesicht.

„Na gut." Er sendet Betty ein Lächeln. „Sie müssen einen tollen Schutzengel haben", beginnt er. „Es gibt keine Knochenbrüche, aber in den nächsten Tagen dürfte sich ihr Körper großflächig blau einfärben. Sie haben einige mächtige Prellungen abbekommen. Es gibt auch keine Anzeichen einer Gehirnerschütterung. Wie fühlen Sie sich denn jetzt? Ist Ihnen schwindelig?"

„Nein." Betty schüttelt den Kopf. „Nur bei jeder Bewegung gibt es Stiche überall."

„Ja, das ist die Folge der Prellungen. Die können unangenehmer sein als Brüche." Er sieht in die Runde. „Sind Sie ihr Mann?", wendet er sich an Georg.

Der nickt.

„In den nächsten Tagen müssen Sie ihr viel abnehmen. Sie muss sich schonen." Er sieht wieder zu Betty und tätschelt ihren Arm. „Aber dann sind Sie bald wieder auf den Beinen."

„Soll das heißen, sie muss nicht hierbleiben?", hakt Georg nach.

„Ja, sie können Sie wieder mitnehmen. Aber kümmern Sie sich gut um sie." Er lacht auf.

„Kann ich noch kurz mit Ihnen sprechen?", wendet sich Jochen an den Arzt. Der nickt, und Jochen folgt ihm aus dem Raum.

„Kannst du mal nachsehen, wo meine Sachen sind?", fordert Betty ihren Mann auf, und der beginnt sofort mit der Suche.

„Ich frage mal nach", lässt er uns wissen, als er im Raum nichts gefunden hat, und ist schon aus durch die Tür verschwunden.

„Lieb, dass du gleich gekommen bist", wendet sich Betty an mich.

„Du hast mir einen mächtigen Schrecken versetzt. Da konnte ich doch nicht im Büro bleiben."

Sie verzieht das Gesicht zu einem Grinsen. „Jochen sieht gut aus, nicht wahr?"

„Was willst du mir damit sagen? Er sieht aus wie immer." Betty weiß natürlich, dass ich Jochens durchtrainierten Körper immer gemocht habe. Wenn in ihm doch nur ein etwas offenerer Geist wohnen würde …

„Dass es zwischen euch nach wie vor kribbelt, sieht ein Blinder mit Krückstock." Meine beste Freundin lässt nicht locker.

„Aber Kribbeln alleine genügt eben nicht. Jetzt hör mal auf, über alte Kamellen zu reden. Ich zermartere mir die ganze Zeit das Hirn, wer so Schwerwiegendes gegen dich haben könnte, um dich am helllichten Tag mit dem Auto zu rammen." Ich sehe ihr tief in die Augen. „Jetzt mal ehrlich: Gibt es da irgendwas, was du noch nicht erzählt hast?"

Bettys Gesicht verdunkelt sich. „Hast du sie noch alle? Was denkst du von mir? Dass ich in irgendwelche Machenschaften verstrickt bin? Oder, was weiß ich, ein Verhältnis habe?"

Ich lasse mich nicht beirren. „Hast du?"

„Manchmal kannst du so eine Ziege sein. Dass du

mir so etwas zutraust. Nein, habe ich natürlich nicht." Sie will die Arme vor der Brust verschränken, zuckt dann aber schmerzvoll zusammen und lässt sie wieder neben sich auf die Liege fallen. „Verdammt!", grummelt sie.

„Bitte entschuldige", versuche ich, sie zu beschwichtigen. „Ich will doch nur herausbekommen, wer das gewesen sein könnte. Ich muss solche Fragen stellen."

„Du kennst mich, Biene. Du weißt ganz genau, dass Georg und meine Familie das absolut Wichtigste für mich sind. Ich würde sie doch niemals in Gefahr bringen. Niemals, verstehst du?"

Ich nicke heftig. „Ja, das weiß ich doch. Tut mir leid, dass ich es auch nur angedacht habe." Ich sehe sie mit großen Augen an. „Freunde?"

Betty zieht den linken Mundwinkel hoch. „Wenn nicht alles weh tun würde, würde ich dich jetzt umarmen, du verdammte Idiotin."

Wir müssen beide lachen. „Okay", schließe ich an. „Dann lass uns mal überlegen, wer es gewesen sein könnte."

„Vielleicht war es einfach nur ein wütender Autofahrer, und ich war ganz zufällig gerade vor ihm auf der Straße."

Ich hebe die Schultern. „Klar, kann man natürlich nicht ausschließen. Aber …" Plötzlich blitzt ein Gedanke in meinem Kopf auf. Ich muss mich etwas schütteln, um mir klar zu werden, dass es ein realer Gedanke ist.

„Was ist?", fordert mich Betty auf, ihn auszusprechen.

„Mir wird gerade bewusst", beginne ich stockend. „Keine Ahnung, was das bedeuten könnte."

„Jetzt sag doch endlich, was dir eingefallen ist", fordert sie mich nachdrücklicher auf.

Ich sehe ihr direkt in die Augen. „Mir ist bewusst geworden, dass Nicole ebenfalls auf dem Fahrrad von einem Auto angefahren wurde. Nur hatte sie nicht so viel Glück wie du. Das kann doch kein Zufall sein."

Betty sieht mich mit großen Augen an. „Du meinst …"

Ich nicke. „Ja, ich meine, dass wir vielleicht nach Gemeinsamkeiten von dir und Nicole suchen müssen, um herauszufinden, wer etwas gegen euch beide haben könnte."

Betty verzieht das Gesicht. „Wir haben eigentlich nur eine Gemeinsamkeit."

Ich nicke. „Ich weiß. Eure Gemeinsamkeit ist der Chor."

IX

„Da bist du ja endlich", begrüßt mich Jago etwas ungehalten, als ich wieder ins Büro komme. „Wie geht es Betty?"

„Sie hat großes Glück gehabt und nur Prellungen davongetragen. Georg bringt sie gerade nach Hause."

„Das freut mich zu hören."

Chris sitzt auf einem der Besucherstühle und liest in der Tageszeitung. „Er freut sich natürlich auch, dass sein Wagen wieder hier ist, nicht wahr?" Er grinst seinen Freund an.

„Wenn wir einen Firmenwagen hätten, bräuchte er sich diese Sorgen nicht zu machen." Natürlich nutze ich jede Steilvorlage, die sich mir bietet.

Jago funkelt mich an. „Einen Firmenwagen, damit du zu deiner Freundin ins Krankenhaus fahren kannst?"

„Tja, du wirst es nicht glauben: Es hat sich herausgestellt, dass Bettys Unfall etwas mit unserem Mordfall zu tun haben könnte."

Chris legt seine Zeitung ab und richtet sich in seinem Stuhl auf. „Echt? Erzähl!"

Ich schildere kurz, was passiert ist. „Dass binnen kürzester Zeit zwei Frauen aus dem Frauenchor von einem Auto mutwillig angefahren werden, kann doch kein Zufall sein."

„Du meinst, eine der Sängerinnen ist auf einem

Rachefeldzug?" Chris Augen leuchten fast, als er dies sagt. „Bei dir ist es echt nicht langweilig, mein Freund", stellt er fest.

„Biene übertreibt gerne mal", beschwichtigt der Angesprochene.

„Hey, daran ist gar nichts übertrieben", protestiere ich. „Zwei so ähnliche Fälle in kurzer Zeit, das ist doch wohl verdächtig, oder?"

Jago nickt schwach.

„Siehst du. Und die einzige Verbindung zwischen den beiden Opfern, die wir finden konnten, ist eben der Chor. Da liegt es nahe, dass wir dort zuerst suchen."

„Wie viele Sängerinnen hat der Chor?", schaltet Chris sich ein.

„Ungefähr vierzig, denke ich."

„Dürfte etwas dauern, sie alle zu durchleuchten", wendet er ein.

„Ich denke, wir müssen da strategischer vorgehen. Ich schlage vor, noch einmal mit dem Mann von Nicole zu sprechen. Vielleicht fällt ihm nun mit einigen Tagen Abstand noch etwas ein. Später werde ich dann mit Betty sprechen, um nach Schnittmengen zu suchen."

„Klingt nach einem guten Plan", bestätigt Chris, und wir beide sehen zu Jago, der nur nickt.

„Okay, dann müsstest du mit mir da hinfahren", wende ich mich an ihn. „Du weißt schon, weil wir keinen Firmenwagen haben", hänge ich grinsend an.

Er verzieht das Gesicht. „Ja, ja, ich habe schon verstanden. Ist der Mann denn überhaupt zuhause?"

„Ich rufe gleich mal an", erkläre ich, während die beiden Männer sich Blicke zuwerfen.

„Was ist?", frage ich nach.

„Du rufst bei dem Mann an, und wir beide müssen etwas erledigen. Wenn wir zurück sind, können wir von mir aus zu ihm fahren. In Ordnung?"

„Okay", bestätige ich und mustere die beiden neugierig. Irgendetwas führen sie im Schilde. Ich wüsste zu gerne, was es ist. Aber sie scheinen mir nicht mehr verraten zu wollen, also muss ich mich wohl gedulden.

Nachdem ich bei Dehlers angerufen habe und niemand abgenommen hat, fällt mein Blick auf die Uhr. Ich habe völlig vergessen, Oma Bescheid zu geben, dass ich nicht zum Mittagessen komme. Wie auf Befehl beginnt mein Magen zu knurren. Ich wähle ihre Nummer.

„Tut mir leid, es gab einen Notfall", hauche ich in den Hörer, als sie sich meldet. Ich berichte ihr, was geschehen ist.

„Oh, Kengk, das ist ja schlimm. Wenn du willst, kannst du noch kommen. Der Eintopf steht noch auf dem Herd. Aufgewärmt schmeckt er doch sowieso besser."

Das lasse ich mir nicht zweimal sagen und bin schon

aus dem Büro und auf dem Rad, aber nicht ohne Jago eine Nachricht zu hinterlassen, wo er mich antreffen kann.

Oma hat sogar noch etwas Vanillepudding und Erdbeeren für mich aufbewahrt, und alles verzehre ich mit Genuss.

„Hast du schon mit den Leuten aus deiner Fahrradgruppe gesprochen?", frage ich sie, während ich die Reste des Puddings aus der Schüssel kratze.

„Ja, Kengk. Aber niemand hat etwas gesehen." Sie sieht mich traurig an. „Mein Fahrrad ist wohl für immer verschwunden, oder?"

„Ich weiß nicht. Ich kann mir nicht vorstellen, dass jemand dein Fahrrad gestohlen hat, um es weiterzuverkaufen. Ich glaube eher, es war eine spontane Tat. Irgendjemand hat es sich geschnappt, und nun liegt dein Rad irgendwo am Straßenrand. Da kann es jederzeit gefunden werden. Gib die Hoffnung noch nicht auf."

Oma quält sich ein Lächeln ab. „Manchmal muss man sich einfach der Realität stellen, Kengk. Das ist wie mit dir und Jochen." Nun grinst sie mich an.

„Wie meinst du das denn jetzt?"

„Na, ihr müsst auch einfach einsehen, dass ihr euch liebt."

„Nein, Oma. Wir müssen akzeptieren, dass wir nicht zusammenpassen."

„Ach, Kengk", seufzt sie. „Dann muss ich wohl weiter hoffen."

„Bei deinem Fahrrad besteht durchaus die Chance, dass die Hoffnung sich erfüllt."

Oma lächelt. „Ja, ja, Kengk." Dann hebt sie den Kopf. „Aber sag mal: Wer beschützt denn jetzt eigentlich Betty?"

„Beschützen? Georg ist sicher bei ihr. Oder was meinst du?"

Sie macht eine Bewegung mit den Händen, um ihre Worte zu unterstreichen. „Du hast mir doch erzählt, dass jemand sie absichtlich angefahren hat."

„Ja, und?"

„Wenn diese Person nun erfährt, dass sie nicht erfolgreich war? Kann es dann nicht sein, dass sie es wieder versucht?"

Der Schreck fährt mir durch die Glieder. „Verdammt! Warum habe ich nicht daran gedacht?"

„Du musst Jochen anrufen. Die müssen jemanden schicken, um sie zu beschützen."

„Echt jetzt?" Ich kann nicht umhin, missmutig das Gesicht zu verziehen.

„Quatsch", protestiert Oma. „Nicht, was du wieder denkst. Von mir aus rufe auch wen anderes von der

Polizei an."

„Ist ja schon gut", murre ich und greife mein Handy.

Kurze Zeit später meldet sich Jochen am Telefon. „Biene?"

„Ja, klar, ich bin's. Ich soll dir Grüße von meiner Oma ausrichten." Ich strecke ihr parallel die Zunge heraus, und sie grinst zurück.

„Deshalb rufst du mich an?"

„Nein, natürlich nicht deswegen. Mir ist nur gerade etwas bewusst geworden. Ihr müsst Betty unter Polizei-schutz stellen."

„Was?"

„Na klar. Du hast doch gesagt, dass alles darauf hin-deutet, dass sie absichtlich angefahren wurde. Was ist, wenn die Tatperson nun erfährt, dass sie nicht erfolg-reich war. Wird sie es dann nicht wieder versuchen?"

„Wie stellst du dir das denn vor? Dass wir ihr eine Leibgarde schicken?"

„Was weiß ich? Du bist doch der Polizist. Was macht ihr denn in solchen Fällen?"

„Wir sagen der Person, sie soll möglichst zuhause bleiben und auf ungewöhnliche Dinge oder unbekannte Personen achten."

„Ihr stellt keine Beamten zu ihrem Schutz ab?"

„Da müsste es ein ganz anderes Gefährdungslevel geben. In Bettys Fall kann es auch nur ein verrückter

Autofahrer gewesen sein, und es hat womöglich gar nichts mit Betty persönlich zu tun."

„Das glaubst du doch selbst nicht. Vor ein paar Tagen ist erst ihre Chorkollegin von einem Auto angefahren worden. Das soll Zufall sein?"

„Biene, Polizeischutz ist nicht möglich. Aber ich gebe deinen Verdacht weiter."

„Na super. Sollte Betty irgendetwas passieren, dann glaube mir …"

„Ihr wird schon nichts passieren."

„Dass du da so gelassen bleiben kannst."

„Das ist mein Job."

„Ja, ja." Warum regt der Mann mich gleich wieder so auf mit seiner stoischen Ruhe?

„Wolltest du sonst noch etwas?", klingt es aus dem Telefon.

„Nein, Herr Oberkommissar. Das war's. Machen Sie ruhig weiter Ihren Dienst nach Vorschrift, und ich werde sehen, wie ich meine beste Freundin beschützen kann." Dann klicke ich auf das rote Symbol, und das Gespräch ist beendet.

„Das war aber nicht nett", meldet sich Oma zu Wort.

„Mensch, der bringt mich jedes Mal zur Weißglut. Ich sage ihm, dass Betty womöglich in Gefahr ist, und er macht einfach nichts. Das ist doch zum Aufregen."

„Ach, Kengk, Jochen ist ein guter Polizist. Er weiß

sicher genau, was zu tun ist. Nur ist es eben nicht immer so einfach, wie du es dir wünschst."

„Du bist wirklich immer auf seiner Seite", protestiere ich.

„Nein, Kengk. Nur, wenn du Unrecht hast." Sie lächelt. Ich kann nicht weiter wütend sein. „Mist", schimpfe ich. „Immer, wenn man ihn braucht, ist der Puddingtopf leer."

Jetzt müssen wir beide lachen.

Jagos Auto steht wieder vor dem Büro, als ich dort ankomme. Zuvor habe ich Georg angerufen und ihm von meiner Befürchtung berichtet. Er hat versichert, dass er nicht von Bettys Seite weichen wird, bis wir Näheres wissen.

Als ich die Haustür öffne, höre ich bereits lautes Lachen aus Jagos Büro.

„Ihr scheint ja Spaß zu haben", kommentiere ich, als ich bei ihnen eintreffe.

„Kann man so sagen", antwortet Chris und strahlt mich mit einem Lächeln an, das schon wieder unerwartete Reaktionen in meinem Körper hervorruft. Ich muss den Blick von ihm abwenden und tief durchatmen.

Ich berichte ihnen von meinen Befürchtungen und dem unergiebigen Gespräch mit Jochen.

„Da kann ich deinen Polizistenfreund verstehen",

meldet sich Chris wieder zu Wort. „So viele Beamte können die nicht aufbringen, um jedem beim kleinsten Verdacht gleich Leibwächter an die Seite zu stellen."

„Mag ja sein, aber einfach nichts zu tun, ist auch keine Lösung."

„Wenn der Ehemann aufpasst, ist das doch schon mal etwas. Das Beste wird sein, möglichst schnell die Tatperson zu ermitteln, oder?"

„Noch so ein besonnener Kerl, der sich nicht aus der Ruhe bringen lässt", schimpfe ich. „Das hat mir echt noch gefehlt."

Chris lacht laut auf. „Ist sie immer so emotional engagiert?", wendet er sich an Jago.

Der lächelt. „Si, kommt schon vor."

„Ach, ihr könnt mich beide mal", rufe ich aus und stapfe in mein Büro.

Nachdem ich mich etwas abgekühlt und mir eine Latte macchiato zur Beruhigung gemacht habe, wähle ich die Telefonnummer der Dehlers. Dieses Mal meldet sich einer der Söhne und verrät mir, wann der Vater wieder zuhause erwartet wird. Bewaffnet mit dieser Erkenntnis gehe ich wieder zu Jago, der konzentriert auf seinen Bildschirm starrt.

„Ist Chris gegangen?"

Er sieht vom Monitor auf. „Si."

„Herr Dehler ist gleich zuhause. Fährst du mit, oder kriege ich den Schlüssel?"

„Was denkst du?"

„Jetzt mach da kein Quiz draus. Dann komm aber auch!" Ich drehe mich auf dem Absatz um und hole meine Sachen.

Jago stellt den Wagen am Straßenrand vor den Reihenhäusern ab, von denen eines von den Dehlers bewohnt wird. Wir steigen aus, und ich gehe voraus.

„Sehen alle gleich aus", stellt Jago fest. „Ob die schon mal versehentlich an der falschen Tür waren?"

Ich muss grinsen. „Ja, das habe ich mich auch gefragt."

Wir klingeln an der richtigen Tür, und einer der Söhne öffnet.

„Simon, richtig?" Ich halte ihm meine Hand entgegen. Er nickt und ergreift sie.

„Das ist mein Kollege Herr Diaz Fernandez", stelle ich Jago vor. „Ist Ihr Vater da?"

Wieder nickt der junge Mann und dreht sich zur Seite, um uns hereinzulassen.

Simon geht voran ins Wohnzimmer. „Papa, die Detektivin. Ich hab dir ja gesagt, dass sie angerufen hat."

Als ich den Raum betrete, sitzt Herr Dehler in einem

der Sessel. Auf der Couch gegenüber hat eine Frau Platz genommen.

„Oh, ich hoffe, wir stören nicht. Ihr Sohn hat gesagt, dass wir kurz vorbeischauen könnten."

Herr Dehler erhebt sich. „Nein, nein, ist schon in Ordnung. Frau Holtbrinck ist überraschend zu Besuch gekommen."

Die Erwähnte nickt leicht in meine Richtung.

„Das ist Frau Hagen", erläutert der Ehemann. „Sie ist eine Chorkollegin von Nicole. Sie ist Privatdetektivin und möchte herausfinden, wer Nicole das angetan hat."

Ich sende der Frau ebenfalls ein Begrüßungsnicken.

„Frau Holtbrinck ist Trauerbegleiterin", erläutert Herr Dehler weiter. „Sie möchte uns unterstützen." Dann sieht er zu Jago. „Und Sie sind?"

„Diaz Ferandez", stellt sich Jago selbst vor. „Ich bin ihr Kompagnon." Er zeigt auf mich.

„Dann setzen Sie sich doch." Herr Dehler weist mit der Hand auf die leeren Plätze. Ich rutsche auf die Couch neben die Besucherin.

„Hallo", raune ich ihr lächelnd zu, und sie nickt wieder kurz.

„Was macht eine Trauerbegleiterin eigentlich genau?"

Sie dreht sich langsam zu mir. „Ich helfe den Verbliebenen, mit ihrer Trauer umzugehen und wieder zu einem zufriedenen Leben zu gelangen."

„Wow, das klingt nach einer sehr anspruchsvollen Aufgabe."

„Das ist es auch."

„Ich stelle es mir sehr schwer vor, sich ständig mit Tod und Verlust auseinandersetzen zu müssen."

Sie lächelt mich etwas oberlehrerhaft an. „Der Tod gehört zum Leben dazu", doziert sie. „Ich empfinde meine Arbeit als außerordentlich erfüllend."

„Mein Sohn hat gesagt, dass Sie neue Erkenntnisse haben", mischt sich der Witwer ein.

Ich wende mich ihm zu. „Ja, das stimmt. Es gab heute einen zweiten, ähnlich gelagerten Fall."

Die Augen des Mannes weiten sich. „Sie meinen, es ist noch jemand getötet worden?"

Ich winke ab. „Nein, glücklicherweise ging es dieses Mal glimpflicher für das Opfer aus. Aber es ist wieder jemand auf dem Fahrrad absichtlich von einem Auto angefahren worden."

Die gefasste Mimik der Trauerbegleiterin scheint für einen Moment völlig zu entgleiten, dann sammelt sie sich wieder.

„Das ist ja schrecklich", meldet sie sich zu Wort. „Wieso meinen Sie, dass es etwas mit dem Unfall von Frau Dehler zu tun hat?"

„Nun", nehme ich Anlauf für die entscheidende Aussage. „Es handelt sich bei dem Opfer ebenfalls um ein

Mitglied des Frauenchors in Oedt."

Herr Dehler sieht mich erschrocken an. „Sie glauben doch nicht, dass es jemand auf die Sängerinnen im Chor abgesehen hat?"

„Nein, wir glauben nicht, dass nun alle Sängerinnen in Gefahr sind. Aber die Übereinstimmungen sind schon sehr auffällig. Deshalb wollte ich mit Ihnen sprechen. Es gilt herauszufinden, ob es irgendwelche weiteren Gemeinsamkeiten zwischen Ihrer Frau und dem heutigen Opfer gibt."

„Um wen handelt es sich denn?", fragt er nach.

„Um Betty, äh, Bettina Schneider aus Grefrath. Kennen Sie sie?"

Er überlegt kurz, dann hellt sich sein Gesicht auf. „Betty, na klar. Ist ihr Mann nicht Banker, oder so?"

„Ja, stimmt. Er ist stellvertretender Filialleiter bei der Sparkasse in Grefrath. Sind Sie sich mal begegnet?"

„Beim letzten Konzert saß er neben mir. Ein netter Kerl. Wie geht es seiner Frau? Ist sie schwer verletzt?"

„Nein, sie hat sehr großes Glück gehabt. Außer einiger heftiger Prellungen hat sie keine Verletzungen davongetragen."

„Das freut mich zu hören", kommentiert die Trauerbegleiterin.

„Haben Ihre Frau und Betty irgendwelche gemeinsamen Aktivitäten unternommen? Kannten Sie sich näher?"

Er schüttelt den Kopf. „Nicht, dass ich wüsste. Weißt du was?", wendet er sich an seinen Sohn. Aber auch der schüttelt nur den Kopf. „Ich habe den Namen noch nie gehört."

Jago sieht zu mir und ergreift das Wort. „Es muss ja kein so direkter Zusammenhang sein."

„Wie meinst du das?", hake ich nach.

„Es genügt, wenn beide Streit mit derselben Person gehabt haben."

„Du hast recht", bestätige ich.

Jago bleibt dran. „Sie haben gesagt, dass Ihre Frau Streit mit der Vorstandskollegin hatte. Wie heißt sie noch?" Er sieht fragend zu mir.

„Eiken, Petra Eiken."

„Ja, genau", fährt er fort. „Wissen Sie etwas darüber, ob diese Petra Eiken auch mit anderen Sängerinnen des Chors verstritten ist?"

Herr Dehler verzieht den Mund. „Darüber weiß ich nichts. Aber so, wie Petra drauf war, kann ich das nicht ausschließen."

Mir kommt in den Sinn, was Annette zu dem Zustand von Petra Eiken gesagt hat. Auch das lässt es durchaus wahrscheinlich erscheinen, dass es auch Streit mit Betty gegeben haben könnte. Ich muss darüber dringend noch einmal mit Betty sprechen.

„Fällt Ihnen sonst noch irgendwer ein, der infrage käme?"

Herr Dehler zuckt mit den Schultern. „Wie ich Ihnen schon beim letzten Mal sagte, gibt es sonst niemanden, von dem wir wüssten." Der Sohn nickt zustimmend.

Ich sehe zu Jago, und der sendet mir einen zustimmenden Blick. Ich stehe auf.

„Danke, dass Sie sich die Zeit für uns genommen haben."

Jago erhebt sich ebenfalls. Herr Dehler und sein Sohn ziehen nach. Ich wende mich noch kurz an die Trauerbegleiterin. „Es war nett, Sie kennengelernt zu haben."

Sie sendet mir ein Lächeln als Antwort.

Während ich mich um den Couchtisch schlängele, betrachte ich die Einrichtung und das sehr schöne Sideboard, auf dem verschiedene Gegenstände, die ich andernorts despektierlich als Nippes bezeichnen würde, ansprechend drapiert sind.

„Sie sind sehr geschmackvoll eingerichtet. Ist mir schon beim letzten Mal aufgefallen."

„Danke", erwidert der Ehemann. „Nicole hatte ein Händchen für solche Sachen."

Wir reichen uns die Hände zum Abschied. Kurze Zeit später sind Jago und ich wieder auf dem Weg zum Wagen.

Als ich einsteige, fällt mein Blick auf den Außenspiegel, in dem ich den Hauseingang der Dehlers sehen kann.

„Ich glaube, ich habe diese Frau Holtbrinck schon bei meinem letzten Besuch gesehen. Sie war kurz vor mir bei ihnen an der Tür und hat ihre Visitenkarte abgegeben."

„Ist wahrscheinlich ihre Art der Kundenakquise", vermutet Jago.

„Ist es nicht etwas aufdringlich, noch am Todestag bei den Hinterbliebenen zu klingeln und die Karte zu hinterlassen?"

Jago lenkt den Wagen auf die Straße. „Machen das Bestatter nicht auch?"

„Ich glaube nicht." Aber ich muss innerlich zugeben, dass ich keine Ahnung habe, was passiert, wenn nahe Angehörige sterben. Als meine Eltern ihren Unfall hatten, war ich zwölf und habe von alledem kaum etwas mitbekommen. Ich starre auf die Landstraße vor mir, um die Gedanken an den Tod zu vertreiben.

X

„Bettys Unfall steht in der Zeitung", lässt mich Oma wissen, als ich am Morgen in die Küche komme. Sie sieht zu mir. „Hattest du eine harte Nacht?"

Ich nicke schwach und schleiche zur Kaffeemaschine, um mir einzuschenken. Nachdem ich einen Schluck genommen habe, atme ich tief durch.

„Ich habe grottenschlecht geschlafen", brumme ich mehr, als dass ich spreche, während ich zu meinem Stammplatz schlurfe und mich auf die Bank fallen lasse.

„Was steht denn da über Betty", hake ich nach, nachdem mein müdes Gehirn Omas Aussage verarbeitet hat.

Sie dreht die Zeitungsseite und deutet auf einen kleinen Artikel am Rand. „Ist nur ein kurzer Absatz. Dass eine Frau auf der Schulstraße angefahren wurde und Zeugen sich bei der Polizei melden sollen."

„Hm", grummele ich und beginne, mir ein Brötchen zusammenzustellen.

„Habt ihr denn noch etwas herausgefunden?", will Oma wissen.

Ich beiße in mein Frühstück und kaue konzentriert unter ihrem erwartungsvollen Blick.

„Wir waren nochmal bei dem Mann der Vorsitzenden vom Chor, um nach eventuellen Verbindungen zwischen seiner Frau und Betty zu fragen. Aber außer, dass sie beide im Chor sind bzw. waren, hat sich nichts ergeben."

Oma verzieht den Mund. „Das ist blöd."

Ich nehme wieder einen Bissen. Nachdem ich ihn verarbeitet habe, wende ich mich wieder an sie. „Sag mal, wie war das damals, als meine Eltern den Unfall hatten? Gab es da so etwas wie eine Trauerbegleiterin?"

Oma sieht mich fragend an. „Was soll das sein? Eine Pfarrerin? Kengk, wir sind katholisch, da gibt es nur Pfarrer."

„Nein, ich glaube nicht, dass das was Kirchliches ist. Jemand, der Trauernden hilft, mit dem Verlust fertigzuwerden."

„Nein, Kengk, sowas gab es damals nicht. Wie kommst du jetzt darauf?"

„Als wir gestern bei dem Mann des Opfers waren, saß da eine Trauerbegleiterin." Ich nehme einen Schluck Kaffee. „Kann es sein, dass ein Beerdigungsinstitut bei Hinterbliebenen direkt nach dem Todesfall auftaucht, um sie als Kunden zu gewinnen?"

Oma runzelt die Stirn. „Wie meinst du das?"

„Na, dass jemand stirbt, und sofort danach steht jemand vor der Tür und hält den Familienmitgliedern eine Visitenkarte hin, um für seine Dienste zu werben."

„Solche Leute würde ich hochkant rausschmeißen. Ist ja eine Unverschämtheit." Oma sieht richtig erbost aus.

„Dachte ich mir fast." Ich nicke und vertilge das

letzte Stück meines Brötchens.

„Wieso fragst du solche Sachen?"

„Die Trauerbegleiterin und die ganze Situation gestern hat mich irgendwie mitgenommen. Die ganze
Nacht hatte ich wirre Träume mit Erinnerungsfetzen
von damals."

„Ach, Kengk, das tut mir leid."

Ich zucke mit den Schultern. „Ist schon wieder gut.
Jeder hat eben sein Päckchen zu tragen." Ich quetsche
mir ein Lächeln ab, aber Omas Reaktion zeigt, dass sie
weiß, was in mir vorgeht.

Ich leere meine Kaffeetasse. „So, jetzt werde ich mich
mal fertigmachen und zu Betty fahren." Ich stehe auf
und werfe Oma einen Kussmund zu.

„Hab einen schönen Tag, Kengk", höre ich noch, als
ich bereits auf dem Weg in meine Wohnung bin.

Der frische Wind, der mir während der Fahrt um das
Gesicht weht, tut gut. Als ich bei Betty ankomme, spüre
ich wieder Elan in mir. Schwungvoll klingele ich, und
Georg öffnet die Tür.

„Hallo Biene. Schön, dass du vorbeikommst." Er tritt
zur Seite, damit ich eintreten kann.

„Hast du dir Urlaub genommen?"

Er nickt. „Nach dem, was du gesagt hast, lasse ich
meine Frau nicht alleine." Er beugt sich zu mir herunter

und flüstert: „Obwohl es Betty nervt, wenn ich die ganze Zeit um sie herumscharwenzele." Er grinst.

Ich muss auch lachen. „Ja, das kann ich mir denken. Wo ist sie denn?"

„In ihrem Handarbeitszimmer." Er deutet mit den Händen Anführungszeichen an, weil jeder weiß, dass Betty gar keine Handarbeiten macht. Stattdessen wird dieses Zimmer von einem großen Fernseher und einer gemütlichen Couch dominiert.

„Ich gehe mal zu ihr", verkünde ich und bin schon auf der Treppe ins Obergeschoss. Vorsichtig klopfe ich an die Tür. „Betty, ich bin's", rufe ich hinterher.

Die Tür öffnet sich, und Betty fällt mir um den Hals, wenn die Begrüßung auch weniger stürmisch ausfällt als sonst. Sie bewegt sich noch immer vorsichtig.

„Äh, hallo", stammele ich, während sie mich ins Zimmer zieht. Ich schließe die Tür hinter mir.

Betty löst sich von mir. „Wie schön, dass du vorbeikommst." Sie lässt sich auf die Couch sinken und klopft mit der Hand neben sich auf die leere Fläche.

Ich setze mich. „Wie geht es dir?"

Wortlos zieht sie den Ärmel ihres Shirts hoch und zeigt einen blau eingefärbten Oberarm. „So sieht es an diversen Stellen aus."

„Tut es sehr weh?"

„Solange ich still sitze, nicht." Sie verzieht die Mundwinkel.

„Ah, verstehe. Daher die miese Laune. Stillsitzen war noch nie deine Stärke."

Sie muss lachen und stöhnt dann auf. „Au!"

„Ach, du Arme." Ich umarme sie vorsichtig.

Es klopft an der Tür, und ohne eine Antwort abzuwarten, lugt Georg herein. „Kann ich euch was zu trinken bringen?"

„Für mich nicht", antworte ich.

„Danke. Wir sind ausgestattet", wehrt Betty ab.

Georg nickt und schließt wortlos die Tür.

„Du weißt, ich liebe ihn. Aber wenn er mich beschützen will, bringt er mich um den Verstand." Betty seufzt.

„Sei doch froh, dass du jemanden hast, der sich um dich sorgt. Das tun wir übrigens alle."

Sie sieht zu mir. „Meinst du denn wirklich, dass ich in Gefahr sein könnte?"

Ich hole tief Luft. „Ich kann einfach nicht glauben, dass zwei gleichartige Ereignisse bei zwei Frauen aus dem gleichen Chor ein Zufall sein sollten. Glaubst du das?"

Sie denkt einen Moment nach, und dann schüttelt sie langsam den Kopf. „Klingt schon recht seltsam."

„Ja, denke ich auch. Und die logische Schlussfolgerung ist, dass es jemand bewusst auf dich abgesehen haben muss. Also könnte es die Person nochmal versuchen."

„Scheiße." Betty stöhnt. „Wie lange soll ich denn jetzt unter Bewachung bleiben?"

„Hängt davon ab, wie lange es dauert, die Tatperson zu finden. Ich war gestern bei Herrn Dehler, um ihn zu fragen, ob es irgendwelche Verbindungen zwischen Nicole und dir gab."

Betty schüttelt wieder den Kopf. „Außer, dass wir im Chor zusammen waren, fällt mir da nichts ein."

„Wie ist dein Verhältnis zu Petra Eiken?"

„Zu Petra? Gut, eigentlich. Sie ist gelegentlich etwas schräg drauf, aber sie macht gerade auch eine harte Zeit durch."

„Hattet ihr mal Streit?"

Sie zuckt mit einer Schulter. „Also, Streit würde ich nicht sagen. Es gab schonmal einen Disput, weil sie immer gleich so herrisch reagiert hat, wenn ich was gesagt habe. Aber deswegen fährt sie mich doch nicht gleich über den Haufen."

„Man weiß nie, wie Menschen in Grenzsituationen reagieren. Und du sagst ja selbst, dass sie gerade eine schwere Zeit durchmacht."

Betty nickt. „Schon, aber ich weiß nicht."

„Gab es denn sonst noch wen, mit dem du Streit hattest?"

„Nicht, dass ich wüsste." Sie hält mir eine Karaffe

Wasser entgegen. „Möchtest du?"

Ich nicke und suche nach einem Glas. „Ach, du hast das Sektglas aus dem Geschenkeladen ausgepackt?" Ich nehme ein Wasserglas, das danebensteht, und halte es Betty hin. Sie füllt es mit Wasser.

„Ja, klar. Ich finde es witzig."

Ich nehme einen Schluck Wasser und grinse. „Geschmäcker sind eben verschieden."

„Da fällt mir ein, in Mayas Klasse gab es letztens Streit."

„Ach ja, was war denn?"

„Ein Junge aus der Klasse hat sie auf dem Heimweg gestoßen, und sie ist hingefallen. Sie hat sich das nicht gefallen lassen und hat ihn dann kräftig gegen das Schienbein getreten."

„So mag ich mein Patenkind."

Betty schürzt die Lippen. „Tja, einen Tag später hat sich der Vater des Jungen bei der Lehrerin beschwert, und ich wurde zur Schule zitiert. Dieser Kerl war echt cholerisch und angsteinflößend."

„Wie meinst du das?"

„Er hat herumgeschrien wie ein Berserker, und die Lehrerin musste alles geben, um ihn zu beruhigen. War ziemlich schwierig. Er sieht nämlich aus wie ein junger Arnold Schwarzenegger, mit dem man sich lieber nicht anlegt."

„Moment mal, jetzt sag nicht, der Kerl heißt Hendricks?"

Betty sieht mich überrascht an. „Woher weißt du das denn jetzt?"

„Vielleicht haben wir gerade unsere Gemeinsamkeit gefunden. Rate mal, wer auch mit diesem Herrn Hendricks Streit hatte?"

Betty sieht mich mit großen Augen an. „Etwa Nicole?"

Ich nicke. „Ja, so ist es. Dieser Herr Hendricks hat sich auch mit Nicole herumgestritten."

Während ich die Hohe Straße entlang in Richtung unseres Büros radele, muss ich die Erkenntnisse aus den letzten Gesprächen sortieren. Unsere bisherigen Verdächtigen könnten auch diejenigen gewesen sein, die Betty angefahren haben. Wir können niemanden ausschließen. Obwohl es mir schon extrem erscheint, wegen eines Schulstreits der Kinder die Mutter überfahren zu wollen. Aber ich kann auch nicht verhehlen, dass dieser Herr Hendricks einen sehr aggressiven Eindruck hinterlassen hat. Wer weiß schon, was in so einem kranken Hirn vorgeht?

Gleiches gilt auch für Petra Eiken. Sie steht unter gewaltigem Druck, und sie hat schon durch ihr Auftauchen bei Nicole Dehlers Mann gezeigt, dass sie zu Überreaktionen fähig ist. Ich bin also kein Stückchen weiter.

Mit dieser Erkenntnis biege ich auf den Deversdonk ein und radele auf das Büro zu. Zu meiner Überraschung stehen Jago und Chris vor der Tür.

Ich bremse ab und komme mit dem Rad genau vor ihnen zum Stehen.

„Wieso steht ihr denn hier draußen?"

Jago sieht auf die Uhr. „Ganz schön spät, werte Kollegin."

„Ja", schließt Chris sich an. „Wo bleibst du denn?"

Ich steige vom Rad und stelle es ab. „Was ist denn ich euch gefahren? Seit wann bin ich euch Rechenschaft schuldig?"

Die beiden Männer sehen sich an und beide grinsen.

Ich mustere sie eingehend. „Was ist hier los?"

„Tja, wenn du eher dagewesen wärst, wüsstest du es schon. Aber so?" Jago sieht mich an, und seine Mundwinkel scheinen bis zu den Ohren hochgezogen zu sein.

Chris verschränkt die Arme vor der Brust. „Jetzt können wir es ihr nicht mehr sagen, oder?"

Jago nickt. „Stimmt. Geht jetzt nicht mehr."

„Okay, okay, Jungs. Ihr habt gewonnen. Ich platze vor Neugier. Was ist los?"

„Wollen wir doch?", fragt Chris und sieht zu seinem Bruder im Geiste.

Der verzieht den Mund und wiegt den Kopf hin und

her. „Ich weiß nicht."

„Wisst ihr was?", schimpfe ich. „Ihr könnt mich mal. Ich gehe jetzt ins Büro und mache mir einen Kaffee." Ich gehe auf sie zu, um ins Büro zu gelangen, doch die beiden blockieren den Weg.

„Wir müssen es ihr sagen", lässt Chris verlauten.

Ich bin kurz davor zu explodieren und will gerade laut werden, als Jago einlenkt.

„Ich denke, bevor das hier ein Gemetzel wird, sollten wir ihr reinen Wein einschenken." Er grinst wie ein verdammtes Honigkuchenpferd. Dann macht er mit dem Kopf eine knappe Bewegung, die mich auf etwas hinter mir verweisen soll.

„Hä?", frage ich, und Chris machte die gleiche Kopfbewegung nur etwas kräftiger. Ich sehe ihn fragend an.

„Na, jetzt drehe dich schon um", schimpft er.

Ich tue, wie mir geheißen, und drehe mich um. Ich blicke über den Parkplatz. Jagos Aston Martin steht an seinem angestammten Platz.

„Okay, und was soll da jetzt sein?"

Chris neigt sich zu mir und reckt seinen Kopf über meine Schulter. Unsere Wangen berühren sich leicht und irritierende Stromstöße fahren durch meinen Körper. Mit der Hand zeigt er auf den Platz neben Jagos Gefährt.

Ich betrachte das dort geparkte Auto. Es ist ein

schmuckes Wägelchen in goldmetallic mit schwarz abgesetztem Dach. Ich kann nicht umhin, einen Schritt darauf zu zu machen. Ich erkenne das Modell als einen Peugeot 208, und er sieht richtig chic aus. Wenn es so etwas wie Liebe auf den ersten Blick gibt, dann ist es jetzt gerade um mich geschehen. Mein Blick fällt auf das Nummernschild. *VIE HD 1* prangt da.

„Moment mal", entfährt mir. „Ist das etwa …" Mein Mund lässt sich nicht mehr schließen und meine Augen können sich nicht von diesem schmucken Flitzer lösen.

„Ja, das ist dein neuer Firmenwagen", haucht mir Chris von hinten ins Ohr.

„HD?"

„Hagen und Diaz Fernandez", erläutert er.

Ich drehe mich um und kann mich nicht zurückhalten. Ich falle ihm um den Hals. O Mann, fühlt sich das gut an. Ich glaube, ich will ihn gar nicht mehr loslassen. Aber nun schiebt Chris mich leicht von sich. „Der Dank gebührt ihm", haucht er mir ins Ohr.

Ich schrecke auf und löse mich gänzlich. Dann stürme ich auf Jago zu und umarme ihn. „Danke", flüstere ich ihm zu. „Der ist megacool."

Jago wirkt etwas erschrocken, ob meines plötzlichen Gefühlsausbruchs, und bleibt recht steif stehen. „Möchtest du ihn auch mal fahren?"

Ich lasse von ihm ab. „Ja, klar."

Er hält mir den Autoschlüssel hin, und ich schnappe danach.

„Kommt, wir machen eine Spritztour", fordere ich die beiden auf.

Während Jago die Bürotür schließt, gehe ich zu meinem neuen Traumwagen. Sanft streichele ich über das glänzende Blech. Ich will gerade den passenden Knopf auf dem Schlüssel drücken, als bereits das typische Geräusch eines sich öffnenden Autotürschlosses zu hören ist. Erschrocken stoppe ich und drehe mich zu Chris.

„Scherzkeks."

Er sieht zu mir. „Was ist?"

„Du hast den Ersatzschlüssel oder?"

Er schüttelt den Kopf. „Nein, habe ich nicht. Der Wagen hat ein Keyless-System. Es genügt, wenn du an den Wagen trittst und den Schlüssel irgendwo in der Tasche hast, um ihn zu öffnen."

„Wow", entfleucht es mir. Ganz vorsichtig greife ich zum Türgriff und öffne. Dann gleite ich auf den Fahrersitz und betrachte das Armaturenbrett.

Chris steigt auf der Beifahrerseite ein.

„Sei ehrlich", wende ich mich an ihn. „Hast du Jago dazu überredet?"

Er schüttelt den Kopf. „Nein, er hatte es schon geplant und mich nur zum Autohaus mitgenommen.

Ich habe ihm ein wenig bei der Modellauswahl unter die Arme gegriffen."

Ich lasse meine Blicke durch das Wageninnere schweifen und versuche, jedes Detail in mich aufzunehmen. Ganz sicher leuchten meine Augen gerade.

Jago kommt zu uns, bemerkt, dass Chris bereits vorne sitzt, und steigt hinten ein.

„Jetzt haben wir endlich auch Platz für mehr als zwei Personen", kommentiere ich, als er sich zwischen den Sitzen zu uns nach vorne beugt.

„Gefällt er dir?", fragt mein allerbester Kompagnon von hinten.

„Und wie. Er ist super."

„Na, dann schmeiß die Maschine mal an!"

Ich drehe mich nach vorne und suche nach dem Loch für den Autoschlüssel.

Chris zeigt auf den großen Startknopf. „Keyless, du erinnerst dich? Nur Gang herausnehmen, Kupplung treten und Knopf drücken."

Ich tue wie geheißen, und der Motor startet. Die Armaturen leuchten in einem angenehmen Licht auf.

„Wohin soll es denn gehen?"

Jago und Chris sehen sich an.

„Wohin du willst", sagt mein Partner, und ich lege den Gang ein.

Ich lenke den Wagen auf die Stadionstraße. Jede Berührung des Schalthebels und jede Lenkbewegung lösen einen Jubelreflex in mir aus, den ich nur schwer zähmen kann. Wir rollen die Straße entlang, und ich berichte meinen Begleitern, was ich von Betty erfahren habe.

Am Eisstadion angekommen, biege ich rechts ab, um dann gleich an der nächsten Abzweigung wieder rechts in das Wohngebiet zu gelangen.

„Wo fährst du uns denn hin?", will Chris wissen.

„Zu Petra Eiken, der zweiten Vorsitzenden des Chors. Sie fährt ein dunkles Auto, und als ich zuletzt bei ihr war, habe ich Schrammen an der vorderen Stoßstange entdeckt. Wenn Sie Betty ebenfalls angefahren hat, dann müsste das weitere Spuren hinterlassen haben."

Wir rollen an dem Haus vorbei. Tatsächlich steht der Wagen in der Einfahrt. Ich halte am Straßenrand.

„Kommt, wir sehen uns den Wagen mal an."

Die Männer steigen mit mir aus.

„Was machen wir denn, wenn sie uns sieht?", will Jago wissen.

Ich sehe von ihm zu Chris und zurück. „Was will sie schon machen? Wir sind in der Überzahl."

„Ist gerissen, deine Partnerin", lässt Chris vernehmen. Ich meine zu spüren, wie meine Brust stolz anschwillt.

An der Einfahrt angelangt, achte ich auf das Fenster neben der Haustür, aber es ist keine Bewegung zu erkennen. Ich schleiche voraus um das Auto herum, gefolgt von meinen Begleitern. Dann gehe ich in die Knie und betrachte die Stoßstange. Die Beschädigung, die ich zuletzt bemerkt hatte, ist deutlich zu erkennen. Ich weise darauf.

„Seht ihr?"

„Hm", bestätigt Jago, während Chris den Wagen auf der anderen Seite betrachtet.

„Ist da auch was zu sehen?", frage ich ihn.

„Hier sind ein paar Kratzer", stellt er fest. Jago und ich robben zu ihm, und er zeigt mit dem Finger auf die Stellen.

„Könnten von Bettys Fahrrad stammen", lasse ich sie wissen.

„Könnten aber auch von allem Möglichen sonst stammen", trübt Jago die Stimmung.

„Ich werde sie jetzt zur Rede stellen", verkünde ich und erhebe mich. Dann gehe ich zur Haustür.

„Ob das eine gute Idee ist?", höre ich Chris hinter mir raunen.

Aber das muss jetzt und hier geklärt werden. Beherzt drücke ich den Klingelknopf und lausche auf Bewegungen im Haus. Aber es bleibt alles still. Noch einmal presse ich meinen Finger auf den Knopf. Der durchdringende Klingelton ist zu hören.

„Sie ist wohl nicht zuhause", konstatiert Jago.

„Mist", rutscht mir heraus.

„Du kannst sie noch früh genug sprechen", meldet sich Chris zu Wort. „Komm, dein neues Auto möchte bewegt werden." Er geht voraus zum parkenden Wagen.

Ich horche noch einmal, ob sich nicht doch etwas im Haus tut, dann folge ich ihnen.

XI

„Wohin jetzt?", fragt Jago, als ich den Startknopf drücke und verzückt das leise Brummen des Motors wahrnehme.

„Ich habe eine Idee."

Chris sieht zu mir. „Aber nichts Verrücktes bitte."

„Wie kommst du denn darauf?"

„Na, Jago hat mir erzählt, dass du manchmal etwas impulsiv handelst."

„Das hast du gesagt?", wende ich mich an meinen Kompagnon.

„Bestreitest du das etwa?", antwortet er.

„Ich würde es eher als engagiert bezeichnen." Meine Begleiter lachen laut auf.

„Ihr seid blöd", attestiere ich ihnen und mache mit dem Wagen eine Kehrtwende, nicht ohne den tollen Wendekreis zu bewundern.

„Wohin geht es jetzt?", hakt Chris nach.

„Ihr müsst jetzt gleich Ausschau halten nach einem rosa Fahrrad."

Chris sieht zu mir. „Was?"

„Ja, meiner Oma hat man das Fahrrad geklaut am Bauerncafé, nicht weit von hier. Ich vermute, dass es eine spontane Tat war, und das Rad möglicherweise irgendwo auf dem Weg zum Café am Straßenrad abgelegt wurde. Ich habe zwar schonmal geguckt, aber sechs Augen sehen bekanntlich mehr als zwei."

Ich biege am Eisstadion auf die Stadionstraße in Richtung Vinkrath ein. Die beiden Männer tun, worum ich sie gebeten habe, und starren konzentriert aus dem Fenster, jeder auf einer anderen Seite.

An der Kreuzung mit der Mörtelstraße lenke ich den Wagen nach rechts und lasse ihn bewusst langsam rollen, damit meine Begleiter gut suchen können. Ein Wagen kommt von hinten schnell heran und fährt sehr eng auf. Es ist zu spüren, dass der Fahrer es eilig hat. An einer freien Stelle fahre ich rechts an den Straßenrand, und er überholt mich rasant. Ich will gerade wieder weiterfahren, als Chris die Hand hebt. „Moment mal."

Ich stoppe den Wagen so abrupt, dass alle Köpfe synchron nach vorne rucken.

„Hast du was gesehen?", frage ich.

Er nickt. „Fahr mal ein kleines Stück zurück."

Ich lege den Rückwärtsgang ein und muss fast einen Jubelschrei unterdrücken, als sich auf dem Bildschirm im Armaturenbrett der komplette Bereich hinter dem Wagen zeigt. Ich starre gebannt auf das Bild.

„Kannst fahren. Ist alles frei", holt mich Chris aus den Gedanken.

Vorsichtig lasse ich den Wagen rollen, nicht ohne das Kamerabild genau zu verfolgen.

164

„Da", ruft er aus und zeigt mit dem Finger auf eine Garage. Jago und ich sehen in die angezeigte Richtung. Und tatsächlich, ein rosiges Etwas schimmert hinter einem einen Spalt geöffneten Garagentor.

Ich halte den Wagen an, und wir steigen aus. Das Haus ist von einem brusthohen Zaun umgeben, und ein laut bellender Hund kommt auf uns zugerast, als wir uns nähern. Wir machen alle einen erschrockenen Schritt zurück. Der Hund springt vor uns an dem Zaun hoch, aber es ist offensichtlich, dass er ihn nicht überwinden kann. Vorsichtig nähern wir uns wieder etwas, um genauer zu inspizieren, was wir gesehen haben.

„Es ist eindeutig ein rosa Fahrrad", stellt Jago fest.

„Aber ist es auch das deiner Oma?", wendet Chris skeptisch ein.

„Das werden wir nur herausfinden, wenn wir fragen", teile ich ihnen mit und bin schon auf dem Weg zum Gartentor. Dort drücke ich auf die Klingel, was den Wachhund erst richtig in Ekstase zu bringen scheint. Wenn die Bewohner mein Klingeln nicht bemerken sollten, dieses Biest kann man nicht überhören.

Doch trotz des Lärms tut sich nichts.

„Heute haben wir kein Glück. Scheint auch niemand da zu sein."

„Es ist mitten am Tag", erläutert Jago. „Die Leute sind bei der Arbeit."

Ich schürze meine Lippen. „Ich hasse es, wenn ich nirgends weiterkomme."

„Dann fahren wir hier eben am Abend nochmal vorbei", meint Chris.

„Müssen wir wohl." Ich gehe wieder zum Wagen und staune darüber, wie sich das Türschloss beim Näherkommen magisch öffnet. „Sagte ich schon, dass ich dieses Auto liebe?"

Die Männer lachen.

Wieder am Deversdonk angekommen, steigen wir alle aus. Ich streichele noch einmal über das Blech. „Danke, Jago", hauche ich, als er an mir vorbeigeht. Er lächelt und geht dann voraus ins Büro.

„Was liegt denn heute bei euch sonst noch an?", fragt Chris.

„Weiß nicht", antworte ich. „Hast du denn nichts vor?" Ich wende mich zu Jago. „Keine weiteren Pläne, um deinen Freund zu bespaßen?"

Der verdreht die Augen und lächelt. „Ich muss heute Nachmittag ein paar Dinge erledigen. Aber das habe ich ihm schon gesagt."

Chris nickt. „Ich komme schon klar. Ihr habt ja sicher eure Arbeit zu machen."

„Ich wollte kurz in die Bäckerei und mir ein Brötchen holen. Wenn du magst, kannst du mitkommen", höre ich mich sagen und schimpfe innerlich mit mir.

„Klar, gerne", antwortet der Angesprochene, wie aus der Pistole geschossen.

„Ich sehe, ihr kommt zurecht", stellt Jago fest und winkt uns zu. „Wir sehen uns dann später." Schon verschwindet er in Richtung seiner Wohnung.

„Manchmal würde ich zu gerne wissen, was er so treibt", murmele ich mehr für mich. Aber Chris hat es natürlich gehört.

„Jago war schon immer geheimnisvoll."

„Na, dann kannst du mir ja ein paar der Geheimnisse aus der Schulzeit enthüllen. Lass uns gehen." Ich nicke ihm zu und wir gehen in Richtung der Bäckerei.

„Sagtest du nicht, dass du hier einen Vortrag halten musst?", beginne ich das Gespräch, während wir über den Platz schlendern.

„Muss ich auch. Der ist morgen angesagt."

„Und da brauchst du nichts mehr vorzubereiten, oder so?"

Er sieht mich herausfordernd an. „Willst du mich loswerden?"

„Nein, natürlich nicht", protestiere ich. „Aber ich wäre vor einem wichtigen Vortrag sehr nervös und würde jede Minute damit verbringen zu üben."

„Na ja, es ist nicht mein erstes Mal. Ich habe den Fachvortrag schon einige Male gehalten. Der sitzt."

„Na dann", sage ich lakonisch, und wir erreichen die Bäckerei.

Micha grüßt mich mit einem Winken, während sie eine Kundin bedient. Als diese zufriedengestellt ist, wendet sie sich mir zu.

„Mensch, was ist denn Betty passiert? Das ist ja schrecklich."

Ich nicke. „Sie hat nochmal großes Glück gehabt."

„Das kann man wohl sagen. Kaum auszudenken, dass hier ein Verrückter sein Unwesen treibt, der Chorsängerinnen auf dem Fahrrad rammt." Sie sieht von mir zu meinem Begleiter.

„Das ist Chris. Ein Freund von Jago, der zu Besuch ist", stelle ich ihn vor, und er reicht seine Hand über die Theke. Sie ergreift sie.

„Ich bin Micha", stellt sie sich vor. „Was möchtet ihr denn?"

„Ich nehme eine Latte, wie immer, und so ein Käsebrötchen mit Putenbrust und Ei."

Sie sieht zu meinem Begleiter. „Und was möchtest du?"

Er betrachtet die Auslage. „Ich nehme das Gleiche."

Micha nickt. „Wird gemacht."

„Sollen wir uns setzen?" Ich gehe nach hinten und setze mich an den vordersten Tisch. Chris tut es mir nach und nimmt neben mir Platz.

„Ihr kennt euch alle hier in Grefrath, oder?"

„Nein, so ist es auch nicht. Aber Micha, Betty und ich sind seit der Schulzeit Freundinnen."

„Muss schön sein, so umgeben von Freundinnen aufzuwachsen."

„Hast du keine Freunde?"

Er zuckt mit den Schultern. „Im Internat hatte ich ein paar Kumpels, klar. Aber in Bochum, wo ich aufgewachsen bin, bis ich dann mit elf Jahren in die Schweiz geschickt wurde, kennt mich kein Mensch mehr."

„Was ist denn mit der Familie?"

„Mein Vater ist verstorben. Meine Mutter und mein Bruder leiten das Familienimperium. Wir leben irgendwie in verschiedenen Welten, und manchmal habe ich das Gefühl, uns verbindet gar nichts mehr. Wir telefonieren mal zu den Feiertagen und an Geburtstagen. Am Freitag war ich dort, aber ich war froh, als ich wieder zurück bei Jago war."

„Ihr seid gute Freunde, oder?"

„Ich sagte ja schon und meine es ernst: Wir haben uns beide gegenseitig das Leben gerettet in der Schweiz. Wer weiß, was aus uns geworden wäre, wenn wir uns nicht gefunden hätten."

„Und jetzt in den USA? Hast du Familie?"

Er nickt, und ich spüre, wie sich eine Pfeilspitze

durch meine Brust bohrt.

„Ich bin verheiratet und habe zwei bezaubernde Kinder."

„Das freut mich für dich", ist meine Stimme wie aus einem Nebel zu vernehmen.

„Wenn ich ehrlich bin …", beginnt er einen Satz, als Micha mit den Getränken an unseren Tisch kommt und sie vor uns hinstellt. Sie wirft mir einen fragenden Blick zu. Ich versuche zu verstehen, was sie mir sagen will. Als sie bemerkt, dass ich keine Ahnung habe, was sie von mir will, verdreht sie die Augen und geht wieder zur Theke, um die Brötchen zu hohlen.

„Was wolltest du sagen?", frage ich nach.

„Meine Frau und ich leben in Scheidung. Ich sehe meine Kinder nur alle vierzehn Tage."

„Oh, das tut mir leid." Warum hüpft dann mein Herz so freudig?

Micha bringt die Brötchen. „Lasst es euch schmecken."

„Machen wir. Danke."

Er hat Kinder in den USA. Das kann nichts werden. Meine Gedanken kreisen nur um das eine. Ich muss schnell in mein Brötchen beißen, um mich abzulenken. Ich starre hinaus auf den Platz. Jedes Mal, wenn ich Chris begegne, durchzuckt mich ein Blitz. Der Kerl löst etwas in mir aus, was ich schon lange nicht mehr erlebt habe. Aber es ist verrückt und hat keinerlei Zukunft. Zudem ist es sowieso recht unwahrscheinlich, dass sich ein IT-Nerd aus Boston, USA, für eine Dorfpflanze aus Grefrath am Niederrhein interessieren könnte. Ich kaue auf meinem Brötchen herum und muss mir mit dem Finger etwas Remoulade aus dem Mundwinkel wischen. Dabei drehe ich meinen Kopf ein ganz kleines bisschen so, dass ich ihn im Augenwinkel sehen kann.

Ich stelle fest, dass er mich direkt ansieht und grinst. Vor Schreck verschlucke ich mich und muss kräftig husten. Schnell halte ich mir die Hand vor dem Mund, um nicht Brötchenreste durch das ganze Geschäft zu pusten. Er klopft mir mit der Hand auf den Rücken. Wenn mich das beruhigen soll, dann war das eine Fehleinschätzung. Ich lasse das angebissene Brötchen auf den Teller fallen und nehme die zweite Hand zur Hilfe. Micha kommt aufgeschreckt zu mir.

„Alles in Ordnung?"

Ich habe das Gefühl, an einem Stück Putenbrust zu ersticken, und kann nur hilflos mit einer Hand winken. Micha versteht das Signal sofort und kommt mit einem Glas Wasser angerannt. Ich schnappe es mir und leere es in einem Zug.

Das Hindernis ist aus meinem Hals verschwunden. Ich atme einige Male tief durch, um meinen restlichen Körper darüber zu informieren.

„Geht's wieder?" Chris sieht mich besorgt an. Ich muss mich sehr konzentrieren, um nicht gleich schon wieder loszuhusten.

Ich nicke nur als Antwort und trinke einen Schluck Kaffee.

Er lacht. „Ja, so ein Brötchen kann mörderisch sein."

Wieder nicke ich und konzentriere mich auf meinen Kaffee. Ich werde irgendwann wieder mit ihm reden müssen, sage ich mir selbst. *Also reiß dich zusammen, Sabine.* „Sorry, habe mich böse verschluckt", stammele ich.

Chris weist auf das in alle seine Einzelteile zerfallene Brötchen auf meinem Teller und die Krümel darum herum. „Meinst du, du kannst das noch essen?"

Ich betrachte das Brötchenpuzzle vor mir. „Wird schwierig."

Micha kommt mit einem Putzlappen und beginnt, alles aufzusammeln und den Tisch abzuwischen. „Soll ich dir ein Neues machen?"

„Nein, lass mal. Danke dir." Ich hebe mein Latteglas hoch, damit sie darunter wischen kann. Chris macht dies ebenso. Als Micha fertig ist, stellen wir alles wieder ab.

„Und was hast du heute noch so vor?", versuche ich möglichst gelassen zu fragen.

„Ich habe keine Pläne", antwortet Chris zu meinem

großen Erschrecken. „Vielleicht kann ich dich ja ein wenig bei deiner Arbeit begleiten?"

„Nein, das geht nicht." Ich zucke selbst über meine Worte zusammen, die etwas zu direkt aus mir herausgebrochen sind.

Chris wirkt irritiert. „Wenn es natürlich nicht geht …"

„Entschuldige, so meinte ich es nicht. Ich meine eher …" Krampfhaft suche ich nach einer plausiblen Begründung. „Also, ich meine, ich muss noch einige Fälle nacharbeiten, und das ist stupide Büroarbeit."

„Verstehe", antwortet er. „Hast du denn einen Tipp für mich, was ich hier so machen könnte?"

Micha kommt im richtigen Moment an unseren Tisch. „Warst du schon im Freilichtmuseum?"

Er sieht zu ihr. „Was ist das?"

„Ist eines der Highlights in Grefrath. Das Niederrheinische Freilichtmuseum, wo man etwas über die Geschichte der Region erfährt. Darin gibt es auch ein sehr interessantes Spielzeugmuseum. Musst du dir ansehen, wenn du schonmal hier bist."

Er nickt. „Das klingt interessant. Ich denke, das schaue ich mir mal an."

„Gute Idee", bestätige ich. Ich sollte erleichtert sein, dass er ins Museum geht, und mich nicht weiter in Gefahr bringt, die Fassung zu verlieren und irgendetwas Verrücktes zu tun. Doch ein Teil von mir findet es schade, dass er geht. Dieser Teil muss es sein, der mich wieder etwas Unbedachtes aussprechen lässt. „Du kannst ja danach wieder vorbeikommen. Wir müssen noch herausbekommen, welches Auto Herr Hendricks fährt, und dann gibt es noch einige Besuche zu machen."

Sein Gesicht hellt sich deutlich auf, was sofort wieder Stromstöße durch meinen Körper jagt. „Ja, das klingt nach einem guten Plan."

Ich lasse es mir nicht nehmen, mich um die Bezahlung unseres Imbisses zu kümmern. Er protestiert etwas, aber dann gibt er sich geschlagen. Micha beschreibt ihm noch, wie er zum Freilichtmuseum kommt, dann verabschiedet er sich winkend. „Bis später", ruft er mir zu, und ist über den Platz verschwunden.

„Was ist hier los?" Micha hat die Arme vor der Brust verschlungen und sieht mich mit einem herausfordernden Blick an.

„Was soll los sein?", versuche ich möglichst unschuldig zu antworten.

„Jetzt komm mir nicht so. Da ist doch was im Busch."

„Er hat Frau und Kinder in den USA. Da kann gar nichts sein." Die Scheidung unterschlage ich ihr besser.

„Ach, so ein Mist!" Micha löst die Arme. „Sieht aber

schon nicht schlecht aus, der Bursche."

„Nein, wir sollten gar nicht so über ihn reden. Es ist unmöglich, und zudem ist er Jagos bester Freund." Ich lege ihr das geforderte Geld auf die Theke.

„Seit wann ist das ein Hindernis? Hast du ihn wenigstens ein bisschen über Jago ausgefragt?"

„Nein, bin nicht dazu gekommen."

„Das habe ich gesehen." Sie grinst.

„Ach, du bist blöd."

Wieder grinst sie, und ich muss auflachen.

XII

Keine Ahnung, wie lange ich jetzt schon auf den Bildschirm starre, ohne zu wissen, was ich hier tun wollte. Meine Gedanken sind abwechselnd bei Chris und bei den Fahrradunfällen. Klar, wir müssen unseren bisherigen Verdächtigen auf den Zahn fühlen. Aber es will mir der Gedanke nicht aus dem Kopf gehen, dass es vielleicht noch weitere Gemeinsamkeiten zwischen Betty und Nicole Dehler gibt. Nur, so sehr ich auch überlege und alles durchgehe, es fällt mir nichts ein.

Mein Blick fällt auf die Uhrzeit in der Taskleiste. Vielleicht sind nun die Fahrraddiebe schon zuhause. Oder Petra. Es lohnt sich, das zu überprüfen. Hier im Büro herumzusitzen, macht mich wahnsinnig. Und daran, die ganze Zeit mit Chris alleine unterwegs zu sein, mag ich gar nicht denken. Beherzt schnappe ich meinen Kram und bin schon bei meinem neuen Firmenwagen.

Kurze Zeit später rolle ich wieder über die Stadionstraße am Eisstadion vorbei und biege in die Mörtelstraße ab. Ich halte vor dem Haus mit dem Wachhundmonster, das auch gleich wieder auf mich zustürmt.

„Du kannst mich mal", raune ich dem bellenden Biest zu und betätige den Klingelknopf. Dieses Mal ertönt eine Stimme aus einem Lautsprecher neben der Gartentür.

„Ja, bitte?"

„Hallo, ich bin hier wegen des Fahrrads in Ihrer Garage."

„Was für ein Fahrrad?"

„Das rosa Fahrrad. Gehört es Ihnen?"

„Moment."

Die Haustür öffnet sich, und eine Frau erscheint. Sie pfeift, und der Hund stoppt sein Bellen. Er rennt auf sie zu und lässt sich von ihr problemlos anleinen. Dann ertönt ein Summer, und das Gartentor springt auf.

„Kommen Sie ruhig. Der tut nichts."

Zögerlich öffne ich das Törchen weiter und mache einen Schritt in den Vorgarten. Der Hund beobachtet jede meiner Bewegungen, aber bleibt regungslos neben seinem Frauchen sitzen. Ich mache weitere Schritte auf sie zu.

„Ich kenne Sie gar nicht. Wohnen Sie hier an der Straße?", fragt sie mich.

„Nein, mein Name ist Hagen. Das Fahrrad sieht aus wie das meiner Oma."

Sie zieht die Stirn in Falten. „Wohnt denn Ihre Oma hier?"

Ich schüttele den Kopf. „Nein, wieso?"

„Na, wir dachten, jemand aus der Nachbarschaft hätte das Fahrrad bestellt, und der Paketbote hat es deshalb bei uns abgestellt."

„Der Paketbote?"

„Ja, der hat das Rad hier abgestellt. Aber es hängt keine Adresse daran, oder so. Da dachten wir, der Empfänger wird eine Benachrichtigung bekommen haben und sich dann bei uns melden."

Ich kneife die Augen zu und schüttele mit dem Kopf. „Moment mal, ich verstehe nicht recht. Sie sagen, ein Paketbote hat das Fahrrad bei Ihnen abgestellt?"

Sie nickt.

„Wieso klaut ein Paketbote das Fahrrad meiner Oma und stellt es dann bei Ihnen ab?"

„Geklaut?" Nun ist es an der Frau, überrascht zu gucken. Dann verzieht sie den Mund. „Na ja, wir haben uns schon gewundert, dass das Rad irgendwie gebraucht aussieht. Aber heutzutage bestellen die Leute doch alles Mögliche im Internet. Warum dann nicht auch gebrauchte Fahrräder?"

„Kann ich das Rad mal sehen, um zu überprüfen, ob es überhaupt das meiner Oma ist?"

„Natürlich. Moment …" Sie verschwindet kurz hinter der Haustür und lässt den Hund los. Mir schießt der Schrecken in den Nacken. Nervös starre ich auf das Tier, aber das straft mich mit Ignoranz und sieht fast gelangweilt in Richtung Garten. Dann bewegt sich das Garagentor nach oben, und die Frau kommt wieder aus dem Haus. Sie geht voraus. Ich folge ihr, immer bemüht, den Hund aus dem Augenwinkel im Blick zu behalten.

Die Garage liegt offen vor uns, und ich kann das Zielobjekt genau betrachten. „Das ist eindeutig das Rad meiner Oma."

Die Frau sieht mich an und hebt ihre Schultern. „Es hat sich sonst niemand gemeldet, und ich habe keinen Anlass, an Ihren Aussagen zu zweifeln. Dann nehmen Sie es doch einfach mit."

„Oh, mir fällt auf, dass ich es gar nicht in mein Auto bekomme." Ich zeige auf mein Gefährt am Straßenrand.

Sie nickt. „Da haben Sie recht. Das passt nicht."

„Dann muss ich wohl noch einmal vorbeikommen und mich bringen lassen."

„Wo wohnt Ihre Oma denn?"

„In Grefrath, auf dem Feldchen."

„Ach, da. Kenne ich. Wissen Sie was?"

Ich verneine.

„Mein Mann kommt später mit unserem großen Jeep. Da kriegen wir das Rad problemlos rein. Er fährt es eben zu Ihrer Oma."

„Das würden Sie tun?"

Sie winkt ab. „Na klar, kein Problem."

„Das ist nett. Soll ich Ihnen etwas Benzingeld geben?"

„Nein, nein, ist alles gut. Kommen Sie mit, damit ich die Adresse aufschreiben kann."

Ich folge ihr wieder in Richtung Haustür.

Nachdem sie alles notiert hat und ich mich nochmals sehr bedankt habe, sitze ich wieder in meinem Auto. Zum einen überlege ich die ganze Zeit, wieso ein Paketbote das Fahrrad stiehlt und es dann einfach bei irgendwem abstellt. Zum anderen versuche ich mir zurechtzulegen, was ich Petra sagen möchte, falls ich sie nun antreffe.

Das Haus von Petra ist dunkel, als ich dort ankomme. Ich halte am Straßenrand und schaue genauer. Nirgends brennt ein Licht. Auch das Auto steht nicht mehr vor der Tür. „Mist, sie ist mir entwischt", grummele ich. Ich halte Ausschau, ob sie vielleicht gerade kommt, aber es bewegt sich nichts. Kurz überlege ich, ob ich mich einfach eine Zeit lang hier postieren soll, bis sie wieder zurückkommt, aber die Vorstellung erscheint mir nicht sehr verlockend. „Ich komme einfach ein anderes Mal wieder vorbei, nicht wahr?" Jetzt erwische ich mich schon, wie ich mit meinem Auto rede und sanft das Armaturenbrett streichele. Kurz über mich selbst erschrocken, zucke ich zurück. Dann fahre ich wieder los.

Ich biege wieder auf die Stadionstraße in Richtung Ortsmitte ein. Die Straße liegt ruhig vor mir. Kein Auto ist zu sehen. Rechts liegt der Parkplatz, auf dem ein Weg weiter hinten zum Eingang des Freilichtmuseums führt. Direkt daneben ist das Freibad, und ich überlege, wie lange ich dort schon nicht mehr war. Bilder erscheinen vor meinem inneren Auge, wie Betty, Micha, Annette und ich früher dort unseren Spaß hatten. Ich nähere mich der evangelischen Kirche. Ihre Lage, so weit außerhalb der Ortsmitte, zeigt, dass Grefrath eher katholisch geprägt ist. Keine Ahnung, wie die Gewichtung aktuell aussieht. Als ich weiter die Straße entlangfahre, fällt mir ein Fußgänger auf, der in die gleiche Richtung geht. Als ich an ihm vorbeikomme und zur Seite sehe, bremse ich reflexartig. Erst danach denke ich daran, dass ich besser in den Rückspiegel schauen sollte, ob vielleicht gerade jemand von hinten auffährt. Als ich dies nachhole, liegt die Straße glücklicherweise leer da.

Ich lasse die Scheibe an der Beifahrerseite herunter. „Hi, was treibst du dich denn hier ganz alleine herum?"

Chris kommt zum Auto und lehnt sich an die Tür. „Na, ich war im Museum, und jetzt laufe ich gemütlich zurück."

„Möchtest du gern laufen, oder soll ich dich mitnehmen?" In mir scheinen zwei Seiten zu kämpfen, welche Antwort die bessere wäre.

Doch er schafft Klarheit, indem er versucht, die Wagentür zu öffnen, aber diese ist verschlossen.

„Augenblick." Krampfhaft suche ich die diversen

Schalter meines neuen Wagens ab, um den Knopf zu finden, der die Tür öffnet.

Chris zeigt mit der Hand ins Wageninnere. „Da, rechts unten", weist er mich an.

Ich betätige den beschriebenen Knopf, und tatsächlich, das typische Geräusch der sich öffnenden Zentralverriegelung ist zu vernehmen.

Er steigt ein und lässt sich auf den Beifahrersitz fallen. „Schön, dass du mich hier aufgegabelt hast." Er lächelt mich an. „Und, hast du etwas Neues herausbekommen?"

Ich nicke, während ich angestrengt in den Rückspiegel starre, um abzuwarten, wann ich losfahren kann. „Ja, das Fahrrad in der Garage ist tatsächlich das meiner Oma. Angeblich hat ein Paketbote es dort abgegeben." Ich setze den Blinker und fahre los.

„Echt? Ist ja merkwürdig."

„Finde ich auch", stimme ich zu, während ich die Straße fokussiere. „Petra Eiken war nicht zuhause", ergänze ich.

„Bleibt nur noch, Herrn Hendricks zu überprüfen, nicht wahr?"

Ich spüre, wie er mich ansieht.

„Könnten wir doch gleich machen", schlägt er vor.

Einen kurzen Moment lang hatte ich die Vorstellung, ihn schnell am Büro abzusetzen und ihn dann wieder los zu sein. Ich ringe innerlich mit mir und muss sehr aufpassen, nicht gegen eines der parkenden Autos am Straßenrand zu donnern. Doch es meldet sich eine beruhigende Stimme in mir und ich gebe auf, dagegen anzukämpfen.

„Von mir aus", brumme ich daher möglichst teilnahmslos.

„Na, ein bisschen mehr Feuer sollte schon sein, Frau Detektivin."

„Ja, ja", erwidere ich. Wenn er wüsste, welches Feuer gerade in mir lodert.

„Wie wollen wir vorgehen?", fragt er, als wir am Zielort aussteigen.

„Wir müssen in Erfahrung bringen, welches Auto Herr Hendricks fährt und ob es Schäden am Fahrzeug gibt."

„Okay, und wie machen wir das? Beim letzten Mal schien mir der Kerl nicht sonderlich kooperativ."

„Trotzdem fragen wir einfach. Wenn er nichts damit zu tun hat, müsste es ja in seinem Interesse sein, den Verdacht zu entkräften. Sollte er sich weigern, steigt er als Verdächtiger an die erste Stelle auf."

„Klingt einfach", murmelt Chris. Ich habe den Eindruck, er ist nicht davon überzeugt, dass es so leicht wird.

Zugegeben, ich bin auch auf Schwierigkeiten gefasst, aber sollte mich das aufhalten? Beherzt drücke ich die Klingel, als wir das Haus erreicht haben.

Einen kurzen Moment später öffnet sich die Tür, und Frau Hendricks erscheint.

„Sie schon wieder. Was wollen Sie? Mein Mann hat Ihnen doch deutlich gemacht, dass wir Ihnen nichts zu sagen haben."

„Wir sind auch nur hier, um jeden Verdacht gegen Ihren Mann zu entkräften. Das dürfte ja in Ihrem Sinne sein."

„Und wie wollen Sie das tun?"

„Was für ein Auto fährt Ihr Mann?"

„Warum wollen Sie das denn wissen?"

„Sagen Sie es uns einfach."

„Einen VW Golf. War's das?"

Ich sehe kurz zu Chris, und der zieht die Augenbrauen hoch.

„Welche Farbe hat der Golf?", hake ich nach.

„Was soll das jetzt? Dunkelgraumetallic."

Ich sehe mich an der Straße um. „Steht der Wagen hier irgendwo?"

„Nein, mein Mann ist damit zum Sportstudio. Und jetzt lassen Sie uns endlich in Ruhe." Sie knallt die Tür vor meiner Nase zu.

Chris grinst. „Das hat überraschend gut geklappt."

Ich nicke. „Ja, zumindest wissen wir nun, dass wir ihn als Verdächtigen nicht streichen können."

Wir schlendern wieder zum Auto.

Chris sieht zu mir. „Aber wie können wir sein Auto nun näher unter die Lupe nehmen?"

„Ich habe da eine Idee."

Kurze Zeit später fahren wir wieder über die B509 nach Grefrath. An der Ampelkreuzung mit der Bahnstraße biege ich rechts ab und fahre an verschiedenen Firmen und dem Rathaus vorbei zur Umstraße. Dort biege ich links ab, um dann gleich rechts in die Dunkerhofstraße einzubiegen. Am ehemaligen Kino halte ich an.

„Was willst du denn hier?" Chris sieht mich fragend an.

„Frau Hendricks hat gesagt, dass ihr Mann im Fitnessstudio ist. Das hier ist das einzige Studio in Grefrath. War früher einmal das Kino. Siehst du irgendwo einen dunkelgrauen Golf?"

Wir suchen beide die Autos auf dem kleinen Parkplatz und an der Straße ab.

„Da vorne!" Chris zeigt auf die Straße.

„Ja, das könnte es sein."

Wir steigen aus und gehen zu dem Fahrzeug. Es ist ein Golf, und er ist dunkelgrau. Könnte also der Wagen von Hendricks sein. Ich suche durch die Scheiben das

Wageninnere nach Anzeichen ab, die auf ihn hinweisen, kann aber nichts entdecken. Chris kniet bereits vor der Wagenfront.

„Welche Farbe hat Bettys Fahrrad?"

„Weiß nicht genau. Dunkelrot, glaube ich. Hast du etwas entdeckt?" Ich gehe zu ihm und folge der Richtung seiner Finger, die auf eine Stelle an der Karosserie zeigen.

„Könnte das vom Fahrrad stammen?"

Ich richte mich wieder auf. „Könnte. Aber ohne genaue Untersuchung ist es schwer zu sagen." Ich muss mich beherrschen, nicht gegen das Auto zu treten. „Mist! Irgendwie sind wir keinen Schritt weiter."

„Wir sollten jetzt aber einen ganz schnellen Schritt weitergehen", erwidert Chris.

„Hä? Was meinst du damit?"

Er wedelt mit der Hand in die Richtung hinter mir, und ich drehe mich um. Der deutlich wutschnaubende Herr Hendricks kommt auf uns zu. Es gibt kein Entrinnen mehr.

„Was machen Sie an meinem Auto?"

Na, wenigstens die Frage ist nun geklärt, schießt mir durch den Kopf. „Wir suchen nach Spuren, die darauf hindeuten, dass Sie Betty Schneider angefahren haben."

Der bullige Riese stoppt direkt vor mir, und wenn er nicht so groß wäre, würden sich unsere Nasen sicher fast berühren. So muss ich meinen Kopf nach oben kippen.

„Wer soll das sein?", schnaubt er zu mir hinunter.

„Die Mutter der Schülerin, die Ihren Sohn getreten hat, und die sie bei der Schulleitung angeschwärzt haben."

„Ach, die." Es scheint fast so, als ob sich der Hüne entspannt. Er rückt etwas von mir ab. „Warum sollte ich der was tun? Ich weiß ja nicht, was Sie von mir denken, aber ich fahre nicht rum und ramme andere Leute."

„Das behaupten Sie jetzt."

„Sie können mich mal!" Er schiebt mich mit einer seiner Pranken beiseite und geht zu seinem Wagen. „Machen Sie doch, was Sie wollen." Er öffnet das Fahrzeug und steigt ein. Dann fährt er los, und Chris muss fast zur Seite springen, um nicht überfahren zu werden.

„Hm, er wirkt zwar nicht gerade unschuldig, aber …" Er sieht mich sinnierend an.

„Ja, was?"

„Ich weiß nicht. Irgendwie glaube ich ihm, dass er es nicht war."

„Glauben ist nicht Wissen", schleudere ich ihm entgegen, obwohl ich ihm innerlich recht geben muss.

„Und was machen wir jetzt?", möchte er von mir wissen.

„Na, ich fahre jetzt nach Hause." Sofort tadele ich

mich dafür, dass dies so schroff aus mir herausgeschossen kommt. „Soll ich dich noch eben absetzen, oder läufst du das kurze Stück?", hänge ich beschwichtigend an.

Er sieht in Richtung Deversdonk und scheint die Entfernung abzuschätzen. Die Straße liegt ruhig vor uns. Eine Frau mit Rollator trippelt gerade am Pastorat vorbei. Am Ende parkt ein Mann seinen SUV auf der Seite der Apotheke, obwohl man dort gar nicht stehen darf. Das scheint den Fahrer nicht zu interessieren. Der steigt aus und geht in die Sparkasse auf der anderen Straßenseite.

„Ja, fahre mich ruhig noch", sagt Chris und holt mich aus meinen Gedanken.

„Dann komm", sage ich und gehe voraus zum Auto.

Vor dem Büro halte ich an. „Da sind wir."

Er sieht zu mir und lächelt. „Es macht Spaß, mit dir nach Beweisen zu suchen."

„Ja, mir macht es auch Spaß mit dir", rutscht mir heraus.

Er bewegt sich zur Verabschiedung auf mich zu. Ich komme ihm entgegen, um ihn zum Abschied freundlich zu umarmen. Dann landen unsere Lippen aufeinander.

XIII

Oma sieht von ihrer Zeitung auf, als ich zum Frühstück in die Küche komme.

„Hattest du Besuch?"

Mir hätte klar sein müssen, dass ihr nichts entgeht. Ich lasse mich auf meinen Stammplatz sinken und nicke nur als Antwort.

„Warum ist er denn so früh gegangen?" Oma ist nicht gewillt, so schnell aufzugeben. Ich muss deutlicher werden.

„Ja, Oma, ich hatte Besuch über Nacht. Können wir es bitte dabei belassen?"

Sie verzieht die Mundwinkel zu einem leichten Lächeln. „Natürlich, Kengk. Ich hoffe, du hattest deinen Spaß." Dann wendet sie sich wieder ihrer Zeitung zu.

Ich stehe wieder auf und hole mir einen Kaffee. Dann widme ich mich meinem Frühstück und versuche, dass Wirrwarr in meinem Kopf irgendwie unter Kontrolle zu bringen.

Ja, es war wirklich schön. Da kann Oma beruhigt sein. Wir hatten mächtig Spaß. Nur ist jetzt ein neuer Tag. Ich befürchte sehr, dass es jetzt vorbei ist mit dem Spaß. Jedenfalls fehlt mir jede Vorstellung davon, wie ich mich ihm gegenüber nun verhalten soll. Vor allen Dingen habe ich keine Ahnung, wie Jago wohl reagieren wird.

„Ach, Kengk", unterbricht Oma meine Gedanken. „Da stand gestern Abend ein netter Herr vor der Tür und hat mir mein Fahrrad gebracht. Du hast es tatsächlich gefunden." Ihre Augen leuchten. Ich spüre, wie mich so etwas wie Stolz durchflutet.

„Aber er hat mir gesagt, ein Paketbote hätte das Rad bei ihnen abgestellt. Ist das zu glauben?"

„Ja, das finde ich auch merkwürdig. Hast du irgendeine Idee, was das bedeuten könnte?"

Oma zieht eine Schulter hoch und starrt ins Leere, als ob dort die Antwort geschrieben stünde. „Moment mal", sagt sie plötzlich. Sie strahlt mich an. „Ich glaube, jetzt weiß ich, wer das war."

„Ach ja?"

Sie nickt heftig. „Das war bestimmt dieser penetrante Paketbote, der mir ständig Lieferungen für irgendwelche Nachbarn vor die Tür stellt, die ich gar nicht kenne. Der erwartet von mir, dass ich die ganze Straße ablaufe, um herauszufinden, wer der Adressat eigentlich ist. Einmal habe ich die Empfänger erst auf der Umstraße gefunden." Die Entrüstung ist ihr deutlich anzusehen. „Dem habe ich doch letztens die Meinung gegeigt. Da hat er sich nun gerächt."

So verrückt Omas Theorie auch klingt, wenn ich es recht überlege, ist sie durchaus plausibel. Hat die Frau am Bauerncafé nicht gesagt, dass höchstens noch die

Post dort entlangkäme? Es könnte also tatsächlich ein Paketbote gewesen sein. Es ist gut möglich, dass er Omas Fahrrad erkannt und seine Chance zur Rache gesehen hat.

„Jetzt ist es ja wieder da", konstatiere ich.

Omas Augen funkeln mich an. „Ja, warte. Der soll hier nochmal an meine Tür klingeln. Der kann was erleben."

„Ach, Oma. Lass es doch gut sein! Wer weiß, wie das alles sonst noch eskaliert."

„So eine Unverschämtheit kann man nicht auf sich sitzen lassen, Kengk."

Ich überlege, ob ich noch etwas einwenden soll, aber alles in ihrer Haltung drückt aus, dass sie nicht gewillt ist, den Vorfall einfach so abzuhaken.

Mit der Bitte an Oma, nichts Unüberlegtes zu tun, habe ich mich in meine Wohnung verzogen. Jetzt müsste ich mich eigentlich fürs Büro fertigmachen, aber dort werde ich vermutlich wieder auf Chris treffen. Ich habe keine Ahnung, wie ich ihm nun gegenübertreten soll. Ich schaue auf die Uhr. Bettys Kinder müssten mittlerweile aus dem Haus sein, also sollte sie nun Zeit haben. Aber womöglich ist Georg sowieso noch bei ihr. Ich wähle ihre Nummer, und kurze Zeit später höre ich sie ins Telefon fluchen.

„So ein Mist!"

„Betty? Was ist los?"

Es raschelt, als irgendetwas mit dem Handy angestellt wird. „Biene? Bist du noch dran?"

„Ja, bin ich. Was ist los bei dir?"

„So'n Mist. Als ich nach dem Telefon gegriffen habe, habe ich versehentlich mein schönes Sektglas zerdeppert." Sie scheint das Unglück zu betrachten, denn sie sagt nichts. Ich will gerade nachfragen, als sie weiterspricht. „Ich hatte mir gerade vorgenommen, mich von ‚Frag nicht!' zu ‚Schlechter Tag' vorzutrinken."

„Entschuldige, aber ich verstehe nicht."

„Na, der Aufdruck auf dem Glas. Frag nicht! Schlechter Tag. Guter Tag."

„Du trinkst schon früh am Morgen Sekt?"

„Sekt zum Frühstück ist doch nicht so ungewöhnlich."

„Verfällst du jetzt dem Alkohol?"

Wieder sagt sie nichts, sondern es raschelt irgendwas. „Wenn Georg hier noch länger um mich herumscharwenzelt, kann ich das nicht ausschließen."

„So schlimm? Sei doch froh, dass er sich um dich sorgt."

„Ja, ist ja auch lieb. Aber irgendwann ist auch gut. Meine Schmerzen sind fast weg, und er könnte ruhig mal wieder zur Arbeit gehen."

„Schatz, möchtest du noch einen Kaffee?", ist aus einiger Entfernung zu hören.

„Da ist er schon wieder", haucht sie ins Gerät. „Ich hatte heute schon jeder Menge Kaffee. Einschließlich dem, den er mir ans Bett gebracht hat. Es ist genug Kaffee." Sie klingt wirklich verzweifelt.

„Hast du es ihm mal gesagt?", werfe ich ein.

„Wie soll ich das denn tun?"

„Hey, meine Liebe. Wenn ich eines über euch beide gelernt habe, dann, dass ihr gemeinsam durch dick und dünn geht. Er wird es verstehen. Sprich mit ihm."

Ihr Atmen ist zu vernehmen. „Ja, du hast ja recht. Werde ich wohl müssen." Sie stockt. „Aber warum rufst du mich eigentlich zu solch früher Zeit an? Ist was nicht in Ordnung?"

Jetzt ist es an mir, nach Worten zu suchen. „Ehrlich gesagt, weiß ich das nicht." Ich berichte ihr von meinem nächtlichen Besuch.

„Oh, wow. Klingt doch super. Ein Computergenie. Nicht schlecht."

„Ein Nerd aus Boston mit Frau und zwei Kindern."

„Ein geschiedener Nerd, immerhin."

„Trotzdem."

„Na, willst du ihn denn heiraten?"

„Nein, was soll der Quatsch?"

Ich höre regelrecht, wie sie am anderen Ende das

Gesicht verzieht. „Ja, das ist Quatsch. Genau das möchte ich dir auch sagen. Ihr seid zwei erwachsene Menschen, die etwas Spaß zusammen haben. So what? Ist doch prima. Freu dich daran, und nimm es locker. Oder bist du etwa schon verliebt?"

„Ich weiß nicht."

„Wenn du es wärst, wüsstest du es. Genieße einfach, was ist, und mache es nicht dadurch kaputt, dass du dich an irgendwelchen Szenarien aufhängst. Es kommt doch sowieso immer anders, als man denkt."

„Ja, du hast recht. Danke", hauche ich ins Telefon. Dann schießt mir ein Gedanke durch den Kopf. „Sag mal, was steht nochmal auf den Sektgläsern?"

„Das nenne ich mal einen überraschenden Themenwechsel. Warum willst du das denn wissen?"

„Sag schon. Was steht da?"

„Es sind drei Texte von oben nach unten. Frag nicht! Schlechter Tag. Guter Tag. Soll eben bedeuten, dass der Tag mit jedem Schluck besser wird."

„Schon klar. Das habe ich verstanden."

„Okay, und warum interessiert dich das?"

„Weil auf dem Sideboard bei Dehlers genau die gleichen Gläser standen."

„Na und? Die gibt es sicher haufenweise."

„Auch schon klar, aber es ist eine Gemeinsamkeit. Georg hat das Glas am Samstag in Kempen gekauft, oder?"

„Ja. Wie soll uns das jetzt weiterhelfen?"

„Keine Ahnung. Vielleicht ist es auch eine Sackgasse. Aber es gibt immerhin eine weitere Gemeinsamkeit, und damit einen Ermittlungsansatz. Die ganze Zeit habe ich irgendwie das Gefühl, dass es noch einen Aspekt gibt, den ich übersehe. Vielleicht sind es eben genau diese Gläser."

„Ist aber sehr weit hergeholt."

„Lass mich einfach. Ich halte mich jetzt erstmal daran fest. Mal sehen, wohin es mich führt."

„Wenn du meinst." Sie klingt nicht sonderlich überzeugt. „Heute Abend ist wieder Chorprobe. Ich hole dich ab."

„Echt? Es wird schon wieder gesungen, nach allem, was geschehen ist? Bist du überhaupt schon fit genug nach deinem Unfall?"

„Natürlich." Sie duldet keinen Widerspruch. „Sei pünktlich fertig."

Ich will etwas einwenden, als Georgs Stimme zu hören ist.

„Ich komme, Schatz", kann ich Bettys Antwort vernehmen.

„Ich muss Schluss machen. Bis heute Abend", sagt sie noch, und dann ist das Gespräch beendet.

Ich beschließe, das Zusammentreffen mit Chris weiter zu verschieben, und stattdessen dieser zugegeben sehr vagen Theorie nachzugehen, dass die komischen Sektgläser etwas zu bedeuten haben.

Minuten später sitze ich in meinem schmucken Firmenwagen und bin auf dem Weg nach Kempen.

An so einem normalen Wochentag finde ich ohne Probleme einen Parkplatz, und schon schlendere ich durch die Fußgängerzone. Die meisten Menschen, die mir begegnen, erledigen die notwendigen Einkäufe. Kaum jemand bummelt nur so an den Geschäften vorbei. Es herrscht fast so etwas wie Hektik, und die Stimmung ist ganz anders als vergangenen Samstag, als ich zuletzt hier war. Ich biege ab und erkenne den Geschenkeladen wieder, in dem Georg sein Star-Wars-Utensil und das Glas erworben hat.

Mir wird bewusst, dass ich keine Ahnung habe, was genau ich hier eigentlich will. Ja, hier wurde das Glas gekauft. Das heißt überhaupt nichts. Diese Dinger kann man sicher auch zuhauf im Internet bestellen. *Du bist ganz schön verzweifelt, Sabine*, tadele ich mich innerlich selbst. Aber jetzt bin ich schon mal hier, da kann ich auch einfach hineingehen und mich umsehen.

Die Ladentür steht offen, und ich trete ein. Das Geschäft ist bis zur Decke vollgestellt mit den diversen Fan-Artikeln aus Filmen und Serien. Dazu gibt es jede

Menge Kram, der wohl irgendwie witzig sein soll. Eine Frau räumt in einer hinteren Ecke irgendwelche Puppen ins Regal und scheint sich nicht daran zu stören, dass ich hereingekommen bin. „Typisch deutscher Kundenservice", murmele ich leise vor mich hin und sehe mich weiter um. In der rechten, hinteren Ecke befindet eine kleine Theke mit der Kasse. Selbst dieser Bereich ist mit allerlei Nippes umstellt. Davor steht ein Regal, und oben darauf entdecke ich die Gläser. Ich nehme eines davon in die Hand und betrachte den Aufdruck. Keine Ahnung, warum man so etwas als originell empfindet.

„Diese Gläser werden gerne für den Partner oder die Partnerin gekauft", ertönt die Stimme hinter mir. Ich hätte fast vor Schreck das Glas fallen gelassen. Nicht, weil die Ansprache so überraschend gekommen wäre. Nein, es ist die Stimme, die mir bekannt vorkommt. Vorsichtig stelle das zerbrechliche Ding wieder an seinen Platz und drehe mich langsam um.

„Ach, Sie sind die Detektivin", höre ich die Stimme sagen.

„Ja, genau, die bin ich. Ich hätte nicht gedacht, dass ich Sie hier antreffe."

Sie zuckt mit den Schultern. „Ist ein Nebenjob."

„Reicht die Tätigkeit als Trauerbegleiterin nicht, um den Lebensunterhalt zu bestreiten?"

„Es dauert, bis man sich mit dieser Dienstleistung

etabliert hat. Und in dem Bereich kann man sich keine Stammkundschaft aufbauen." Sie grinst. Fast schon zu unverschämt für eine Frau mit ihrem Beruf, finde ich. „Suchen Sie etwas Bestimmtes?", hängt sie an.

Ich schüttele den Kopf. „Nein, nein, ich schaue mich nur mal um. Es überrascht mich ja immer wieder, wofür die Menschen ihr Geld ausgeben."

„Was für den einen nur Ramsch ist, bedeutet einem anderen einfach alles."

„Wie wahr, wie wahr. Dann haben Sie ja zwei Berufe, bei denen Sie viel über die Menschen lernen."

Sie lacht auf. „Da haben Sie recht. So habe ich das noch gar nicht gesehen."

„Wie geht es denn der Familie Dehler."

Ihre Gesichtszüge werden ernster. „Es ist nicht leicht für sie. Ich helfe, so gut ich kann."

„Da bin ich sicher", lasse ich sie wissen. „Dann will ich mal weiter."

Sie nickt. „Ich wünsche Ihnen noch einen schönen Tag."

„Danke", erwidere ich und verlasse mit einem Winken das Geschäft.

Das kann kein Zufall sein. Zuerst waren es nur diese Gläser, und dann taucht plötzlich genau dort, wo Georg eines gekauft hat, die Trauerbegleiterin auf, die bei Dehlers auf dem Sofa saß. Ich renne fast eine ältere Frau um, die aus einem Geschäft kommt. Ich entschuldige mich wortreich und beeile mich dann, zum Auto zu kommen. Auf jeden Fall muss ich mir diese Frau Holtbrinck näher ansehen.

Ich lenke den Wagen vom Parkplatz auf den Ring, der die Innenstadt von Kempen umgibt. Wer könnte etwas über sie wissen? Bis vor Kurzem wusste ich nicht einmal, dass es so etwas wie Trauerbegleiterinnen überhaupt gibt. Ich muss gestehen, dass ich mich bemühe, mich nicht zu sehr mit dem Thema Tod und seinen Begleiterscheinungen zu beschäftigen. Vielleicht zieht es mich deshalb so magisch an, Todesfälle aufzuklären. Ich will immer einen Grund finden. Es muss jemanden geben, der Schuld hat.

Ich muss an einer roten Ampel halten und sehe das Schild, das zum Krankenhaus weist. Na klar, Annette hat als Krankenschwester sicher häufig mit dem Tod zu tun. Vielleicht weiß sie etwas über die Trauerbegleiterin. Eine schöne Gelegenheit, die neuen Funktionen meines Autos auszuprobieren. Ich drücke auf einen Knopf, und das Display zeigt an, dass es auf einen gesprochenen Befehl wartet. Die Musik ist nur noch leise zu vernehmen.

„Annette auf dem Handy anrufen", teile ich dem Auto mit.

„Wen möchten Sie anrufen?", erklingt es aus dem Lautsprecher.

„Annette!", wiederhole ich.

„Bitte nennen Sie deutlich den Namen der Person, die Sie anrufen möchten."

„Ich möchte Annette anrufen!"

„Dazu ist leider keine Rufnummer gespeichert."

Die Musik aus dem Radio ertönt wieder in normaler Lautstärke.

Die Ampel vor mir schaltet auf Grün. Ich muss meinen Blick wieder auf die Straße richten. Erneut drücke ich auf den Knopf, um einen Befehl loszu-werden. Wieder wird die Musik aus dem Radio heruntergeregelt.

„Annette Gerards mobil anrufen", rufe ich in die Richtung, in der ich das Mikrofon vermute.

„Welche Telefonnummer möchten Sie anrufen?"

Das Display zeigt Annettes Telefonnummern an.

„Mobil!", rufe ich.

„Bitte nennen Sie die Nummer der gewünschten Tele-fonnummer."

Fast wäre ich bei Rot über die Ampel gefahren und komme gerade noch rechtzeitig zum Stehen.

„Zwei", sage ich hastig.

„Annette Gerhards wird mobil angerufen", bestätigt mein Auto. Ich atme erleichtert aus. Der Rufton ist kurz zu hören, dann ertönt eine automatische Ansage, dass Annette nicht erreichbar sei und man eine Nachricht hinterlassen möge. Ich erläutere kurz, worum es geht, und bitte um Rückruf. Dann drücke ich auf den Knopf zur Beendigung des Gesprächs. Super, der ganze Kampf mit der neuen Technik war auch noch vergebens. Frustriert biege ich in Richtung Grefrath ab.

„Da bist du ja endlich", begrüßt mich Jago, als ich ins Büro komme. „Könntest ruhig etwas sagen, wenn du später kommst."

„Jawohl", antworte ich in einem angedeuteten Soldatentonfall und halte mich nicht lange mit dem Vorwurf auf. „Kennst du jemanden in der Bestattungsbranche?"

„Wo?"

„Na, Bestatter und so. Ein Beerdigungsinstitut."

„Warum willst du das denn wissen? Ist jemand gestorben?"

„Nein, ich brauche nur Informationen."

„Von Bestattern?" Er mustert mich skeptisch. „Alles in Ordnung bei dir?"

„Ja, natürlich. Ist Chris nicht da?" Ich hoffe, dass meine Frage beiläufig genug klingt.

„Nein, er hat doch heute seinen Vortrag."

„Ach, stimmt ja." Warum habe ich Idiotin mir dann nur die ganze Zeit Gedanken gemacht, wie ich ihm gegenübertreten könnte?

„Du siehst irgendwie erleichtert aus? Hattet ihr Streit?"

„Äh, nein, nein. Ist alles gut. Ich muss jetzt mal an die Arbeit", weiche ich aus und beeile mich, in mein Büro zu kommen.

Ich lasse mich gerade auf meinen Bürostuhl sinken, als mein Telefon klingelt. Annettes Name erscheint auf dem Display.

„Hi, Annette. Schön, dass du zurückrufst", begrüße ich die Freundin.

„Wozu brauchst du denn eine Trauerbegleiterin?"

„Ich brauche keine. Ich versuche nur, etwas über eine spezielle Dame herauszufinden, die als Trauerbegleiterin arbeitet. Holtbrinck heißt sie. Stefanie Holtbrinck. Kennst du sie vielleicht?"

Es dauert einen kurzen Augenblick, bis Annette antwortet. „So oft habe ich auch nicht mit so etwas zu tun. Soweit ich weiß, kommen solche Hilfestellungen erst später ins Spiel. Wenn ich auf Angehörige treffe, ist der Mensch meist gerade erst verstorben."

„Mist, ich hatte gehofft, du wüsstest vielleicht etwas."

„Na, jetzt wirf die Flinte mal nicht so schnell ins Korn. Eine Freundin von mir arbeitet als Trauerrednerin. Sie könnte eher etwas wissen. Ich frage sie mal und melde mich, okay?"

„Das wäre prima. Danke dir."

„Kein Problem."

Wir beenden das Gespräch, und ich schalte den PC ein. Mal sehen, ob das Internet etwas über Stefanie Holtbrinck ausspuckt.

Nach ein paar Eingaben stoße ich auf ihre Webseite, auf der sie ihre Tätigkeit bewirbt. Sie bietet sogar Gruppensitzungen an, stelle ich mit Erstaunen fest. Ich klicke mich etwas durch die Seiten und rufe schließlich das Impressum auf, um eine Adresse in Erfahrung zu bringen. Glücklicherweise hält sie sich an die Gesetze, und so finde ich heraus, dass sie in Oedt wohnt, und notiere die Anschrift.

Ich suche ziellos noch etwas weiter, in der Hoffnung, noch zusätzliche Informationen zu entdecken, aber es ergibt sich nichts mehr.

Als das Telefon erneut klingelt, schrecke ich auf. Einen kurzen Moment wundere ich mich, dass Annette so schnell ist, aber dann entdecke ich den Namen auf dem Display und zucke zusammen. Ich drücke auf den Knopf und nehme das Gerät ans Ohr.

„Jochen?", höre ich mich fragen.

„Hallo Biene. Könntest du bitte schnell nach Hause kommen. Wir brauchen dich hier."

„Ist was mit Oma?" Hatte ich mich nicht gerade intensiv mit dem Thema Tod beschäftigt?

„Komm einfach schnell her", fordert Jochen in seiner gewohnt ruhigen Art und legt auf. Ich starre noch kurz auf das Handy, dann hetze ich los.

XIV

Als ich auf dem Feldchen ankomme, sehe ich sofort den Menschenauflauf. Ein Polizeiwagen parkt direkt vor Omas Haus. Ich halte dahinter und beeile mich auszusteigen. Dann quetsche ich mich durch die Schaulustigen und erblicke Jochen und Oma vor dem Haus. Erleichterung macht sich in mir breit, Oma so quicklebendig vor mir zu sehen. Sie scheint aufgebracht zu sein, um nicht zu sagen total geladen.

„Nimmst du diesen Kerl nun fest oder nicht?", schleudert sie Jochen entgegen und zeigt dabei auf einen Mann, den ich jetzt erst wahrnehme. Er steht etwas abseits bei Jochens Kollegin. Ich erkenne ihn eindeutig als einen Paketboten. Schlagartig wird mir klar, worum es sich hier handelt.

Jochen erblickt mich und seine Gesichtszüge scheinen sich zu entspannen. „Gut, dass du kommst", begrüßt er mich. „Bitte rede mit deiner Oma. Sie kann nicht einfach irgendwen festhalten und seine Festnahme fordern."

„Er hat ihr Fahrrad geklaut", erkläre ich ihm.

„Jetzt fang du nicht auch noch an! Wenn dem so ist, dann kann Sie Anzeige erstatten, aber nicht aus heiterem Himmel Leute daran hindern, ihren Job zu machen."

Ich nicke. „Ich weiß. Wollte ja nur den Hintergrund erläutern."

Ich gehe auf Oma zu. „Kengk, kannst du ihm mal erklären, dass er den Kerl festnehmen muss?"

„Oma, er kann nicht einfach irgendwen festnehmen. Du musst offiziell Anzeige erstatten, dann untersucht die Polizei den Fall, und wenn sich der Verdacht erhärtet, wird er vor Gericht gestellt."

Sie sieht zu dem Paketboten hinüber, der mir in dem Augenblick wirklich leidtut. „Dann ist der Typ längst über alle Berge."

„Ich glaube nicht, dass da Fluchtgefahr besteht."

„Aber er kann doch nicht einfach mein Fahrrad klauen, und dann passiert nichts?"

Ich schaue prüfend zu dem Beklagten. „Ich denke, dass es ihm sicher eine Lehre ist."

Sie sieht zu ihm und anschließend zu mir. „Meinst du?"

Ich nicke.

Sie zieht die Stirn in Falten und dreht sich schließlich zu Jochen. „Okay, ich gebe mich geschlagen."

Jochen nickt. „Gut." Dann geht er zu seiner Kollegin, und es ist zu sehen, wie sie mit dem Paketboten sprechen. Danach kommt Jochen zurück zu uns.

„Sie haben Glück. Der Bote sieht von einer Anzeige gegen Sie ab."

Ich kann sehen, wie sich Omas Gesichtsfarbe vom Kinn nach oben rot verfärbt. Ich fasse ihr an den Arm.

„Lass es gut sein", raune ich ihr zu und sie sieht mich erbost an. „Bitte", füge ich leise an.

Sie seufzt, dann scheint sie sich wieder zu beruhigen.

„Schaff mir diesen Mistkerl aus den Augen", raunt sie Jochen zu und geht wieder ins Haus.

„Danke, dass du mich gerufen hast", wende ich mich an ihn, während ich im Augenwinkel beobachte, wie seine Kollegin den Boten zu seinem Fahrzeug begleitet und dann die Schaulustigen auffordert zu gehen.

„Gut, dass du so schnell kommen konntest." Er zeigt auf mein Auto. „Schick. Hat sich Jago erweichen lassen?"

Ich nicke, und unsere Blicke treffen sich kurz. Einen kurzen Augenblick suchen wir beide nach Worten.

„Na dann", sagt Jochen und macht Anstalten, seiner Kollegin zu folgen.

„Ach, sag mal", halte ich ihn auf, und er dreht sich zu mir. „Kennst du eine Trauerbegleiterin namens Holtbrinck?"

Ich meine, so etwas wie Enttäuschung in seinen Augen wahrzunehmen. „Wozu brauchst du eine Trauerbegleiterin?"

„Natürlich brauche ich keine. Ist für den Job."

Er zuckt mit den Schultern. „Nein, sagt mir nichts."

„Könntest du vielleicht mal nachgucken, ob etwas gegen sie vorliegt?"

„Biene …"

Ich unterbreche ihn mit einer Handbewegung. „Ja, ja, ich weiß, was du sagen willst. Darfst du nicht. Datenschutz, blablabla. Ich schon gut. Entschuldige, dass ich gefragt habe."

Er atmet laut hörbar aus. „Biene …", will er neu ansetzen, aber ich unterbreche wieder.

„Geh nur und mach deinen Job."

Ich drehe mich um und gehe ins Haus, ohne ihm einen weiteren Blick zuzuwerfen. Kaum ist die Tür hinter mir ins Schloss gefallen, meldet sich mein schlechtes Gewissen. Jochen macht nur seine Arbeit, und die macht er gut und gewissenhaft. Ich öffne zögerlich die Tür. Doch ich kann nur noch sehen, wie Jochen in den Polizeiwagen steigt und dieser losfährt.

Mich selbst tadelnd schlurfe ich in Omas Küche, aber sie ist nicht dort. Stattdessen steht sie auf der Terrasse und hält ihre Wasserpumpgun hoch. Mit Nachdruck schießt sie Wasserfontänen in Richtung einiger Tauben ab, die in sicherer Entfernung auf dem Nachbardach sitzen.

„Oma, die armen Tauben können nichts dafür."

„Verdammte Viecher", schimpft sie.

Ich gehe zu ihr und lege ihr die Hand auf die Schulter. „Warum regt dich dieser Paketbote so auf? Du hast dein Fahrrad wieder, und er hat sicher einen Schreck fürs Leben bekommen."

Sie lässt die bunte Waffe sinken. „Du hast ja recht, Kengk."

Wir gehen zurück in die Küche, und Oma stellt das Ungetüm ab. „Lass uns essen." Ohne eine Antwort abzuwarten, beginnt sie, am Herd zu werkeln. „Es gibt Wirsinggemüse und Frikadellen", kommt sie meiner Frage zuvor. Ich lasse mich auf meinen Stammplatz sinken.

Während die Fleischklopse in der Pfanne brutzeln und einen verführerischen Bratenduft verströmen, sinniere ich über meine aktuellen Erkenntnisse nach. Ich nehme stark an, dass ich nicht mit irgendwelchen weiterführenden Infos von Jochen rechnen kann. Aber wie könnte ich sonst mehr über die Trauerbegleiterin erfahren?

„Sag mal, Oma", beginne ich zögerlich. „Kennst du eine Trauerbegleiterin namens Holtbrinck?"

Sie steht mit dem Rücken zu mir und wendet die Fleischklopse. „Wen?", fragt sie in Richtung der Abzugshaube.

„Eine Frau Holtbrinck", rufe ich etwas lauter in ihre Richtung.

„Trauerbegleiterin? Was soll das sein?"

War klar, dass Oma mit dieser Bezeichnung nicht viel

anzufangen weiß. Sie gehört noch der Generation an, die Dinge wie Trauer oder anderes Belastendes eher mit sich selbst ausgemacht hat.

„Ist eine Frau, die Menschen dabei hilft, ihre Trauer über den Verlust eines Angehörigen oder naheste- henden Menschen zu verarbeiten."

Jetzt scheint es sie wirklich zu interessieren, und sie dreht zumindest den Kopf in meine Richtung. „So eine Art Psychologe?"

Gut, dass ich mich im Web über Trauerbegleitung schlaugemacht habe. „Nur ganz entfernt, denke ich. Ein Psychologe ist ja eine Art Arzt. Trauerbegleitung ist weniger formell. Kann jeder machen. Es braucht nur ein paar Monate Weiterbildung."

Oma wendet sich wieder den Bratlingen zu. „Was es nicht alles gibt."

Sie nimmt die Pfanne vom Herd und schiebt die Frikadellen auf einen Teller, den sie dann in die Mitte zwischen uns auf den Tisch stellt.

Ich stehe auf und hole weitere Teller und Besteck für uns, während Oma den Topf mit Wirsinggemüse auf einem Topflappen ebenfalls mittig auf den Tisch plat- ziert.

Ich beginne gleich, mir vom Gemüse auf den Teller zu packen und mit zwei der Fleischklopse zu umrahmen.

„Wie soll die Frau heißen?", fragt Oma, während ich mir eine volle Gabel Gemüse in den Mund schiebe.

Ich beeile mich mit dem Herunterschlucken. „Holtbrinck heißt sie. Stefanie Holtbrinck. Kennst du sie vielleicht doch?"

„Nein, nicht persönlich. Aber ich glaube, da hing so ein Aushang beim Forum Älterwerden. Das könnte der Name gewesen sein."

Dass diese Person durchaus aggressiv Marketing betreibt, ist mir schon aufgefallen. Da ist es absolut schlüssig, dass sie dort auf sich aufmerksam macht, wo Todesfälle tendenziell häufiger auftreten. Schon nachvollziehbar, auch wenn es sich irgendwie merkwürdig anfühlt, wenn ich so darüber nachdenke.

„Die Käthe hat sich die Nummer aufgeschrieben, glaube ich. Für die Kinder, als ihr Willi gestorben ist." Oma nimmt das letzte Stück Frikadelle in den Mund.

„Genau, jetzt fällt es mir wieder ein", lässt sie mich wissen, als sie fertig gekaut hat. „Die Kinder wollten aber nichts davon wissen. Hat sie mir später erzählt."

Ich starre auf den Rest Gemüse auf meinen Teller. Dieser Ansatz führt also auch zu nichts. Mir scheint, ich muss wohl tiefer in die Internetrecherche einsteigen, um vielleicht irgendetwas über diese Frau zu erfahren.

Nachdem ich im Büro den ganzen Nachmittag im Web nach Informationen gesucht habe, ist mir diese Frau noch suspekter. Welcher normale Mensch hinterlässt heutzutage gar keine Spuren im Internet? Ich konnte keine Social-Media-Konten von ihr finden. Alleine das macht eine Person doch schon verdächtig. Schließlich ist sie keine achtzig, sondern vielleicht so Mitte vierzig. Da hat man doch zumindest ein Facebookkonto, sollte man meinen.

Jago hat sich den ganzen Nachmittag nicht im Büro blicken lassen, und Chris glücklicherweise auch nicht. Bevor sich daran womöglich etwas ändern kann, mache ich mich aus dem Staub und fahre wieder nach Hause.

Nachdem ich mir ein wenig die Zeit mit Hausarbeit vertrieben habe, hetze ich die Treppe hinunter, weil Betty vor der Tür steht, um mich zur Chorprobe mitzunehmen.

Wir umarmen uns kurz, bevor ich in ihre Familienkutsche einsteige.

„Wie geht es dir?", erkundige ich mich.

„Och", erwidert sie lächelnd. „Die Farben an diversen Körperstellen werden immer vielfältiger, aber ich merke kaum noch etwas."

„Das ist schön."

„Und bist du weiter mit deinen Ermittlungen? Hat

dich deine Entdeckung mit dem Sektglas irgendwie weitergebracht?"

Ich berichte ihr davon, wen ich als Verkäuferin im Geschenkeladen erkannt habe.

Betty sieht kurz zu mir. „Das ist aber wirklich ein merkwürdiger Zufall."

„Siehst du. Jede Spur kann wichtig sein."

„Jetzt übertreibe nicht gleich. Mir kommt der Zusammenhang immer noch ziemlich weit hergeholt vor." Sie macht eine Pause, und es ist zu sehen, dass sie über etwas nachdenkt, während sie auf die B509 abbiegt.

„Was ich an deinem diffusen Verdacht nicht verstehe … Welches Motiv sollte diese mir völlig unbekannte Frau haben, mich oder Nicole anzufahren?"

Die Frage trifft mich wie ein Hammerschlag. Diese gleichen Gegenstände und der Fakt, dass die Verkäuferin solcher Gläser gleichzeitig auch die Trauerbegleiterin ist, die sich dem Witwer andient, hat mich völlig die Grundlagen guter Ermittlungsarbeit vergessen lassen. Was lernt man in jedem drittklassigen Fernsehkrimi? Welche sind die wesentlichen Fragen bei einer Ermittlung? Motiv und Gelegenheit. Und gleich beim ersten Punkt scheitere ich. Betty hat recht. Da ist doch überhaupt kein Motiv erkennbar.

„Lass mich raten, du hast keine Ahnung", schlägt

Betty weiter in die Kerbe meiner Unfähigkeit.

„Ist ja schon gut", brumme ich und fühle mich nicht nur ertappt, sondern auch blamiert. „Dann hoffe ich wenigstens, dass Petra zur Probe kommt, und ich mit ihr sprechen kann. Sie hat nämlich zumindest bei Nicole ein Motiv. Und ihr wart euch bekanntlich auch nicht sonderlich grün. Du hast selbst gesagt, dass bei ihrer aktuellen mentalen Verfassung eine Überreaktion nicht auszuschließen sei."

Betty biegt an der Ampel Richtung Oedt ab. „Ja, sicher. Ist aber auch ziemlich dünn, wenn du mich fragst."

„Besser dünn als gar nichts", beharre ich trotzig, denn ich will nicht auch noch meinen letzten Ansatz verlieren.

Das Geplauder der Frauen empfängt uns wieder, als wir auf den Probenraum zugehen. Ich suche den Saal nach Petra ab, als wir eintreten. Einige drehen sich zu uns um. Ein paar Frauen gehen auf Betty zu und fragen, wie es ihr geht. Beinahe stolz zeigt sie ihnen ihren Oberarm, der in vielfältigen Blau- und Gelbtönen leuchtet.

Svenja kommt auf mich zu. „Hallo Biene. Schön, dass du trotz allem wiederkommst."

„Ich bin eher überrascht, dass ihr heute singt."

„Nicole hätte sicher nicht gewollt, dass wir unsere

Proben unterbrechen. Sie hat immer darauf gedrungen, dass wir nicht nachlassen mit dem Üben."

„Petra ist nicht da?"

Sie sieht ebenfalls in die Runde. „Nein, ich habe sie noch nicht gesehen."

„Hat sie sich denn abgemeldet?"

Sie schüttelt den Kopf. „Nicht, dass ich wüsste."

Wir drehen uns beide zur Tür, aber er treten nur noch zwei weitere Sängerinnen ein, gefolgt vom Chorleiter. Er bewegt sich gleich auf mich zu. „Hallo Biene. Schön, dass du auch wieder da bist."

„Auch wenn das Ende der letzten Probe nicht erfreulich war, so muss ich doch zugeben, dass es mir Spaß gemacht hat."

Er strahlt. „Das freut mich sehr. Dann hoffe ich, dass du heute auch viel Freude haben wirst."

Wieder wird die Tür geöffnet, und dieses Mal braucht es nicht lange, um zu erkennen, wer hereinkommt.

„Was will die denn noch hier?" Petra stürmt geradewegs auf mich zu.

Es dauert einen Moment, bis ich realisiert habe, dass sie mich ins Visier genommen hat. Ich versuche noch, in eine Abwehrhaltung zu kommen, als sie nur wenige Zentimeter vor mir zum Stehen kommt. „Du hast hier nichts zu suchen", zischt sie zwischen zusammengebissenen Zähnen entgegen. Ich muss mir Speichelnebel vom Gesicht wischen.

Ich hebe beide Hände. „Was ist denn los? Was habe ich denn getan?"

Svenja, Astrid und einige andere Chorschwestern eilen zu uns, während mich Petra weiter anfunkelt und ich den Eindruck nicht loswerde, dass sie jeden Moment auf mich stürzen will.

„Du hältst mich für eine Mörderin und bringst nur Unfrieden in den Chor", schleudert sie mir entgegen.

„Ich halte dich nicht für eine Mörderin", lüge ich, aber man möge mir dies in dieser Situation nachsehen. Es gilt hier offensichtlich, eine Psychopatin zu beruhigen. „Aber ihr habt mich schließlich gebeten, die Hintergründe von Nicoles Tod zu ermitteln, und da muss ich eben jedem Verdacht nachgehen."

Als sie eine kurze Bewegung auf mich zu macht, greifen die Frauen um sie herum nach ihr, um sie von einer Überreaktion abzuhalten. Ich zucke zurück, aber es geschieht nichts.

„Also doch. Du verdächtigst mich. Du hast es gerade zugegeben."

„Ja, natürlich kann ich den Verdacht nicht ausschließen." In dem Moment, als ich dies sage, schießt mir durch den Kopf, dass es womöglich nicht sinnvoll ist, dies so klar auszudrücken. Ich beschließe, die Flucht nach vorn anzutreten und die Aussage mit Fakten zu untermauern. „Du hast Nicole beschuldigt, ein Verhältnis mit deinem Mann zu haben. Das ist ein eindeutiges Motiv. Du hast Kratzer an deinem Auto, und du warst letzte Woche zu spät bei der Probe. Motiv und Gelegenheit. Ich wäre echt schlecht in meinem Job, wenn ich dich da nicht als Verdächtige betrachten würde."

In Erwartung eines Faustschlages oder eines anderen gewaltsamen Ausbruchs kneife ich die Augen fest zusammen und nehme die Hände vor das Gesicht. Als nach einer gefühlten Minute nichts geschehen ist, öffne ich die Augen vorsichtig und nehme die Hände wieder herunter. Mir gegenüber hat stattdessen Petra das Gesicht mit den Händen bedeckt und wimmert leise. Astrid nimmt sie in den Arm.

„Alles wird gut", haucht sie ihr zu, und Petra schluchzt auf.

„Es tut mir so leid", ist unter Tränen zu hören.

Astrid sieht mich mit weit aufgerissenen Augen an und wendet sich dann wieder dem Bündel in ihrem Arm zu. „Was tut dir leid?"

„Ich hätte das nicht tun dürfen." Wieder hebt das Wimmern an.

Alle in der Runde sehen sich fragend an. Ich bin sicher, dass sie genau das denken, was mir auch durch den Kopf geht. Gesteht Petra gerade, dass sie Nicole angefahren hat? Ich sende Astrid einen auffordernden Blick zu und sie nickt.

„Was hättest du nicht tun dürfen? Sag es uns! Dann wird alles leichter."

Petra nimmt die Hände vom Gesicht und richtet sich auf. „Es tut mir wirklich sehr leid. Aber sie hat noch gelebt, als ich weggefahren bin. Ich schwöre."

Einen Augenblick scheint alles Leben im Raum zu erstarren. Dann bricht wildes Gemurmel aus. Ich muss mich konzentrieren, um nun nicht die Kontrolle zu verlieren. „Bitte seid ruhig", fordere ich auf und wende mich dann direkt Petra zu. „Bitte erzähle mir alles von Anfang an."

Sie seufzt. Dann beginnt sie stockend zu erzählen. „Ich war mir so sicher, dass mein Mann eine Affäre hat. Ich konnte mir sonst keinen Grund vorstellen, warum er so plötzlich ausziehen wollte."

„Du hast doch schon länger erzählt, dass es bei euch kriselt", ruft Svenja von hinten.

„Ruhe bitte", ermahne ich die Runde. „Erzähle weiter", bitte ich Petra.

Sie sieht zu den Frauen, die einen Rahmen um uns bilden, und dann wieder zu mir. „Ich wollte Nicole endgültig zur Rede stellen und dachte mir, es wäre gut, sie auf dem Weg zur Probe abzufangen." Sie atmet tief durch. „Sie kam mir dann auf der Straße entgegen. Ich habe gewunken, um ihr zu signalisieren, dass sie kurz anhalten solle, aber sie hat nur irgendetwas zurückgerufen, was ich nicht verstanden habe, und ist weitergeradelt." Sie sieht hoch zu mir. „Ich habe sie dann beim Überholen leicht gestreift, und sie ist gestürzt. Aber sie war okay. Ich habe angehalten und bin zu ihr. Sie hat mich angeschrien. Ich sei verrückt und solle ihren Mann und sie endlich in Ruhe lassen. Als ich sie da so sah, wie sie sich aufrappelte und ihr Rad wieder hochnahm, wurde mir bewusst, wie sehr ich mich in etwas verrannt hatte, und dass ich im Begriff war, alles zu zerstören. Sogar Menschen zu gefährden. Ich habe mich einfach umgedreht, bin ins Auto gestiegen und bin losgefahren."

„Du sagst also, dass Nicole definitiv am Leben war, als du gefahren bist? Dass sie sogar dabei war, ihr Rad aufzuheben und weiterzufahren?", hake ich nach.

Sie nickt heftig. „Ja, auf jeden Fall."

„Gibt es irgendwen, der das bezeugen kann? Sind andere Autos dort vorbeigefahren?"

„Ja, ein paar sind vorbeigekommen. Einer hat gehupt, weil mein Wagen quer auf der Straße stand."

„Kannst du dich an irgendetwas Besonderes bei den Vorbeifahrenden erinnern?"

Sie schüttelt den Kopf. „Nein, darauf habe ich nicht geachtet."

In meinem Kopf rattert es. Kann ich ihr glauben, dass Nicole noch gelebt hat, nachdem sie von Petra angefahren worden war? Oder ist dies nur der Versuch, irgendwie doch noch glimpflich aus der Sache herauszukommen? Ich mustere sie. Die Verzweiflung wirkt echt auf mich. Aber genügt dies? Wenn es tatsächlich keine Zeugen des Vorfalls gibt, wird es schwer sein, die Aussage zu bestätigen. Und Fakt ist und bleibt, dass Nicole dort an der Straße zu Tode gekommen ist.

Petra scheint meine Gedanken nicht zu erahnen. „Als ich zurück zum Auto ging, war da noch ein Fahrzeug, das auf der Straße stand und anscheinend wartete, dass ich weiterfahre. Ich habe noch gewunken, dass es einfach vorbeifahren könnte, aber es ist stehengeblieben."

„Was war das denn für ein Auto?"

Überlegt sie sich jetzt eine möglichst plausible Lüge oder versucht sie wirklich, sich Details zu dem Fahrzeug in Erinnerung zu rufen? Ich mustere jede ihrer Regungen genau, um irgendwie Klarheit zu bekommen. Sie zieht die Stirn in Falten und scheint angestrengt nachzudenken. „So genau erinnere ich mich nicht mehr. Ich war wie in einem Nebel ohne jede Orientierung. Es könnte blau gewesen sein. Oder vielleicht auch grau. Auf jeden Fall eher dunkel."

„Also wie dein Auto. Wie praktisch", kann ich mir nicht verkneifen. „Sonst noch etwas? Jedes kleine Detail kann helfen."

Sie starrt ins Leere und sieht dann wieder zu mir. „Ich überlege schon krampfhaft, aber alles ist so verschwommen."

„Das ist nicht sehr hilfreich. Hast du vielleicht etwas vom Nummernschild in Erinnerung?"

Sie bewegt den Kopf von rechts nach links. „Nein, ich habe wirklich nicht darauf geachtet. Ich wollte nur weg und verdrängen, was ich getan hatte."

„Und dann bist du einfach zur Probe gekommen, als ob nichts geschehen wäre? Ganz schön abgebrüht", konstatiere ich.

„Ich war im Panikmodus. Ich weiß auch nicht, wie ich das hingekriegt habe. Als dann die Nachricht von Nicoles Tod kam, habe ich gedacht, ich falle auf der Stelle in Ohnmacht." Sie sieht in die Runde. „Ihr müsst mir glauben. Ich wollte das alles nicht. Der Chor, ihr seid mir so wichtig. Ohne euch wäre ich längst zusammengebrochen."

Sie tut mir leid, wie sie da steht und einen flehenden Blick in die Runde sendet. Wenn ich die Gesichtszüge der meisten anderen Sängerinnen richtig deute, überwiegt auch hier das Mitleid. Mehrere Frauen gehen auf sie zu, umarmen sie und reden mit ihr. Ich trete einen Schritt vom Geschehen zurück und betrachte das Schauspiel.

„Glaubst du ihr?", fragt mich Betty von der Seite.

„Ich weiß nicht."

„Für mich wirkt es echt", hängt sie an.

„Ja, das stimmt. Aber es wäre auch nicht die erste Mörderin, die nach der Tat ein schlechtes Gewissen bekommt und alles bereut."

„Was wirst du jetzt tun?"

Ich sehe zu ihr. „Ich denke, ich werde der Polizei davon erzählen müssen."

„Machst du es offiziell, oder rufst du Jochen an?" Sie legt mir die Hand auf die Schulter. „Du solltest Jochen anrufen. Er kann es dann an die richtige Stelle berichten."

„Vielleicht hast du recht", grummele ich, dann sende ich ihr ein Lächeln. „Ich denke mal, wir singen heute nicht mehr, oder?"

XV

„Du so früh?" Jochens Stimme am Telefon klingt überrascht.

„Ich habe sowieso kaum geschlafen, und es gibt eine wichtige Information, die ich dir mitteilen muss."

„Ach ja? Was ist denn so wichtig?"

„Es geht um den Mordfall Nicole Dehler."

„Du weißt, dass ich dir nichts dazu sagen darf", fällt er mir ins Wort.

„Jetzt sei nicht so ein Arsch. Ich habe doch gesagt, dass ich dir etwas erzählen muss. Hörst du überhaupt zu?" Ich muss tief durchatmen, um der aufsteigenden Wut keinen Raum zu geben.

„Ja, ja, ich höre zu. Was ist denn nun?"

„Petra Eiken hat gestern Abend auf der Chorprobe gestanden, dass sie Nicole angefahren hat. Allerdings behauptet sie, Nicole sei danach noch am Leben gewesen und hätte selbst das Fahrrad wieder aufgehoben, um weiterzufahren."

„Und das stimmt?"

Jetzt hilft auch Atmen nicht mehr, um meinen Unmut aufzuhalten. „Denkst du echt, ich rufe dich in aller Herrgottsfrühe an, um dir ein Lügenmärchen aufzutischen?"

„Nein, nein, natürlich nicht. Aber ich muss natürlich den Wahrheitsgehalt prüfen, bevor ich damit zur Mordkommission gehe."

„Hey, ich bin's, Biene. Wenn ich dir das sage, dann stimmt das. Aber wenn dir das nicht genügt, sie hat es auf der Probe gestern Abend gesagt, und es gibt mindestens dreißig Zeuginnen, okay?"

„Ja, schon gut. Ich gebe die Info sofort weiter."

Wir schweigen uns einen Moment an.

„Ist sonst noch etwas?", fragt er nach.

„Gibt es so etwas wie eine Belohnung für sachdienliche Hinweise?"

„Du willst Geld dafür?"

„Natürlich nicht. Ich dachte, im Gegenzug gibst du mir auch ein paar Infos."

„Biene …"

„Komm, das wäre nur fair", unterbreche ich ihn dieses Mal und schalte um auf Säuselmodus. „Nur ein paar Infos zu dieser Frau Holtbrinck. Es wird auch niemand erfahren."

Schweigen am anderen Ende.

„Gib dir einen Ruck! Ich hab's verdient", setze ich nach.

„Ich schaue mal, was ich machen kann", brummt Jochen. „Ich muss jetzt los." Dann legt er auf. Ich betrachte noch einen Moment die Anzeige auf meinem Handy. Warum habe ich ihn denn jetzt noch nach dieser Trauerbegleiterin gefragt? Betty hat doch recht. Sie hat gar kein Motiv. Doch bei aller Erleichterung über Petras Geständnis bleiben noch einige Fragen offen. Wenn es stimmt, dass Nicole nach der Auseinandersetzung mit Petra noch gelebt hat, wer hat sie dann getötet? Und wer hat Betty angefahren? Sollte dies tatsächlich nur ein Zufall gewesen sein?

Die zwei Männerstimmen, die mir entgegenschallen, als ich das Büro betrete, holen mich aus meinen Gedanken. Einen kurzen Augenblick bin ich versucht, einfach wieder zu gehen. Dann verurteile ich mich für diese blöde Idee. Ich will kein Feigling sein. Also richte ich mich gerade auf und marschiere in Jagos Büro, wo, wie erwartet, mein Kompagnon und sein Freund in ein Gespräch vertieft sind.

„Guten Morgen", rufe ich in die Runde, und beide sehen zu mir auf.

„Ola", antwortet Jago, und Chris lächelt mich nur an. Ein vielsagendes Lächeln, dem ich besser sofort ausweiche.

„Wie war dein Vortrag?", frage ich möglichst sachlich.

„Ist gut gelaufen", antwortet er.

„Schön. Und was steht jetzt an?" Ein Teil von mir betet dafür, dass er sagt, er würde nun wieder nach Hause fliegen zu Frau und Kindern. Der andere Teil will ihn sich sofort schnappen, in mein Büro ziehen und über ihn herfallen. Ein heftiger Kampf tobt in mir. Ich bin nicht sicher, ob ich diesen Aufruhr nach außen verbergen kann.

„Chris bleibt noch bis Sonntag", erläutert Jago und löst sowohl innerliches Siegesgeheul als auch Panik in mir aus.

„Schön", murmele ich.

„Wie sieht es denn bei deinen Mordermittlungen aus?", fragt das Ziel meiner Begierde.

„Es gibt überraschende Wendungen." Ich berichte über die Details und meine offenen Fragen.

„Und wie möchtest du nun weiter vorgehen?" Chris sieht mich fragend an. Ich muss meinen Blick schnell abwenden.

„Ehrlich gesagt, habe ich keine Ahnung. Mir fehlen konkrete Ansätze. Da ist nur so ein Gefühl."

„Welches Gefühl?", fragt nun auch Jago nach.

„Ein Gefühl, dass diese Trauerbegleiterin Frau Holtbrinck irgendwie in die Sache verwickelt ist. Nur fehlt jedes Motiv und jeder konkrete Ansatz."

„Manchmal ist eben das Bauchgefühl das Einzige, was man hat. Kenne ich aus meinem Beruf auch", wirft Chris ein. „Ich finde, du solltest deinem Gefühl vertrauen und dem nachgehen."

Alles in mir signalisiert, dass er recht hat. „Und wie?"

Ich bin ratlos.

„Wir sollten uns diese Trauerbegleiterin einfach mal genauer ansehen, denke ich."

„Hm", brumme ich nur.

„Ich habe heute Termine in Düsseldorf", erklärt Jago. „Vielleicht kann Chris dich begleiten?"

Der Angesprochene nickt erfreut. „Das wäre toll." Er grinst in meine Richtung.

„Ich weiß nicht. Ist doch sicher total langweilig."

„Nein, ich finde deine Arbeit sehr spannend", vereitelt er meinen schwachen Abwehrversuch.

„Na gut. Möglicherweise ist es ein guter Ansatz, nach Oedt zu der Adresse zu fahren, die auf der Webseite der Trauerbegleiterin steht. Mal sehen, ob sich etwas mehr über sie in Erfahrung bringen lässt. Es kann auch sein, dass wir ihr dort begegnen und es zu einem Gespräch kommt. Was meinst du?"

„Prima. Ich stehe bereit." Chris ist Feuer und Flamme. Also gebe ich mich geschlagen.

„Na gut, dann komm halt."

Ich nicke Jago kurz zu und bin schon auf dem Weg zu meinem Auto. Chris beeilt sich, mir zu folgen.

Kaum sitzen wir im Wagen, neigt er sich zu mir herüber und versucht, mir einen Kuss zu geben. Ich schiebe ihn weg. „Was soll das?"

„Ich dachte …" Er stockt. „Nach dieser tollen Nacht."

„Vergiss es! Du hast Frau und Kinder in den USA. Am Sonntag wirst du wieder weg sein. Es war schön, also diese Nacht. Das will ich gar nicht verhehlen. Aber ich habe keine Lust, mich in dich zu verlieben, um dann mit gebrochenem Herzen hier zurückzubleiben. Es war diese eine Nacht, und dabei wird es auch bleiben."

Er sieht mich an. Ich meine, so etwas wie Enttäuschung in seinem Blick zu erkennen. Dann nickt er langsam. „Ich verstehe. Ja, du hast recht. Es wäre nicht fair dir gegenüber. Freunde?" Er hält mir seine Hand entgegen.

Ich betrachte sie und ergreife sie dann. „Freunde."

Dann starte ich den Wagen und lenke ihn vom Deversdonk in Richtung Oedt.

Gleich am Ortsanfang von Oedt biege ich nach links in das Viertel ab, das deutlich an die Hochzeiten der Textilindustrie in der Region erinnert. Alle Straßen tragen Namen, die aus diesem Bereich stammen. Ich halte vor einem Mehrfamilienhaus in der Weberstraße.

„Hier muss es sein", teile ich meinem Beifahrer mit und steige aus.

Auf dem Klingelschild am Hauseingang suche ich nach dem Namen und finde mich bestätigt, als ich Holtbrinck im obersten Stockwerk entdecke.

„Und was jetzt?", fragt Chris in meinen Rücken.

Ich drehe mich zu ihm und bekomme einen Schwall seines Duftes mit. Ich muss mich kurz konzentrieren, bevor ich antworten kann. „Jetzt klingeln wir und sehen, was passiert."

Er lächelt mir zu. „So liebe ich es. Einfach hinein ins kalte Wasser und dann losstrampeln. Irgendwo wird man schon etwas aufwühlen."

Ich bin es nicht gewohnt, dass man mich für meine spontane Art lobt. Üblicherweise habe ich dann immer Jochen im Ohr, der mich zurückhalten möchte. Es tut gut, mal Unterstützung zu erfahren. Es überrascht mich nur, dass jetzt in mir selbst plötzlich eine Stimme laut wird, die vor den möglichen Gefahren warnt. Es wäre nicht das erste Mal, dass mich eine spontane Aktion in arge Schwierigkeiten bringt. Allerdings halte ich das Klingeln an einer Haustür nicht für sehr gefährlich.

Wie erwartet, passiert nichts, nachdem ich den Knopf gedrückt habe. Aber es öffnet eben auch niemand. Selbst, nachdem ich die waghalsige Aktion wiederholt habe.

„Ist wohl nicht zuhause", stelle ich das Offensichtliche fest.

„Klingel doch bei den Nachbarn und frage sie aus. Habe ich letztens in so einer amerikanischen Krimiserie gesehen. Da hat der Detektiv es so gemacht."

„Und war er erfolgreich damit?"

Chris grinst. „Er ist von Gangmitgliedern angeschossen worden."

„Okay, ich denke, wir können ausschließen, dass es in Oedt irgendwelche bewaffneten Banden gibt. Wir können es also mal riskieren."

Ich wende mich wieder dem Klingelschild zu, um eine Zielperson auszuwählen, als ein Auto am Straßenrand hält. Ich schaue nur kurz auf den Wagen und wende mich dann wieder der Klingel zu. Dann stocke ich. Ich drehe mich noch einmal um, damit ich das Fahrzeug und vor allen Dingen die Person darin näher in Augenschein nehmen kann. Chris sieht mich fragend an. Ich nicke in Richtung des Straßenrands. Die Tür des Wagens öffnet sich, und schlagartig finde ich mein Gefühl bestätigt, als ich Frau Holtbrinck als die Fahrerin erkenne.

Sie kommt auf den Hauseingang zu. Als sie nahe genug ist, versuche ich, ihren Gesichtsausdruck zu deuten. Ist es schlichtweg Überraschung oder doch eher Vorsicht?

„Sie?", sagt sie nur und betrachtet dann meinen Begleiter. „Kann ich Ihnen helfen?"

„Ja, ich denke schon", lasse ich sie wissen. „Haben Sie kurz Zeit für ein paar Fragen?"

„Worüber?" Ihr Blick lässt mich weiter im Ungewissen darüber, was sie denken könnte. „Ich mache

Gespräche eigentlich nur nach vorheriger Termin-absprache."

„Wir waren zufällig in der Gegend und dachten, wir versuchen es einfach mal."

„Interessieren Sie sich für die Trauerbegleitung?" Sie mustert Chris. „Haben Sie jemanden verloren?"

Er schüttelt den Kopf. „Glücklicherweise nicht."

Dann sieht sie wieder zu mir. „Was soll das hier?"

„Ich wollte Sie fragen, woher Sie so schnell erfahren haben, dass Nicole Dehler verstorben ist. Sie waren bereits am Folgetag bei den Dehlers. Ich habe Sie dort gesehen. Wie konnte das sein?"

Sie zieht die Augenbrauen zusammen, und nun kann ich deutlich erkennen, dass sie in innerliche Abwehrhal-tung geht. „Nun, es ist Teil meiner Tätigkeit, von Todes-fällen zu erfahren", bleibt sie vage.

„Finden Sie es nicht reichlich pietätlos, gleich am nächsten Tag bei den Angehörigen aufzutauchen?"

„Ich möchte nur helfen." Sie wendet sich der Haustür zu und steckt einen Schlüssel ins Schloss. „Wenn Sie mich jetzt entschuldigen wollen. Ich habe zu tun."

„Kennen Sie eine Bettina Schneider?" So leicht lasse ich mich nicht abwimmeln.

Sie sieht kurz zu mir. „Wer soll das sein?" Dann weiten sich ihre Augen. „Ach, ist das nicht die Chor-sängerin, die ebenfalls von einem Auto angefahren wurde? Sie erzählten letztens davon. Wie geht es ihr?"

„Es geht ihr wieder gut. Sie kennen sie nicht?"

„Nein, woher? Ich muss nun wirklich weiter." Sie drehte den Schlüssel herum und öffnete die Haustür. „Wenn Sie Fragen zu meiner Arbeit haben, senden Sie mir gerne eine Nachricht über das Kontaktformular meiner Webseite. Sie entschuldigen mich bitte."

Bevor ich etwas einwenden kann, ist sie im Haus verschwunden.

„War jetzt nicht sehr erhellend", stellt Chris fest.

„Ich weiß nicht warum, aber irgendetwas an dieser Frau ist nicht koscher." Ich sehe zu dem Auto am Straßenrand, mit dem sie gekommen ist. „Komm", ich winke Chris heran. „Lass uns mal das Auto näher ansehen."

Wir gehen beide zu dem Fahrzeug. Es ist ein recht neuer Opel Astra in Dunkelblau. Sieht durchaus schnittig aus und könnte auch ein Modell für mich sein. Ich gehe um den Wagen herum und betrachte die vordere Front genauer. Wenn dort Spuren von einem Anschlag auf Nicole oder Betty sind, dann sind sie mit bloßem Auge nicht zu sehen.

„Verdammt", murmele ich vor mich hin.

Chris beugt sich zu mir hinunter. „Wir werden beobachtet", raunt er mir zu.

Ich sehe ihn fragend an, und er gibt mir durch eine

Augenbewegung zu verstehen, dass ich vorsichtig an ihm vorbei und nach oben sehen soll. Tatsächlich, im oberen Stockwerk des Hauses ist deutlich zu erkennen, dass jemand hinter dem Vorhang steht und zu uns heruntersieht. Ich gebe Chris mit einem Nicken das Zeichen, dass ich verstanden habe, was er meint.

Langsam erheben wir uns beide und gehen schweigend zu meinem Auto. Als wir eingestiegen sind und ich losfahre, wendet sich Chris an mich. „Du hast absolut recht. Die Frau ist mir auch suspekt."

Im Auto gebe ich den Befehl, Bettys Telefonnummer zu wählen, und nehme erfreut wahr, dass es dieses Mal direkt funktioniert. Nach wenigen Ruftönen schallt ihre Stimme durch das Fahrzeuginnere.

„Hi Betty", begrüße ich meine Freundin. „Sag mal, könnte es sein, dass das Auto, das dich gerammt hat, so ein neuer Opel Astra war?"

„Wie sieht der denn aus?"

„Recht schnittig. In Dunkelblau."

Es dauert etwas, bis sie antwortet. „Ich kann mich wirklich nicht genau erinnern, aber es könnte schon sein. Wenn ich so überlege, bin ich zumindest recht sicher, dass es ein blaues Auto war."

„Danke, das hilft mir weiter."

„Hast du etwa eine Spur?"

„Vielleicht."

„Jetzt erzähl schon! Wer ist es?"

„Die Trauerbegleiterin."

„Ach, Biene, das hatten wir doch schon. Ich kenne diese Frau nicht. Welches Motiv sollte sie haben?"

„Ich weiß. Aber alles in mir sendet mir Alarmsignale, dass etwas mit dieser Frau nicht stimmt. Ja, ich habe auch noch kein offensichtliches Motiv entdecken können. Aber das heißt nicht, dass es keins gibt."

„Ich glaube, dass es einfach nur ein Zufall war", lässt mich Betty wissen.

„Zufälle gibt es nicht", wendet Chris ein.

„Wer ist denn das?", kommt prompt aus dem Lautsprecher.

„Das ist Chris, Jagos Freund", erläutere ich.

„Chris? Ach, der Nerd." Betty betont den Begriff sehr intensiv, und mein Beifahrer sieht mich fragend an. Ich gebe ihm mit einem Handzeichen zu verstehen, dass dies nichts zu bedeuten hat.

„Ja, er ist es", bestätige ich Betty. „Wir müssen weiter. Danke, dass du uns geholfen hast." Dann beende ich das Gespräch.

Ich spüre, wie mich Chris von der Seite betrachtet, aber er sagt nichts. In diesem Moment finde ich das auch besser so.

Im Büro angekommen, sieht er noch einmal kurz zu mir, aber ich bin nicht gewillt, auf ihn einzugehen. Ich muss mich selbst schützen. Es geht nicht. Ich darf mich nicht in ihn verlieben. Also versuche ich, so ausdruckslos wie möglich auszusehen, und beeile mich, in mein Büro zu verschwinden.

Als ich die Tür hinter mir schließe, lasse ich mich gegen sie fallen und muss erst einmal durchatmen. Tränen kommen auf. Ich kämpfe krampfhaft dagegen an. Was für eine Scheiße. Da treffe ich mal einen Mann, der wirklich nett ist, gut aussieht und einfach alles hat, was ich an einem Mann schätze, dann kommt er aus den USA und hat dort Familie. Immerhin lebt er in Scheidung, sagt er. Aber dennoch kann daraus nichts werden. Ich kann doch nicht in die USA auswandern. Ich muss heftig den Kopf schütteln, um es mir selbst klarzumachen. Nein, das geht nicht.

Es klopft an der Tür, und jemand öffnet sie. Ich falle fast und kann dies erst durch einen beherzten Griff an den Türrahmen verhindern.

Jago sieht mich erschrocken an. „Was ist denn mit dir los?"

Ich wische mir hastig durch das Gesicht und schaue an ihm vorbei, ob Chris dort irgendwo steht.

Jago folgt meinem Blick und sieht dann wieder zu mir. „Er ist nach oben gegangen." Er scheint meine

Gedanken zu erraten.

Ich fasse ihm an den Arm und ziehe ihn in mein Büro. Dann schließe ich die Tür hinter ihm und atme tief ein.

„Was ist?", frage ich.

Er mustert mich. „Das wollte ich dich fragen? Hattet ihr Streit?"

„Was meinst du?"

Er zeigt mit der Hand in Richtung der Tür. „Na, was ist denn los mit dir und Chris. Er verschwindet wortlos nach oben in meine Wohnung, und du verschanzt dich hier in deinem Büro." Er neigt sich etwas in meine Richtung vor und kneift die Augen zusammen. „Hast du geweint?"

Heftig schüttele ich den Kopf. „Nein, Quatsch." Hastig reibe ich mir durch das Gesicht. „Nichts ist."

Jago verzieht den Mund und verschränkt die Arme vor seiner Brust. „Biene, wenn du Streit mit meinem besten Freund hast, dann muss ich das wissen. Es geht nicht, dass die beiden Menschen, die mir am nächsten sind, zerstritten sind."

„Nein, wir haben uns nicht gestritten." Ich erschrecke, weil dies etwas heftig aus mir herausgeschossen ist. „Ich meine ...", versuche ich weiter zu erläutern, aber die Worte bleiben mir im Hals hängen.

Er sieht mich herausfordernd an. „Ich dachte eigentlich, ihr würdet euch gut verstehen. Es hatte zumindest den Anschein."

„Ach, verdammt!" Ich trete gegen einen der Besucherstühle. „Ja, er ist toll. Und wir waren zusammen im Bett." Jetzt ist es raus. Ich sehe vorsichtig in Richtung von Jago.

Zuerst macht er ein verdutztes Gesicht, dann beginnt er zu lachen. Es wird immer kräftiger, und schließlich hält er sich sogar den Bauch. „Ach, darum diese ganze Show? Weil ihr nicht wollt, dass ich das erfahre?"

„Nein, nicht deswegen."

Er hört sofort auf mit seinem Gefeixe. „Warum denn dann?"

„Hallo?" Ich starre ich ihn an. „Weil daraus nichts werden kann. Und weil er mir womöglich das Herz brechen wird."

„Chris ist aber eigentlich nicht so."

„Das mag ja sein. Aber er hat Familie in den USA und einen guten Job dort. Am Sonntag fliegt er zurück. Also kann nichts aus uns werden. Da ist es besser, es gar nicht erst groß entstehen zu lassen."

Jago neigt den Kopf und sieht mich an. „Du bist doch sonst immer so risikofreudig. Und jetzt, wo es womöglich um dein Lebensglück geht, hast du Schiss?"

„Ich habe keine Angst. Das ist Realismus."

Er zieht einen Mundwinkel hoch und wiegt den Kopf

leicht hin und her. „Realismus, so ein Mist. Nichts ist vorher realistisch. Ist es realistisch, dass ich ausgerechnet in Grefrath hängenbleibe? Ist es realistisch, dass wir eine florierende Detektei betreiben? Vergiss den Realismus. Folge deinem Herzen, wie du es doch sonst auch immer tust. Das ist das, was ich an dir schätze und was dich bis hierher gebracht hat. Höre jetzt nicht damit auf."

Ich starre ihn an. So hat er noch nie mit mir gesprochen. „Florierend?", stammele ich.

„Na klar, hätte ich sonst einen Firmenwagen geleast?"

Jetzt muss ich lachen. „Stimmt, daran hätte ich es merken können."

„Sprich mit ihm! Und wenn da wirklich etwas zwischen euch ist, dann werdet ihr schon Wege finden. Im Übrigen lässt er sich scheiden."

„Ich weiß. Aber er lebt in den USA", murmele ich.

Er zuckt mit den Schultern. „Es gibt Flüge."

Ich sehe zu ihm, und unsere Blicke treffen sich. Einen Augenblick lang sehen wir uns nur wortlos an. „Danke", hauche ich schließlich. „Du bist wirklich ein guter Freund."

Er winkt ab. „Ach, hör auf, sonst weine ich noch."

Wir müssen beide lachen. Das Klingeln meines Telefons unterbricht diesen vertrauten Moment.

Ich greife hektisch nach dem Gerät und lese Jochens Namen auf dem Display, als ich auf den grünen Hörer tippe.

„Hallo Jochen", begrüße ich ihn, und Jago gibt mir durch Nicken zu verstehen, dass er besser geht. Doch ich gebe ihm ein Handzeichen, dass er bleiben soll.

„Was kann ich für dich tun?", wende ich mich an den Anrufer.

„Ich sollte doch was für dich tun."

„Oh, das klingt prima. Ich bin gespannt."

„Vorab nur kurz: Ich habe die Information von Petra Eikens Geständnis schon weitergegeben, und sie wird gerade vernommen."

„Das ist gut."

Einige Sekunden ist nur Atmen am anderen Ende zu hören, dann flüstert Jochen. „Ich habe mir dann mal diese Frau Holtbrinck näher angesehen."

„So, so. Woher der plötzliche Sinneswandel?" Ich kann nicht umhin, etwas sarkastisch zu klingen.

Erwartungsgemäß reagiert Jochen verschnupft. „Jetzt mach es nicht kaputt. Willst du nun wissen, was ich herausgefunden habe?"

„Natürlich", flöte ich. „Was hast du denn herausbekommen?"

„Du solltest vorsichtig sein."

„Wieso das?"

„Du hattest recht, sie ist nicht ganz astrein. Es gibt nichts Konkretes. Aber sie ist erst vor einem Jahr nach Oedt gezogen. Vorher lebte sie in Hessen. Und jetzt halte dich fest!"

Wenn Jochen schon so spricht, dass er Spannung aufbaut, dann muss es etwas Besonderes sein. Ich wage es nicht, ihn zu unterbrechen, und er fährt fort. „Dort gab es zwei Mal Unfälle, bei denen Frauen ums Leben kamen. In beiden Fällen taucht sie in den Akten als befragte Person auf, weil sie dem trauernden Ehemann als Trauerbegleiterin zur Seite stand. Es gab aber wohl nie einen Verdacht gegen sie."

Ich sende Jago einen vielsagenden Blick. „Das ist ja ein Ding", lasse ich Jochen wissen. „Dasselbe Muster wie in diesem Fall."

„Scheint so", bestätigt er.

„Lass mich raten. Die Trauerbegleiterin hat sich dann an den Witwer rangeschmissen."

„Dazu steht nichts in den Protokollen", widerspricht er.

„Hast du eine Chance, das in Erfahrung zu bringen?"

„Ich kann nicht einfach so die Kollegen anrufen und ihnen auftragen, das mal zu erfragen. Das geht nur, wenn es über offizielle Kanäle läuft. Aber dazu ist die Indizienlage viel zu dünn. Denkst du, das ist ihr Motiv? Sie zerstört Ehen, um dann selbst die Lücke auszufüllen?"

„Ja, genau das glaube ich." Ich verrate ihm besser nicht, dass mir diese Idee gerade erst gekommen ist. Aber sie fühlt sich absolut stimmig an. Das wäre das verdammte Motiv, das mir noch fehlt. Je mehr ich darüber nachdenke, desto besser passt alles zusammen.

Die Dehlers sind ein glückliches Paar. In dem Geschenkeladen lernt die Trauerbegleiterin diese glücklichen Paare kennen. Sie verfolgt sie und bringt bei nächstbester Gelegenheit die Ehefrau um, damit sie sich sogleich als Trauerbegleiterin andienen kann, um so der Familie und dem Ehemann näherzukommen. Ich fasse mir an den Kopf.

„Deshalb ist dann auch Betty in ihr Visier geraten", lasse ich Jochen wissen.

„Was? Ich verstehe nicht", antwortet der.

„Na, sie hat Betty und Georg in diesem Laden gesehen. Sie sind offensichtlich ein glückliches Paar, und das scheint diese kranke Person zu triggern. Wahrscheinlich hat sie dann Betty beobachtet und sie bei passender Gelegenheit angefahren."

„Von welchem Laden sprichst du?"

„Ach, stimmt ja. Das habe ich dir noch gar nicht erzählt. Die Verbindung zwischen den Dehlers und Betty und Georg ist ein Geschenkeladen in Kempen."

„Wie das?"

Ich erzähle ihm von den Sektgläsern und meiner Entdeckung, dass Frau Holtbrinck dort arbeitet.

„Bei allem, was ich über diese Frau Holtbrinck erfahren habe, will ich das nicht ausschließen, obwohl es schon ganz schön weit hergeholt klingt. Wie soll sie denn überhaupt an Betty herangekommen sein? Sie wusste doch nichts über sie."

Das ist ein Argument. Wenn ich irgendwo etwas einkaufe, erfährt man im Geschäft noch lange nicht, wo ich wohne und andere Details. Und die Täterin muss zumindest Bettys Adresse herausgefunden haben. „Vielleicht hat Georg mit Karte bezahlt", mutmaße ich.

„Auch dann kannst du nicht so einfach die Adresse in Erfahrung bringen. Gut, man hat den Namen und kann googeln."

Ich lasse den Einkauf in dem Geschäft noch einmal vor meinem inneren Auge Revue passieren. Warum bin ich dumme Kuh nicht mit in das Geschäft gegangen? Ich hätte sie direkt erkannt. „Moment", werfe ich ein. „Ich glaube, Georg hat noch etwas ausgefüllt, um Kundenrabatt zu bekommen."

„Klar", stimmt Jochen zu. „Das könnte natürlich ein Weg sein, um Adressen in Erfahrung zu bringen."

„Wenn meine Theorie stimmt, ist Betty dann immer noch in großer Gefahr? Schließlich hat es schon einen Mordversuch gegeben. Wird es diese Psychopathin weiter versuchen, obwohl sie wahrscheinlich ahnt, dass ich ihr auf der Spur bin?"

Ich höre Jochen am anderen Ende deutlich atmen. Er spricht leise. „Deshalb meinte ich, dass du vorsichtig sein sollst. Es ist nicht auszuschließen, dass sie es jetzt vielleicht auf dich abgesehen hat."

„Ach, Quatsch. Ich entspreche doch gar nicht ihrem Beuteschema einer glücklich verheirateten Frau."

„Aber sie könnte dich als Bedrohung betrachten, die es zu beseitigen gilt."

„Ich passe schon auf mich auf. Mach dir keine Sorgen." Jago sieht mich mit großen Augen an. Ich nicke in seine Richtung. „Bitte versuche, mehr von deinen Kollegen zu erfahren", wende ich mich wieder Jochen zu. „Melde dich, wenn du etwas weißt." Ohne eine Antwort abzuwarten, beende ich das Gespräch.

Jago starrt mich mit großen Augen an. „Ich habe nur Bruchstücke mitbekommen. Du bist ist in Gefahr?"

Ich winke ab. „Nein, das ist übertrieben."

XVI

Gestern habe ich mir den ganzen restlichen Tag den Kopf zerbrochen, wie ich diese verdammte Trauerbegleiterin überführen könnte, und mir ist nichts eingefallen. Dementsprechend schlecht habe ich geschlafen, und Oma hat mir beim Frühstück gleich angesehen, dass mich etwas beschäftigt. Es sind sogar zwei Dinge, die um die Ressourcen in meinem Hirn kämpfen. Zum einen ist es dieser Fall, und zum anderen ist da Chris.

Oma hat die Zeitung abgelegt. Ich spüre deutlich, dass sie mich beobachtet. Ich tue so, als ob ich es nicht bemerken würde, und beiße möglichst teilnahmslos in mein Brötchen.

„Was ist eigentlich aus dem jungen Mann geworden, der letztens bei dir übernachtet hat?"

Sie hat einen untrüglichen Instinkt, wenn es um mein Liebesleben geht.

„Nichts", grummele ich und nehme einen Schluck Kaffee.

„Schade", erwidert sie und lässt ihren Blick nicht von mir ab.

Tatsächlich habe ich nach dem Gespräch mit Jago viel darüber nachgedacht, ob ich überreagiere. Vielleicht sollte ich uns eine Chance geben? Gut, die Wahrscheinlichkeit, dass mir irgendwann das Herz gebrochen wird, ist nicht gering. Aber seit wann scheue ich Risiken?

Chris hat es mir zudem leichtgemacht und ist mir den ganzen gestrigen Tag nicht mehr über den Weg gelaufen. Ich werde jetzt noch genau einmal ins Büro fahren, und dann ist schon Wochenende. Es wäre also möglich, ihm gar nicht mehr zu begegnen. Problem gelöst. Ich vertilge den letzten Rest meines Brötchens. Aber warum fühle ich mich dennoch so mies?

„Ich muss los", teile ich Oma mit, die mich immer noch ansieht und nun langsam nickt.

„Hab einen schönen Tag", gibt sie mir mit. Ich sende ihr ein Lächeln. Dann bin ich auf dem Weg aus dem Haus.

Ich betrachte die grauen Wolken am Himmel. Es ist ergiebiger Regen angesagt, und dies passt perfekt zu meiner Gemütsverfassung. Ich trotte zur Straße.

Als ich auf halbem Weg zu unserem schicken Firmenwagen bin, hält ein Lieferfahrzeug vor dem Haus, das mir bekannt vorkommt. Ich sehe meine Vermutung bestätigt, als ein bekannter Paketbote aussteigt. Er zuckt zusammen, als er mich erblickt.

Ich nicke ihm zu, um ihm zu signalisieren, dass alles in Ordnung ist. Dann gehe ich weiter zum Wagen.

Aber der Paketbote hat wohl Redebedarf. „Entschuldigen Sie", höre ich hinter mir, kurz bevor ich beim Auto ankomme. Ich stocke und drehe mich um.

„Ja?", antworte ich.

Er sieht mich mit gesenktem Kopf von unten herauf an, und sofort stellt sich Mitleid mit ihm ein. Ich habe letztens in der Zeitung gelesen, wie hart der Job der Paketauslieferer ist. Sie stehen unter großem Zeitdruck, müssen sich tagtäglich durch die Städte kämpfen und bekommen dazu oft kaum mehr als Mindestlohn. Der junge Mann vor mir kommt eindeutig aus Osteuropa. Vielleicht ist er vor Gewalt und Krieg im Heimatland geflohen. Ich stelle mir vor, wie schwer es sein muss, wenn man gezwungen ist, seine Heimat hinter sich zu lassen. Ich sende ihm ein aufforderndes Lächeln, während ich langsam in Richtung meines Autos gehe.

Der Paketbote macht ein paar zögerliche Schritte auf mich zu. „Also", beginnt er, als uns das Geräusch der sich öffnenden Zentralverriegelung an meinem Auto ablenkt. Ich will ihm erklären, dass sich mein Auto ganz automatisch öffnet, sobald ich mich ihm mit dem Schlüssel in der Tasche nähere, als es einen ohrenbetäubenden Knall gibt.

Ich spüre, wie mich irgendetwas in die Luft hebt. Ich fliege auf den Mann zu, dessen Gesicht wahres Entsetzen ausdrückt. Ihn erwischt die Druckwelle nun auch, und er wird von mir weggeschleudert. Seine Augen sind weit aufgerissen, und der Mund ist geöffnet, als ob er mir noch etwas mitteilen möchte. Rechts überholt mich ein Metallstück, das die Farbe meines Autos trägt. Dann sehe ich den Boden näherkommen. Ich bereite mich auf die Landung vor. Dank der Wiese vor dem Haus fühlt sich der Bodenkontakt weniger hart an als befürchtet. Ich kann einigermaßen gut abrollen. Nach zwei Umdrehungen bleibe ich so liegen, dass ich zur Straße sehen kann. Dort, wo mein schöner Firmenwagen geparkt war, ist nun ein Flammenmeer zu sehen. Der Lieferwagen, der direkt davor stand, ist halb auf die Straße geschleudert worden, und sein Heck brennt ebenfalls. Der Paketbote landet etwas weiter vor mir auf dem Rücken, und der Schreck scheint in seinem Gesicht eingefroren zu sein. Einen Moment liege ich da, und die Zeit scheint stillzustehen.

Dann wird es hektisch.

Auf der Straße erscheinen die Leute aus den umliegenden Häusern.

In meinen Ohren schrillt ein Pfeifen, das alles andere überdeckt. Ich schaffe es, eine Hand ans Ohr zu legen, aber das Pfeifen hört nicht auf.

Ich erblicke Omas Gesicht über mir, das etwas zu mir sagt, aber das Geräusch in meinem Kopf übertönt alles. Ich versuche zu sprechen, aber kann selbst nicht hören, ob es mir gelingt.

Einer der Passanten hat einen Feuerlöscher in der Hand und beginnt, diesen auf mein Auto zu richten. Mir fehlt die Kraft, die Geschehnisse weiter zu beobachten. Ich schließe die Augen und versuche, dieses verdammte Pfeifen zum Schweigen zu bringen.

Es dauert eine gefühlte Ewigkeit, bis die Feuerwehr erscheint. Oma hat mir eine Decke gebracht und sie mir unter den Kopf geschoben, und nun beobachte ich sie, wie sie auf einen Feuerwehrmann einredet.

„Der Rettungswagen ist auch gleich da", beruhigt sie mich, während ich sämtliche Extremitäten durchgehe. Jetzt kann ich sie also wieder hören. Ich habe nicht das Gefühl, dass irgendein Körperteil in Mitleidenschaft gezogen worden wäre. Um den Paketboten haben sich mehrere Personen gruppiert. Ihn scheint es schwerer erwischt zu haben. Ich versuche, mich aufzurichten, aber Oma will mich davon abhalten.

„Geht schon", raune ich ihr zu. Denke ich zumindest, denn ich höre es selbst kaum. Omas skeptischer Blick scheint es aber zu bestätigen.

„Hilf mir bitte", fordere ich sie auf, und tatsächlich hält sie mir zögerlich ihre Hand hin.

Ich schaffe es, mich aufzusetzen. Und mit einem zweiten Anlauf komme ich in den sicheren Stand. Ich muss tief durchatmen, und der beißende Brandgeruch durchdringt meine Lungen. Ich bewege Beine und Arme, und überraschenderweise schmerzt nichts. Oma beobachtet mich genau.

„Mir ist nichts passiert", beruhige ich sie.

Ich wende mich der Brandstelle zu und betrachte die Feuerwehr bei der Arbeit. Der Brand ist gelöscht, und mir kommen fast die Tränen, als ich die qualmenden Reste meines schönen Firmenwagens sehe.

Ein Rettungswagen erscheint, und zwei Sanitäter stürmen auf die Gruppe um den Paketboten zu.

„Schauen Sie sich bitte auch meine Enkelin an", dringt Omas Stimme durch die Geräuschbarrikade in meinen Ohren.

Einer der Sanitäter kommt auf mich zu. „Geht es Ihnen gut?", lese ich von seinen Lippen ab.

Ich gebe durch ein Nicken zu verstehen, dass alles in Ordnung ist.

„Du musst dich untersuchen lassen", wirft Oma ein.

Ich wedele mit den Armen und trete mit den Beinen gegen einen imaginären Ball. „Ist alles in Ordnung. Kümmern Sie sich lieber um ihn." Ich zeige in Richtung des anderen Explosionsopfers.

Unser Paketbote stöhnt kräftig auf, als er auf eine Trage gelegt wird. Sein Bein ist provisorisch geschient, und auch um seinen Kopf trägt er einen Verband.

„Tut mir wirklich leid", rufe ich ihm nach, als die Sanitäter ihn zum Rettungswagen schieben.

Ich mache ein paar Schritte in die Richtung, und Oma fasst mich stützend an den Arm.

„Alles gut", lasse ich sie wissen, während nun auch

die Polizei eintrifft.

Ich klopfe mit beiden Händen auf meine Ohren, aber dieses blöde Geräusch will nicht aufhören. Dabei beobachte ich, wie Jochen aus dem Polizeiwagen springt und auf mich zu rennt.

„Was ist denn hier passiert?", dringt schwach durch das Getöse in meinem Kopf.

Ich zucke mit den Schultern. „Mein schönes Auto ist in die Luft geflogen."

Er sieht zu den Überresten und dann wieder zu mir. „Bist du verletzt?"

Ich schüttele den Kopf. „Soweit ich es feststellen kann, ist mir nichts passiert. Nur in meinem Kopf pfeift es unaufhörlich."

„Du solltest zur Sicherheit mit ins Krankenhaus fahren."

Ich winke ab. „Ach was, wird schon gehen."

„Wirklich?" Er sieht mich mit einem Blick an, der echte Besorgnis ausdrückt, was bei mir wiederum wärmende Gefühle auslöst.

Ich nicke. „Ja, sie sollen sich um den armen Paketboten kümmern."

„Wirklich?"

„Ja, wirklich."

Jochen verzieht das Gesicht und winkt dann den Sanitätern zu, dass sie fahren können.

„Ich glaube", wende ich mich an Oma, „du musst dich in der nächsten Zeit nicht mehr um die Pakete für die Nachbarn kümmern."

„Mach du ruhig deine Scherze, aber es ist nicht lustig", schimpft sie mit mir.

Ich wende mich wieder Jochen zu, der immer noch fassungslos die Szenerie betrachtet. „Sie war das."

Er dreht sich zu mir. „Wen meinst du?"

„Na, wen schon? Die mörderische Trauerbegleiterin."

„Meinst du echt?"

Ich bewege langsam den Kopf auf und ab. „Wer sonst sollte so etwas tun?"

XVII

Nachdem Jochen sich von mir noch den genauen Ablauf hat schildern lassen, sind Oma und ich ins Haus gegangen und sitzen nun wieder in der Küche. Ich schlürfe an einem Kaffee und klopfe gelegentlich an meine Ohren, damit dieses Pfeifen weniger wird. Ich habe den Eindruck, dass es hilft, denn ein Klingeln dringt zu mir durch, das ich eindeutig der Haustür zuordnen kann.

„Ich gehe schon", sage ich und bin schon auf dem Weg zur Tür.

Als ich sie öffne, stehen Jago und Chris vor mir. Im Hintergrund fotografieren Jochen und seine Kollegin die Brandstelle.

„Zum Glück ist dir nichts passiert", meint Jago.

Chris sieht mich einem Blick an, der mein gebeuteltes Herz an seine Grenzen bringt. Dann nimmt er mich unvermittelt in den Arm. „Wenn dir etwas passiert wäre …", sagt er und lässt den Satz unbeendet verhallen.

Ich löse mich langsam aus seiner Umklammerung. „Dann kommt mal rein."

Sie folgen mir in die Küche.

Jago winkt meiner Oma zu. „Ola."

Sie sendet ihm ein Lächeln und mustert anschließend den anderen Mann im Raum.

„Das ist Chris", stelle ich ihn vor. „Jagos bester

Freund."

Der Angesprochene geht auf Oma zu und hält ihr die Hand entgegen. „Freut mich, Sie kennenzulernen."

Oma nimmt die Hand und hält sie fest. „Ach, Sie waren letztens hier, nicht wahr?"

Chris benötigt einen Moment, um zu reagieren. „Äh, ja, das war ich." Er versucht, ein Lächeln aufzusetzen.

„Gucken Sie nicht so verlegen." Oma löst ihre Hand aus seiner. „Soweit ich es mitbekommen habe, hatten Sie Spaß."

„Oma!", melde ich mich zu Wort, während Chris tatsächlich zu erröten scheint. „Setzt euch doch", versuche ich, die Situation aufzulockern, und alle folgen meiner Aufforderung.

„Unser Firmenwagen", murmelt Jago und sieht mich an.

Ich hebe beide Hände. „Dieses Mal konnte ich echt nichts dafür."

„Wer macht denn so etwas?", wendet Chris ein.

„Ich habe da eine Vermutung", lasse ich die Runde wissen.

Alle sehen mich mit großen Augen an.

„Ja", fahre ich fort. „Ich bin mir ziemlich sicher, dass es die Mörderin von Nicole Dehler war."

Chris meldet sich zu Wort. „Du meinst diese Frau Holtbrinck?"

Ich nicke zur Bestätigung.

Jagos Freund scheint aber nicht überzeugt. „Du meinst, sie baut mal eben eine Bombe und sprengt dein Auto?"

„Wer sagt denn, dass sie nicht schon länger Bomben gebastelt hat? Schließlich hat sie Mordpläne. Die Anleitungen dazu kann man doch ohne Probleme im Internet finden."

Die beiden Männer wirken nicht überzeugt.

„Glaubt mir oder lasst es. Auf jeden Fall müssen wir sehen, ob wir Beweise finden."

„Und wie stellst du dir das vor?", fragt nun mein Kompagnon.

„Na, durch klassische Detektivarbeit", lasse ich mein Publikum wissen, das gebannt an meinen Lippen hängt. „Wir schwärmen aus und befragen die Nachbarschaft, ob jemand etwas gesehen hat."

Ich bin bereits aufgestanden, während die beiden Männer mich noch verdutzt ansehen.

„Na, los. Hopp, hopp! Wir dürfen keine Zeit verlieren."

Chris dreht sich zu Jago, und der zuckt mit den Schultern. Dann erheben sich beide.

Oma macht ebenfalls Anstalten, sich zu erheben.

„Lass uns das mal machen", wehre ich ab.

„Meinst du?"

„Ja, klar."

„Dann kommt ihr nachher vorbei zum Mittagessen."

„Machen wir", stimme ich zu. „Dann haben wir doch etwas, worauf wir uns freuen können."

Die Jungs verabschieden sich von ihr, und wenig später stehen wir vor dem Haus.

Jochen ist noch am Tatort zugange.

„Schon etwas herausgefunden?", frage ich ihn.

„Ich kann hier nur die Spuren sichern. Die Kollegen kommen später und holen das Wrack ab, um es zu untersuchen. Geht es dir wirklich gut?"

„Ja, sicher. Wir werden jetzt die Nachbarschaft befragen, ob jemand etwas gesehen hat."

„Du lässt mich alles wissen, was ihr herausfindet?"

„Aber natürlich, Herr Kommissar."

Er nickt, und ich gebe meinen Begleitern das Zeichen, mir zu folgen.

Sie gruppieren sich um mich. „Wonach sollen wir genau fragen?", will Chris wissen.

„Irgendwer muss die Bombe am Auto montiert haben. So viele Autos fahren nicht durch diese Straße. Es kann also gut sein, dass jemandem eins aufgefallen ist. Ihr wisst, welches Modell die Verdächtige fährt?"

Die Jungs sehen sich an und nicken. Dann teilen wir uns die Richtungen auf und streben auseinander.

Als ich in die mir zugewiesene Richtung gehe, wird mir bewusst, dass ich mir besser die andere Straßenseite ausgesucht hätte. Omas Nachbarschaft ist in Ordnung. Schließlich wohnt sie hier schon mehr als fünfzig Jahre, und jeder kennt hier jeden. Doch als ich vor der Tür stehe und den Namen Törschen lese, muss ich doch tief durchatmen. Das Ehepaar und ich haben eine Vorgeschichte. Sie sind beide nett. Auf ihre ganz eigene Art und Weise. Speziell Frau Törschen ist anstrengend, und ihre hervorstechendste Eigenschaft schallt mir entgegen, als sie Tür öffnet.

„Biene, geht es dir gut?"

Ihre in den höchsten Tönen quietschende Stimme ist eine Herausforderung für mein malträtiertes Hörsystem. „Danke, mir ist nichts passiert", lasse ich sie wissen.

„Mausi, sieh mal, wer hier ist", ruft sie ins Innere des Hauses. „Komm doch kurz herein", fordert sie sich mich auf.

Ich will etwas einwenden, aber ihr Mann erscheint im Hintergrund. „Schatzi, was ist denn?"

Dann erblickt er mich. „Biene, was für ein Glück, dass es dir gutgeht." Er wedelt mit der Hand, dass ich hereinkommen soll. Ich gebe mich geschlagen. Langsam folge ich den beiden in ihr Wohnzimmer.

Die Einrichtung hat sich nicht geändert, seit ich

zuletzt bei ihnen war. Alles hier ist dominiert von der Huldigung einer Person: Helene Fischer. Auch aus einer Musikanlage klingt Gesang, den ich ihr eindeutig zuordnen kann, auch wenn ich das genaue Lied nicht kenne.

„Setz dich", fordert mich Frau Törschen auf. Ich lasse mich auf die Couch und in ein Ensemble von Helene-Fischer-Kissen fallen. Es scheint mir, dass diese seit meinem letzten Besuch Zuwachs bekommen haben.

Ihr Mann stellt die Musik leiser und setzt sich in den Sessel mit gegenüber.

Auf dem Tisch vor mir steht eine gelbe Flasche mit zwei Gläsern, aus denen eine ebenfalls gelbe Flüssigkeit getrunken worden war.

„Nach dem Schock vorhin mussten wir erst einmal ein Eierlikörchen trinken zur Beruhigung", erläutert er mir. „Möchtest du auch einen?"

Ich möchte höflich ablehnen, aber seine Frau stellt bereits ein Glas vor mir auf den Tisch und füllt es mit dieser dicklichen Flüssigkeit.

Sie schenkt ihrem Mann und sich ebenfalls ein und setzt sich dann auf die Sessellehne zu ihm.

„Das schöne Auto", jammert sie, während sie ihr Glas ergreift und es hochhält. Ihr Mann tut es ihr nach. Ich ringe mit mir, ob ich schon am Vormittag Alkohol trinken sollte. Dann ergebe ich mich der Situation und nehme mein Glas ebenfalls.

„Wir trinken darauf, dass es dir gutgeht", stößt Herr Törschen aus. „Prost!"

Beide nippen an ihren Gläschen. Ich nehme auch ein Schlückchen.

„Es war so schrecklich", fährt seine Frau fort. „Wieso explodiert nur so ein neues Auto?" Sie schüttelt den Kopf, um ihre Erschütterung darüber zum Ausdruck zu bringen.

Ich stelle mein halbvolles Glas ab. „Normalerweise passiert so etwas nicht", beginne ich meine Erläuterung. „In diesem Fall war es wohl eine Bombe."

Die beiden sehen mich schreckensstarr an.

„Eine Bombe?", ruft sie aus, und ihr sowieso schon quietschende Stimme erklimmt Höhen, bei denen Glas Gefahr läuft, in tausende Stücke zu zerbersten.

Ich starre ängstlich auf die Likörgläser auf dem Tisch, aber sie bleiben wider Erwarten heil.

„Sieht ganz so aus", erläutere ich vorsichtig. „Deshalb bin ich auch hier."

„Wie schrecklich", raunt Herr Törschen und leert sein Glas mit einem Schluck. „Eine Bombe? Direkt vor unserer Haustür? Was da hätte alles passieren können!" Er schenkt sich neu ein und trinkt alles in einem Zug.

„Ja, wir haben wirklich Glück gehabt, dass nicht mehr passiert ist", nehme ich den Faden auf. „Nun hat es oberste Priorität herauszubekommen, wer dahintersteckt."

Sie sieht mich fragend an. „Wer tut denn nur sowas?"

„Haben Sie heute Morgen, gestern Abend oder auch in der Nacht irgendetwas gesehen? Unbekannte Autos in der Straße? Jemand, der sich vielleicht an meinem Auto zu schaffen gemacht hat. Irgendwas?"

Die beiden sehen sich an, und er zuckt mit den Schultern.

„Schatzi, du hast doch heute Morgen die Brötchen geholt. Hast du nichts gesehen?"

Wir sehen beide ihren Mann an, der nachzudenken scheint.

„Mausi, da war nichts."

„Haben Sie irgendwen hier auf der Straße gesehen?"

Er schürzt die Lippen und schüttelt den Kopf.

„Kein Auto, irgendwas?", hake ich nach.

„Ja, Autos sind schon vorbeigefahren. Aber nicht hier, sondern vorne an der Umstraße."

Mir kommt ein Gedanke. Ich schieße ins Blaue. „War darunter vielleicht auch so ein neuer Opel Astra in Dunkelblau?"

„Ach, Mausi, ein Opel. Weißt du noch? In unserem Kadett in den Alpen?", schaltet sich seine Frau ein und ihr schwärmerischer Blick scheint in die Vergangenheit zu gleiten.

„Natürlich weiß ich das noch, Schatzi", erwidert er und tätschelt ihren Oberschenkel.

„Ich meine natürlich die moderne Ausgabe", versuche ich, sie wieder in die Gegenwart zu holen. „War so einer unter den Autos?"

Herr Törschen füllt erneut sein Likörglas auf, nimmt es hoch und sieht mich darüber an. „Ja, Biene. Doch, jetzt, wo du so danach fragst. Da war tatsächlich so ein Auto. Dunkelblau." Er nippt an seinem Glas. „Ich habe noch gedacht, wie groß die nun sind. Die Autos damals waren viel kleiner. Schön eng, nicht wahr?" Er grinst seine Frau an, und die verdreht die Augen.

„Ach, Mausi", summt sie. Ich versuche, keine Bilder von den beiden in einem winzigen Opel Kadett aufkommen zu lassen.

„Wo war das Fahrzeug denn genau?", lasse ich nicht locker.

Er nickt mit dem Kopf in Richtung der Umstraße. „Es parkte am Straßenrand und fuhr gerade los, als ich um die Ecke radelte."

Sie hält sich erschrocken die Hand vor den Mund. „Mausi, du bist vielleicht einem Bombenleger begegnet."

„Konnten Sie sehen, wer in dem Auto saß?", will ich von ihm wissen.

„Nein, darauf habe ich nicht geachtet. War das wirklich der Bombenleger?"

„Keine Ahnung", lüge ich, denn ich bin absolut sicher, dass die Bombenlegerin in diesem Auto saß. „Wir müssen einfach jedem Hinweis nachgehen. Wann genau war das?"

Er scheint seinen Morgen vor dem inneren Auge durchzugehen. „Es muss so sieben Uhr gewesen sein."

„Danke, das hilft mir schon weiter."

Das Ehepaar Törschen sieht mich an, und in diesem Moment wird mir fast ein wenig warm ums Herz. Sie hat ihre Hand an seinen Nacken gelegt, und seine Hand liegt auf ihrem Oberschenkel. Die beiden wirken so vertraut miteinander. Und auch wenn ihre Welt auf mich etwas bizarr wirkt, so muss es schön sein, mit jemandem alles teilen zu können. Inklusive der Leidenschaft für Helene Fischer. Ein kleiner Seufzer entfleucht mir, und Frau Törschen sieht mich besorgt an.

„Das muss alles ganz schrecklich für dich sein."

„Ach, es geht schon. Wir haben nochmal Glück gehabt."

„Wie geht es denn Trudi?", hakt sie nach.

„Meiner Oma geht es gut."

Herr Törschen hält die Likörflasche hoch. „Möchtest du noch einen?"

Ich hebe abwehrend beide Hände. „Nein, danke. Ich muss jetzt auch weiter." Ich beeile mich aufzustehen.

„Danke, dass Sie sich die Zeit genommen haben. Ich finde schon raus", lasse ich sie wissen und bin schon auf dem Weg aus dem Haus.

Auf der Straße halte ich Ausschau nach meinen beiden Männern, aber kann sie nirgends sehen. Womöglich sitzen sie auch gerade auf einer Couch und müssen Likör trinken. Ich versuche, mir Jago dabei vorzustellen, und muss unweigerlich lächeln. Dann gehe ich zum nächsten Haus.

Die weitere Befragung hat nichts ergeben. Ich habe auch an der Umstraße an den Häusern geklingelt, dort wo angeblich das Fahrzeug der Täterin geparkt gewesen sein soll, aber entweder hat niemand geöffnet oder man hat nichts gesehen.

Daher kehre ich wieder zu unserem Haus zurück. An das Attentat erinnert nur noch ein großer, schwarzer Fleck auf der Straße. Die Wracks sind schon abtransportiert worden. Auch kann ich keinen Polizeiwagen mehr entdecken. Von meinen beiden Mitermittlern ist auch keine Spur zu sehen. So gehe ich also ins Haus und in Omas Küche. Dort werde ich freudig begrüßt. Jago und Chris sitzen schon am Tisch, und vor ihnen stehen Teller.

„Da bist du ja endlich", begrüßt mich Oma. „Wo hast du denn überall gefragt?"

Ich lasse mich auf meinen Stammplatz fallen. „Ich war bis hinten an der Umstraße."

„So weit? Hat es denn etwas gebracht?", will Oma wissen, während sie am Herd werkelt.

„Ich weiß es noch nicht", lasse ich sie wissen. „Wie sieht es bei euch aus?", wende ich mich an die Männer. „Irgendetwas in Erfahrung gebracht?"

„Nicht viel", beginnt Chris. „Du hast vielleicht was, oder?", wirft er Jago den Ball zu.

„Si", bestätigt der. „Eine Frau war heute Morgen mit dem Hund raus. So ein kleiner, der ständig gebellt hat."

„Ach, das ist die Schmitz. Die und ihr traumatisierter Hund. Bei der zu leben, muss allerdings auch traumatisch sein", erläutert Oma.

Jago sieht zu ihr.

„Ja, und weiter?", hole ich mir die Aufmerksamkeit zurück.

„Ja, also, sie meint, eine Frau gesehen zu haben, die von deinem Auto wegging in Richtung Umstraße."

„Das bestätigt meinen Verdacht", zufrieden reibe ich mir die Hände. „Hast du sie gefragt, wann sie mit ihrem Hund rausgegangen ist?"

„Si, für wen hältst du mich? Natürlich habe ich danach gefragt. Es muss so sieben Uhr gewesen sein."

Ich sehe abwechselnd zu Jago und Chris. „Das passt zu dem, was ich erfahren habe. Genau zu dieser Zeit wurde ein dunkelblauer Opel Astra gesehen, wie er an der Umstraße losfuhr. Ich verwette alles, was ich habe, dass es diese Frau Holtbrinck war."

Oma kommt mit einem dampfenden Topf und stellt ihn mitten auf den Tisch. „Das musst du sofort Jochen mitteilen."

Ich nicke. „Mache ich gleich. Was gibt es denn?" Ich luge in den Topf.

„Linseneintopf, Kengk", verkündet Oma. „Nehmt reichlich, Jungs!" Sie hält Chris die Suppenkelle hin. Und nach einem kurzen Moment der Verblüffung beginnt er, sich den Teller zu füllen.

Ich wähle Jochens Nummer. Der Rufton erklingt, aber nach kurzer Zeit meldet sich die Mailbox. Ich fasse kurz zusammen, worum es geht, und bitte um Rückruf. Dann lege ich das Handy weg und wende mich dem Eintopf zu.

XVIII

Oma hat sogar Schokopudding mit Vanillesoße gezaubert und betrachtet mit Freude, wie meine beiden Männer genüsslich ihre Schüsselchen ausschaben.

„Hat es geschmeckt?", stellt sie die rhetorische Frage.

„Ausgezeichnet", bestätigt Chris als Erster. „So gut habe ich schon lange nicht mehr gegessen."

Oma strahlt. „Der gefällt mir", lässt sie verlauten, und zwinkert mir zu.

Ich verziehe das Gesicht als Antwort.

„Möchte noch jemand etwas?" Oma mustert die Runde.

Jago schüttelt den Kopf und reibt sich den Bauch. „Da geht nichts mehr hinein", sagt er und lacht.

„Du lebst hier nicht schlecht", wendet sich Chris an mich.

„Das stimmt. Ich werde sehr verwöhnt." Ich sende Oma ein Lächeln, während sie beginnt, das Geschirr abzuräumen.

Er sieht mich weiter an. Ich wüsste zu gerne, was in seinem Kopf vor sich geht. Sieht er ein, dass ich hier nicht weg kann?

Das Klingeln an der Tür holt mich aus den Gedanken.

Oma sieht von der Spüle zu mir. „Wer kann das denn sein?"

„Weiß nicht. Soll ich mal gucken?"

Sie nickt und ich bin auf dem Weg zur Tür.

„Habe ich mir doch gedacht, dass du hier bist", kann ich Jochen vernehmen, nachdem ich die Tür geöffnet habe.

„Oh, ich habe vorhin versucht, dich anzurufen."

Er nickt. „Ich weiß. Deshalb bin ich hier. Ich dachte, ich komme auf dem Weg in den Feierabend mal vorbei. Nach der heutigen Aufregung wollte ich wissen, wie es euch geht."

Jetzt erst fällt mir auf, dass er gar keine Uniform trägt. „Das ist lieb von dir. Dann komm rein", fordere ich ihn auf, und er folgt mir in die Küche.

„Oh", rutscht ihm beim Anblick des vollbesetzten Raumes heraus. „Hallo, Frau Mölders", begrüßt er Oma.

„Hallo Jochen", erwidert sie. „Jago, rutsch doch etwas rein, dann kann sich Jochen dort setzen", ordnet sie die Gäste neu.

Jago folgt der Aufforderung und macht etwas Platz für den Neuankömmling. Der begrüßt ihn mit einem Nicken und setzt sich neben ihn.

„Ich bin Jochen", wendet er sich Chris zu und reicht die Hand über den Tisch.

Der ergreift sie. „Chris", antwortet er knapp.

„Chris ist ein guter Freund von Jago", erläutere ich.

„Kann ich dir etwas Gutes tun?", wendet sich Oma an den Polizisten.

„Nein, danke. Ich wollte auch nur kurz vorbeischauen. Konnten Sie nach diesem Tohuwabohu heute Morgen wieder etwas zur Ruhe kommen?"

„Das ist aber nett. Ja, es geht schon wieder."

Er sieht zu mir. „Warum hast du denn versucht, mich zu erreichen?"

„Ich wollte dir berichten, was wir herausgefunden haben. Aber sag uns vorher mal, wie die Ermittlungen bei der Polizei nun weitergehen."

„Da alles darauf hindeutet, dass es eine Bombe war, übernimmt die Kripo den Fall. Der Wagen ist auch schon beschlagnahmt und in die Kriminaltechnik abtransportiert worden. Die werden ihn jetzt genau unter die Lupe nehmen."

„Dann kann ich nur hoffen, dass sie eindeutige Spuren entdecken."

Er sieht in die Runde. „Und was habt ihr nun herausgefunden?"

„Wir haben in der Nachbarschaft herumgefragt", beginne ich meine Schilderung und berichte, was wir erfahren haben. „Sie war es. Eindeutig", ende ich.

Jochen verzieht das Gesicht. Ich ahne, was jetzt kommt. „Das sind höchstenfalls Indizien, wenn überhaupt", bestätigt er meine Erwartung. „Ein Auto, das losfährt. Eine Frau, die die Straße hinuntergeht. Das ist ganz schön dünn. Damit werde ich meine Kollegen kaum überzeugen können."

„Glauben deine Kollegen denn wenigstens, dass dieser Anschlag auf mich mit dem Mordfall an Nicole zusammenhängt?" Ich sehe ihn an, und er braucht nichts mehr zu sagen. „Schon klar", komme ich einer Antwort zuvor. „Glaubst du mir denn wenigstens?"

Er scheint einen Augenblick nachzudenken, dann hebt er den Kopf. „Ja, ich glaube dir."

„Gottseidank", mache ich mir meiner Erleichterung Luft. „Eure Leute untersuchen doch jetzt mein Auto. Sie werden Spuren einer Bombe finden. Dann müssen sie sämtlichen Indizien nachgehen, und das wird sie unweigerlich zu dieser Trauerbegleiterin führen."

„Kann schon sein", meint Jochen.

„Natürlich. Was sonst?"

„Ich weiß es nicht. Es wird schwierig, sie damit in Verbindung zu bringen. Wenn sie geschickt war und keine Spuren an der Bombe hinterlassen hat, gibt es kaum einen Ansatz."

„Also sind wir wieder auf uns alleine gestellt." Ich schaue in die Runde, und alle sehen mich mit einer Mischung aus Überraschung und Entsetzen an.

Bei Oma könnte es gar Angst um mich sein. „Kengk, wenn deine Theorie stimmt, dann ist die Frau gefährlich. Lass das lieber die Polizei machen."

„Wenn wir der Polizei nicht deutliche Hinweise liefern, kann es sein, dass sie davonkommt. Das kann ich nicht zulassen." Ich mustere Jago. „Das können wir nicht zulassen. Schließlich sind wir Detektive", beschwöre ich die Runde.

Schweren Herzens muss ich mein Fahrrad hervorholen, um ins Büro zu fahren. Ich hatte keine Lust, mich auf Jagos Notsitz in seinem Edelsportwagen zu quetschen.

So radele ich über den Deversdonk in Richtung unseres Büros und stelle überrascht fest, dass sich gleich mehrere Frauen davor versammelt haben. Eine winkt mir zu, als sie mich erblickt. Es ist Betty. Beim Näherkommen kann ich Svenja und weitere Sängerinnen des Frauenchors einordnen.

Ich halte vor ihnen an. „Was macht ihr denn hier für einen Auflauf?"

„Wir müssen mit dir sprechen", informiert mich Betty, und einige der Frauen nicken unterstützend. Ich stelle mein Fahrrad ab, und als ich mich wieder der Gruppe zuwende, öffnet sich diese und gibt den Blick auf eine weitere Frau frei.

„Petra?" Ich kann meine Verblüffung nicht verhehlen. „Dich hätte ich jetzt nicht erwartet."

Die Angesprochene nickt leicht und sieht dann kurz

nach rechts und links zu ihren Chorkolleginnen. Dann beginnt sie zögerlich zu sprechen. „Ich weiß", murmelt sie fast. „Ich habe den Kolleginnen alles gestanden. Sie glauben mir, dass ich Nicole nicht umgebracht habe."

„Was hat denn die Polizei gesagt?"

„Ich hoffe, dass sie mir auch glauben."

Eine der Kolleginnen klopft ihr tröstend auf die Schulter.

„Ich habe ihnen erzählt, dass du einen anderen Verdacht hast", schließt Betty an.

Ich mustere die Frauen und dann Petra. „Du kannst von Glück sagen, dass ich mittlerweile überzeugt bin, dass jemand anderes dahintersteckt. Und eine Bombe an mein Auto hast du sicher nicht gelegt, oder?"

„Eine Bombe?" Betty und die anderen sehen mich entsetzt an.

„Was? Da bin ich jetzt aber doch enttäuscht, dass sich das noch nicht herumgesprochen hat. Wie sind doch hier in Grefrath", spreche ich lächelnd in Richtung Himmel. Dann berichte ich ihnen, was passiert ist. „Na, kommt erst einmal herein", ende ich und gehe voraus.

Ich halte die Tür auf, und alle gehen nacheinander an mir vorbei in unseren Eingangsbereich. Ich zähle acht Sängerinnen. Von den meisten habe ich keine Ahnung, wie sie heißen. Ich lächele sie daher nur kurz zur Begrüßung an. Astrid bildet das Schlusslicht. Sie starrt an mir vorbei in Richtung Jagos Büro.

„Ist er auch da?", haucht sie mir zu. Ich benötige einen Moment, um zu schalten. Ich will gerade antworten, als eine Stimme mir zuvorkommt.

„Ola, die Damen."

Astrids Augen leuchten auf, und alle sehen in die Richtung, wo Jago im Türrahmen erscheint. Ich quetsche mich durch sie hindurch.

„Das sind einige Kolleginnen vom Frauenchor. Sie wollen mit uns reden."

Er betrachtet die ungewohnte Menschenmenge in unseren Räumlichkeiten. „Natürlich." Er sendet ein Lächeln in die Runde. „Dann gehen wir doch in mein Büro."

Ich überlege kurz, warum wir in sein Büro gehen sollen und nicht in meins. Dann entschließe ich mich, dem keine Bedeutung beizumessen.

Er fasst mein Schweigen als Zustimmung auf und winkt den Frauen zu. „Kommen Sie!"

Wieder patrouillieren alle der Reihe nach an mir vorbei. Dieses Mal ist Astrid allerdings die Erste. Ich bin mir nicht sicher, ob ich sie nicht besser zurückhalten sollte. Ich folge ihnen in sein Büro. Einige der Frauen haben die Besucherstühle in Beschlag genommen. Astrid hat sich direkt an Jagos Schreibtisch platziert, um den er nun – ganz Hahn im Korb – herumgeht, um sich auf seinen Stuhl zu setzen.

„Was möchten Sie denn besprechen?", eröffnet er die Runde.

Betty ergreift wieder das Wort. „Biene hat mir erzählt, dass sie einen Verdacht hat. Und jetzt, wo ich von diesem schrecklichen Vorfall mit der Bombe gehört habe, glaube ich ihr erst recht. Ihr sicher auch?", fragt sie in die Runde, und alle stimmen zu.

Sie fährt fort: „Na, jedenfalls haben wir uns gedacht, wir müssen etwas tun."

Astrid fällt ihr ins Wort. „Genau. Wir haben für morgen Abend ein spontanes Konzert zu Ehren von Nicole organisiert." Sie fixiert Jago geradezu, und ihm ist anzumerken, dass er nicht recht weiß, wohin er schauen soll.

„Das ist eine schöne Idee", unterbreche ich. „Aber wie soll das bei der Aufklärung des Falles helfen?"

Petra meldet sich zu Wort. „Wir haben schon mit Heiko gesprochen. Er findet die Idee mit dem Konzert sehr schön und wird mit der gesamten Familie kommen."

„Na, sie wird auch da sein", fügt Astrid hinzu. „Dort können wir sie in die Enge treiben, und dann wird sie sich verraten." Ihr Blick sagt, dass sie nun lobende Worte aus Jagos Mund erwartet.

„Oder sie schlägt um sich", sagt dieser aber und

nimmt mir meine Worte aus dem Mund.

„Ja, da muss ich meinem Kompagnon zustimmen. Wie wir heute Morgen erlebt haben, ist diese Frau zu allem fähig. Wer sagt uns, dass sie nicht eine Waffe zückt und viele Menschen in Gefahr bringt?"

Betty nickt. „Das habe ich auch gesagt."

„Wir haben mit Finn gesprochen", wirft Astrid ein.

„Wer war nochmal Finn?", hake ich nach.

„Nicoles ältester Sohn", erläutert sie. „Die Söhne trauen dieser Trauerbegleiterin auch nicht. Sie haben das Gefühl, dass sie sich an ihren Vater ranschmeißt."

„Wie soll uns das helfen?"

„Sie werden sie genau beobachten und wenn möglich prüfen, ob sie irgendwelche Waffen bei sich hat." Astrid sieht mich triumphierend an.

Ich weiß nicht, was ich sagen soll. Die Frauen um uns herum wirken so entschlossen und von ihrem Plan überzeugt. Ich suche Jagos Blick, und er nickt mir zu. „Das hört sich für mich alles sehr riskant an. Wie stellt ihr euch das überhaupt vor? Was soll das heißen, ihr wollt sie in die Enge treiben?"

Gemurmel entsteht unter den Frauen.

„Bitte, beruhigt euch", fordert Betty auf und wendet sich dann mir zu. „Ja, es besteht ein gewisses Risiko. Aber wir müssen einfach etwas tun. Es wird sich schon ergeben."

Ich möchte etwas erwidern, aber sie gibt mir mit einem Handzeichen zu verstehen, dass ich nichts sagen soll.

„Das Konzert ist organisiert. Wir haben das Cyriakushaus reserviert. Die Leute werden kommen, und sie wird dort sein. Jetzt müssen wir eben dafür sorgen, dass nichts passiert." Sie sendet mir einen Blick zu, der keinen Widerspruch zulässt.

Jago zuckt mit den Schultern. „Okay, wenn es so ist, dann versuchen wir unser Bestes, dass wir sie überführen können."

„Mehr wollten wir gar nicht", meldet sich Astrid wieder zu Wort. „Werden Sie persönlich vor Ort sein?", wendet sie sich direkt an meinen Geschäftspartner und unterstreicht diese Frage mit einem Gesichtsausdruck, der Eisberge zum Schmelzen bringen könnte.

Jago sieht verunsichert aus. „Si, natürlich", sagt er kurz und sucht dann meinen Blick.

Ich muss schmunzeln. „Okay, dann haben wir wohl alles, oder?"

Wieder kommt Gemurmel auf, und Betty fordert die Frauen auf, das Büro zu verlassen. Astrid erhebt sich langsam aus ihrem Stuhl, ohne Jago aus den Augen zu lassen. Der steht ebenfalls auf, sendet ihr ein vorsichtiges Lächeln und quetscht sich schnell an ihr vorbei. Ich mache einen Schritt zur Seite, damit er rasch weitergehen kann. Sie sieht ihn mit einem Augenaufschlag an, der mir fast das Herz bricht.

Betty holt mich aus den Gedanken. „Ich weiß, dass es gefährlich sein kann. Aber ich konnte die Mädels nicht davon abbringen. Und das Konzert ist eine wirklich schöne Idee."

Ich nicke ihr zu, während wir langsam aus Jagos Büro heraustreten. „Das Konzert ja, das ist eine schöne Idee. Aber der Rest macht mir Sorgen."

Sie klopft mir auf die Schulter. „Ach, komm. Du hast schon verrücktere Dinge gemacht."

„Stimmt. Aber da war immer nur ich in Gefahr."

Betty verzieht das Gesicht. „Das habe ich aber ganz anders in Erinnerung." Sie grinst. Ich benötige einen Moment, um mich daran zu erinnern, was sie meinen könnte. „War nur einmal", grummele ich entschuldigend.

Die Tür zum Obergeschoss öffnet sich, und Chris kommt herein. „Was ist denn hier los?"

„Einige Mitglieder des Frauenchors hatten Redebedarf", kläre ich ihn auf.

Betty stupst mich an. „Ist er das?", raunt sie mir zu.

Ich sehe sie fragend an.

„Jetzt stell dich nicht blöd. Der Nerd aus Amiland?"

Ich nicke schwach, und sie mustert ihn. „Nicht schlecht", flüstert sie und grinst.

Ich strecke ihr scherzhaft die Zunge heraus.

Sie lacht, und Chris sieht fragend zu uns. „Nichts", ich winke ab.

„Rufst du Jochen an und informierst ihn?", fragt mich Betty. „Vielleicht kann er mit seinen Kollegen dafür sorgen, dass nichts passiert."

„Mache ich. Aber er wird nicht begeistert sein."

„Ich mache mir jetzt erstmal eine Latte macchiato", verkünde ich, nachdem auch Astrid als Letzte das Büro verlassen hat.

„Du hast da einen großen Fan", bescheinige ich Jago grinsend, während ich zu unserem glänzenden Büroprunkstück gehe.

„Ist mir schon aufgefallen", brummt er.

„Ich habe das Gefühl, ich habe eine gute Zeit gewählt, um dich zu besuchen", schaltet sich Chris ein. „Bei dir ist echt was los." Auch er grinst, und wir müssen alle lachen.

Das Lachen tut gut. Ich spüre erst jetzt, wie angespannt ich bin. Ich muss mich plötzlich an unserer Empfangstheke abstützen und tief durchatmen.

„Alles in Ordnung?", höre ich Chris fragen.

„Geht schon wieder", murmele ich. „Ist gerade etwas viel."

Jago schiebt mir den Gästesessel heran. „Komm, setz

dich. Ich mache dir den Kaffee."

Ich lasse mich in den Sessel fallen und beobachte, wie mein Kompagnon die Kaffeemaschine bedient. Womöglich hat nur die Aufregung bisher dafür gesorgt, dass ich noch aufrecht gehen konnte. Nun fällt sie langsam ab, und ich werde von einem Gefühlsorkan aus Angst, Wut und Verzweiflung überrollt. Es hat jemand versucht, mein Auto und damit auch mich in die Luft zu sprengen. Als ich die Tragweite der Ereignisse endlich richtig realisiere, zittere ich am ganzen Körper und japse nach Luft. Meine Brust scheint sich zusammenzuziehen und dem Herz keinen Platz zum Schlagen zu lassen. Dabei rast es wie verrückt dagegen an.

Chris nimmt meine Hand. „Ganz ruhig", haucht er mir zu und spricht ganz langsam weiter. „Atme! Ein und aus."

Ich starre ihn an und ringe gleichzeitig um Luft.

„Du hast eine Panikattacke", erläutert er mir. „Du bist hier bei uns. In Sicherheit. Atme tief ein und aus. Konzentriere dich nur darauf. Ein und aus." Er macht mir vor, wie ich es tun soll. Ich versuche, es ihm nachzumachen.

Mit jedem Atemzug komme ich mehr in den Rhythmus, und schließlich beruhigt sich auch mein Herz. Ich lasse mich in den Sessel sinken, verfolgt von den besorgten Blicken der beiden Männer um mich herum.

„Sorry", seufze ich.

Chris ergreift meine Hand. „Hey, du musst dich doch nicht entschuldigen."

Die Kaffeemaschine beendet die Zubereitung mit einem kurzen Gurgeln, und Jago holt das Erzeugnis, um es mir zu reichen.

Mit einem kurzen Nicken ergreife ich das Glas und umfasse es mit beiden Händen. Dann nippe ich kurz daran. Das wohlige Gefühl des Milchschaums an meinen Lippen beruhigt mich vollends. Ich hole noch einmal tief Luft.

„O Mann", platzt es aus mir heraus.

„Das kannst du laut sagen", stimmt Chris zu, und wieder müssen wir alle lachen.

„Was habt ihr denn jetzt noch vor?", frage ich in die Runde, nachdem wir uns wieder beruhigt haben.

„Chris und ich sind heute Abend verabredet", informiert mich Jago.

„Schön." Ich versuche, das Gefühl zu ignorieren, das in mir aufkommt. „Ich denke, ich werde heute auch nichts mehr tun. Der Tag war aufregend genug."

Für einen kurzen Moment kreuzt sich mein Blick mit dem von Chris. Sofort sehnt sich jede einzelne Zelle in mir danach, von ihm in den Arm genommen und nicht mehr losgelassen zu werden. Ich nehme hastig einen Schluck aus meinem Latteglas, stelle es ab und springe auf.

„Ich schaue, dass ich nach Hause komme", teile ich den Männern mit und bin wenige Augenblicke später schon aus dem Haus.

Als ich auf dem Rad sitze und über den Deversdonk radele, kann ich nicht verhindern, dass mir die Tränen kommen. Zu allem Überfluss beginnt es zu regnen. Weinend und mehr und mehr durchnässt strampele ich mich die Dunkerhofstraße entlang.

XIX

Mein Körper hat sich den Schlaf geholt, den er benötigt hat. Den ganzen Vormittag habe ich faul herumgelegen und bin nur zum Frühstück und zum Mittagessen hinunter in Omas Küche gegangen. Fast hätte ich es noch verpasst, mich rechtzeitig für den Abend fertigzumachen.

Als Oma und ich nun den Marktplatz erreichen, sind mehrere Menschen zu sehen, die alle zum Cyriakushaus strömen.

„Da möchten aber viele Leute hin", stellt Oma fest.

„Ja, scheint so", bestätige ich. „Ich bin mir nicht sicher, ob mir das so gefällt."

„Ach, Kengk, mach dir keine Sorgen. Es wird schon nichts geschehen."

„Das sagst du so. Mir ist gar nicht wohl damit, dass du auch dabei bist. Was ist, wenn der Chor irgendetwas Verrücktes veranstaltet und Frau Holtbrinck völlig ausrastet?"

„Du hast doch Jochen angerufen. Er wird schon aufpassen."

Wir erreichen den Zielort und reihen uns in die Schlange der Wartenden ein. Ich schaue mich um, ob ich Jochen und auch Jago und Chris irgendwo entdecken kann. Seit gestern habe ich die beiden nicht mehr gesehen. Jago hat mir nur in einer WhatsApp-Nachricht bestätigt, dass sie zum Konzert kommen werden.

Im Eingangsbereich vor dem Saal ist ein großes Foto von Nicole aufgebaut. Weiter vorne steht Betty.

„Setz dich bitte nach hinten", gebe ich Oma mit auf dem Weg. Aber die hat schon eine Bekannte entdeckt. Ich bin mir nicht sicher, ob sie meine Bitte noch mitbekommen hat.

„Hi, Biene", begrüßt mich meine Freundin.

„Hallo." Ich sehe mich um. „Sind die Dehlers schon da?"

Sie nickt und weist mit dem Kopf in den Saal. Dort in der ersten Reihe erkenne ich den Witwer und die Söhne. Neben dem Vater sitzt die Trauerbegleiterin.

„Ich bin nach wie vor nicht überzeugt, dass es eine gute Idee ist, sie unter all den Leuten bloßzustellen", lasse ich Betty wissen.

„Hast du eine bessere Idee?"

„Jetzt gerade nicht", gebe ich zu.

„Und schau doch mal, wer hinter ihr sitzt."

Ich muss mich etwas nach vorne neigen, um die weitere Reihe im Saal sehen zu können. „Diese Kerle", rutscht mir heraus, als ich direkt hinter unserer mutmaßlichen Mörderin Jago, Chris und Jochen in einer überraschenden Einigkeit sitzen sehe. Mir fällt auf, dass Letzterer keine Uniform trägt. Auch sonst habe ich nirgends Polizisten gesehen. Heißt dies nun, wir können auf keine Unterstützung zählen? Oder sind sie vielleicht in Zivil vor Ort? Ich schaue mich um, ob ich andere bekannte Gesichter von der Polizei entdecken kann, aber mir fällt niemand auf.

„Sie halten einen Platz für dich frei", informiert mich Betty. „Sobald sie auch nur einen verdächtigen Muckser macht, könnt ihr eingreifen. Und die Söhne sind auch eingeweiht. Es wird gutgehen."

Ich betrachte die genannten Personen. „Ich kann nur hoffen, dass du recht behältst."

„Das wird schon", beruhigt mich meine Freundin. „Ich muss hoch zum Einsingen." Sie hetzt die Treppe hinauf, und das mir schon bekannte Aufwärmprogramm der Alt- und Sopranstimmen ist zu vernehmen.

Ich entschließe mich, von hinten in den Saal zu gehen und vorerst Blickkontakt mit der Zielperson möglichst zu vermeiden.

Auch dort hat man sich Mühe gegeben, alles für den Abend ansprechend herzurichten. Am vorderen Teil des Raums stehen rechts und links zwei weitere Plakatständer mit je einem großen Foto von Nicole. Eines zeigt sie beim Singen im Chor und ein anderes mit ihrer Familie. Ein E-Piano steht etwas seitlich und ist mit Blumen geschmückt.

Als ich durch die Sitzreihen gehe, entdecke ich Oma in der dritten Reihe. Verdammt, warum kann sie nie auf mich hören.

Der freigehaltene Platz ist gleich am Gang. Ich lande direkt neben Chris, der mich mit einem Nicken begrüßt. Jetzt hat die Trauerbegleiterin mich bemerkt und sendet mir einen kurzen Blick, den ich mit einem aufgesetzt höflichen Lächeln beantworte. Ich beobachte sie, wie sie ihre Hand sanft auf den Arm des Witwers legt. Sie denkt sicher, dass ihr perfider Plan aufgeht, aber der Abend dürfte überraschend für sie enden.

Herr Abels und die Sängerinnen erscheinen unter dem Applaus des Publikums und bauen sich vor uns auf. Entgegen der sonst eher farbenfrohen Kleiderordnung haben sie sich heute für gedecktere Töne entschieden. Ich verfolge, wie sich die einzelnen Stimmgruppen sortieren. Der Chorleiter sagt ein paar Worte zum Anlass des Konzerts und zu Nicole, und dann stimmen sie das erste Lied an. Ich beobachte Betty, wie sie mit Inbrunst singt. Auch Petra Eiken ist mit vollem Einsatz dabei. Kaum vorstellbar, dass ich irgendwann in dieser Gruppe stehe und ebenso enthusiastisch mitsingen werde. Aber ich muss zugeben, dass mich die offensichtliche Freude, mit der die Frauen sich ihrer Darbietung hingeben, mitreißt. Und das Publikum scheint ebenso angesprochen zu sein, denn es geht trotz des traurigen Anlasses begeistert mit.

Besonders, als Martin Abels wieder zum Mikrofon greift und bei einem Song zu rappen beginnt, ist die Begeisterung nicht mehr aufzuhalten. Das Stück ist beendet, und der Applaus brandet auf.

Der Chorleiter hält das Mikrofon weiter in der Hand und macht einen Schritt in Richtung des Bühnenrandes. Das Klatschen ebbt ab und hört schließlich ganz auf.

„Vielen Dank", lässt Abels verlauten. „Wir sind heute hier, um unsere Chorkollegin Nicole zu ehren. Seit vielen Jahren hat sie sich mit großer Leidenschaft für unseren Chor engagiert. Wir alle haben ihr unendlich viel zu verdanken."

Er fährt fort und erzählt einige Anekdoten aus dem Choralltag, in denen Nicole eine Rolle spielte.

„Unsere Gedanken und unser Mitgefühl sind bei ihrer Familie und den Menschen, die ihr nahestanden", ist zu vernehmen.

Einen kurzen Moment habe ich den Eindruck, er sieht mich direkt an, als er sichtlich Luft holt. Ich stupse in einem Reflex Chris an, und der gibt mir zu verstehen, dass er mir zustimmt. Jetzt kommt der kritische Moment.

„Es ist schrecklich", beginnt Abels, „dass uns Nicole durch die grausame Tat einer Person genommen wurde. Eine Person, die nicht davor zurückschreckt, aus niederen eigenen Interessen anderen die Mutter, die Ehefrau und die Freundin zu nehmen." Er sieht ins Publikum und dann in die erste Reihe. „Eine Person, die dann die Dreistigkeit besitzt, hier und heute unter uns zu sein."

Ein Raunen geht durch den Saal, und alle schauen sich um, wer gemeint sein könnte.

Der Chorleiter sieht nun für alle erkennbar auf die erste Reihe, und alle versuchen herauszufinden, wen er mit seinem Blick fixiert.

Er spricht langsam und eindringlich. „Noch schlimmer. Sie schreckt auch nicht davor zurück, unbeteiligte Menschen in Gefahr zu bringen, indem sie ein Auto in die Luft sprengt." Er macht ein Signal mit dem Arm. Alle Frauen des Chores machen ein paar Schritte an den Bühnenrand und starren die Mörderin an.

Ich beobachte, wie Frau Holtbrinck sich an den Arm des Witwers krallt. Der löst sich entgeistert aus der Umklammerung.

„Seien Sie wenigstens so ehrlich und stellen sich den Behörden", fordert der Chorleiter, und mittlerweile weiß jeder im Saal, wer mit diesem Appell gemeint ist.

„Was soll das?" Die Trauerbegleiterin springt auf. „Ist das so eine Art mittelalterlicher Pranger, dass hier unschuldige Menschen gejagt werden?"

Dies scheint mir das Signal für meinen Auftritt zu sein. Ich erhebe mich langsam und gehe nach vorne. „Es ist kein Pranger", lasse ich sie wissen. „Dies ist das klare

Zeichen, dass wir alle wissen, dass Sie Nicole umgebracht und meine Freundin Betty angefahren haben. Und Sie haben eine Bombe an mein Auto montiert, weil Sie wussten, dass ich Ihnen auf die Spur gekommen bin."

„Das ist Blödsinn!" Sie sieht sich um und starrt dann den Witwer an. „Bitte, Heiko, hilf mir! Du weißt, dass das nicht stimmt."

Der Angesprochene springt ebenfalls auf. „Was ist hier los? Wie soll ich das verstehen?"

Seine Söhne erheben sich und nehmen ihn in die Mitte.

Stefanie Holtbrinck sieht zuerst zu den Söhnen, die auf ihren Vater einreden, und dann in die Runde. „Was habt ihr plötzlich alle gegen mich?"

„Sie wissen alle, dass Sie es getan haben", antworte ich sachlich.

Sie ignoriert mich und wendet sich an den Witwer. „Heiko, du glaubst ihnen doch nicht etwa."

Doch der wird weiter von seinen Kindern bearbeitet und sieht nur mit einer Mischung aus Trauer und Entsetzen zu ihr.

Sie schreit jetzt mit einem gehörigen Maß an Verzweiflung. „Das lasse ich mir nicht gefallen!" Wieder sieht sie zu Herrn Dehler. „Heiko?", haucht sie, doch der schüttelt nur langsam den Kopf.

Sie scheint einen Moment nachzudenken.

Dann fummelt sie mit einer Hand an ihrer Umhängetasche. Ich bemerke im Augenwinkel, dass meine Männer jede ihrer Bewegungen genau beobachten.

„Ich gehe jetzt", verkündet sie und macht einen Schritt.

Ich stelle mich ihr in den Weg. „Das glaube ich nicht."

„Aus dem Weg!", raunt sie mir zu, und wenn Blicke wirklich töten könnten, wäre es nun um mich geschehen.

„Heiko, hilf mir doch", fleht sie erneut. Auch dieses Mal ohne Erwiderung des Angesprochenen. „Ich habe das doch für uns gemacht."

In diesem Moment kann man eine Stecknadel im Saal fallen hören.

„Nicole hat dich doch nicht glücklich gemacht. Mit mir wird alles besser." Sie will sich dem Ehemann zuwenden, aber ich mache einen weiteren Schritt, um sie daran zu hindern.

„Geh mir aus dem Weg!", flucht sie.

Ich sende einen hilfesuchenden Blick in Richtung von Jochen. Der versteht und erhebt sich. „Ich denke, wir sollten uns einmal unterhalten."

„Wer bist du denn jetzt?" Der Ton der Trauerbegleiterin ist deutlich rauer geworden.

Jochen kommt durch die Stuhlreihe zu uns. „Ich bin Oberkommissar Berten und nehme Sie hiermit fest."

Sie macht eine Bewegung von mir weg, und ihre Hand greift an ihre Umhängetasche.

„Waffe!", ruft irgendwer, und das Chaos bricht aus. Schreie sind zu hören, Leute springen auf und versuchen, den Saal zu verlassen. Ich bemühe mich, die Mörderin zu ergreifen, aber sie nutzt die Gelegenheit und bewegt sich zum Seitenausgang. Ein Pulk flüchtender Menschen hindert sie daran zu entkommen. Die Menschen schreien auf, als sie auf sie zukommt.

Jochen und ich stürzen uns auf die Täterin. Gemeinsam begraben wir sie unter uns. Sie strampelt und schimpft. Ich bemerke, wie Jago von hinten dazukommt und sie ebenfalls festhält, während ich ihr die Tasche entreiße und sie dem ebenfalls nahenden Chris zuwerfe.

Jochen zaubert liegend Handschellen aus seiner hinteren Hosentasche hervor und legt sie der Trauerbegleiterin an.

„Ich werde euch alle verklagen", hört diese nicht auf, Beschimpfungen auszustoßen.

„Wir haben alle Ihr Geständnis gehört", erinnere ich sie und richte mich wieder auf.

Sie wird von Jochen ebenfalls hochgezogen, so dass wir uns gegenüberstehen.

„Was für eine Schande, dass meine Bombe dich nicht

erwischt hat", zischt sie mir entgegen und spuckt mich an.

Hastig wische ich mir über das Gesicht. „Das habt ihr alle gehört, oder?"

Die Männer um mich herum nicken.

„Gut", stelle ich fest.

Die Frauen des Chors kommen zu uns und bilden einen Kreis um uns herum. Niemand sagt ein Wort. Ich drehe mich langsam um die eigene Achse und betrachte jedes der Gesichter. Sie alle stehen zusammen und bilden eine Einheit, die zugleich undurchdringbar und gleichzeitig beschützend wirkt.

Martin Abels macht einen Schritt aus dem Kreis heraus auf mich zu. „Nicht schlecht", sagt er anerkennend.

„Eine tolle Truppe haben Sie da."

Er sieht sich um und lächelt. „Ja, und du gehörst nun dazu." Er lächelt. „Mittwoch sehen wir uns bei der Probe."

Ich muss lachen. „Selbstverständlich."

„Wir freuen uns", antwortet er, und die Frauen klatschen.

Oma bahnt sich einen Weg durch die Sängerinnen und betrachtet die gefesselte Mörderin. Dann wendet sie sich an Herrn Abels. „Ihre Konzerte haben es immer wieder in sich."

Ich drehe mich Jochen zu. „Danke, dass du geholfen hast." Einen kurzen Moment treffen sich unsere Blicke, und ein wohlig vertrautes Gefühl stellt sich ein.

„Alles gut bei dir?", meldet sich Chris zu Wort und unterbricht diesen Augenblick.

„Äh, ja, alles in Ordnung", stammele ich.

Jochen sieht von ihm zu mir. Ich meine, Trauer in seinem Gesicht zu sehen. „Ich liefere unseren Fang jetzt mal bei den Kollegen ab."

„Danke", gebe ich ihm mit auf dem Weg, und er schiebt die Mörderin vor sich her aus dem Saal.

Der Frauenchor verlässt ebenfalls den Ort des Geschehens. Astrid lässt sich aber nicht die Chance nehmen, ganz nahe an Jago vorbeizugehen. „Das haben Sie toll gemacht", raunt sie ihm zu.

Er sieht sie überrascht an. „Oh, ich war das nicht. Das waren der Chor und meine Kollegin."

Ihr Gesichtsausdruck sagt deutlich, dass sie nur einen einzigen Helden hat. „Ohne Sie wäre es nicht so ausgegangen." Sie fixiert seine Augen, und es ist ihr anzusehen, dass sie mit etwas ringt. Dann öffnet sie den Mund. „Würden Sie einmal mit mir Essen gehen?"

Nun starren alle Jago an. Er wirkt verwundert, und dann lächelt er. „Es wäre mir eine Ehre."

Astrids Lächeln erhellt den Saal um einige Lumen.

„Ich rufe Sie an, und wir verabreden etwas", schlägt

Jago vor. Sie geben sich die Hand, und eine weithin strahlende Frau schwebt aus dem Saal.

Wir hören nicht auf, Jago anzustarren.

„Was ist?", fragt er.

„Nichts", lüge ich und unterdrücke mein Grinsen.

Chris und ich sehen uns an, und sofort bricht wieder dieses innerliche Chaos aus.

„Was ist euer Plan für deinen letzten Abend?", erkundige ich mich bemüht sachlich.

„Ich weiß nicht."

Jago zuckt nur mit den Schultern.

„Dann lade ich euch jetzt auf ein leckeres Altbier ein", verkünde ich und fordere sie mit Winken auf, mir zu folgen.

XX

Das Rauschen der Dusche lässt mich die Nebelwand vor meinem inneren Auge durchdringen, die seit dem gestrigen Abend um mich herumwabert. Ich sitze auf dem Bett und lausche dem Geräusch des fließenden Wassers, das aus dem Bad zu mir herüberklingt, und habe keine Ahnung, was ich aus der Situation machen soll, in die ich mich nach diversen Gläsern Alt hinein katapultiert habe.

„Schade, dass ich heute schon zurück muss", holt mich der halbnackte Mann, der aus der Dusche kommt, aus meinen Gedanken. Er kommt zu mir und küsst mich.

„Du findest es doch auch schade, oder?", hakt er nach und sieht mich herausfordernd an.

Ich beeile mich zu nicken. „Na klar. Natürlich finde ich es bedauerlich."

Er zieht seine Hose an, und ich beobachte, wie er die Hemdknöpfe über seiner muskulösen Brust zuknöpft.

„Sobald ich wieder in Boston bin, werde ich alles regeln, und dann kommst du mich besuchen."

Ich sende ihm ein Lächeln zur Bestätigung, als es an der Tür klopft. „Kengk, bist du schon aufgestanden?", höre ich Omas Stimme.

Zum Glück bin ich schon angezogen. Ich gehe zur Tür und öffne. Sie lächelt und sieht an mir vorbei.

„Kommt ihr zum Frühstück, du und dein Besuch? Jochen ist da und will etwas berichten."

Bei Omas Gesichtsausdruck bin ich mir nicht sicher, ob sie zu diesem Zusammentreffen der beiden Männer nicht gewisse Hintergedanken hegt. Ich sehe zu Chris, der das Gespräch mit angehört hat.

„Ich habe Jago eine Nachricht gesendet, damit er mich abholt. Ein Kaffee wäre bis dahin nicht schlecht."

Oma grinst. „Dann kommt."

Mir bleibt nichts anderes übrig, mich einfach dem Schicksal zu fügen. Ich gebe Chris das Signal, ihr zu folgen, und gemeinsam erreichen wir die Küche, in der ein sichtlich überraschter Jochen am Küchentisch sitzt und uns anstarrt. Genau genommen starrt er Chris an. Ich versuche, in seiner Mimik zu lesen, ob ich darin irgendeine Art von Ärger oder gar Wut entdecken kann, aber der Eindruck bleibt diffus. Warum mache ich mir eigentlich Gedanken darüber, was Jochen denken könnte? Er war es schließlich, der mit mir Schluss gemacht hat. Da hat er gar keinen Grund, sich darüber zu ärgern, dass ein Mann bei mir übernachtet. Und ich habe keinerlei Grund für ein schlechtes Gewissen.

Ich lasse mich auf meinen Stammplatz sinken, und Oma weist Chris an, sich auf die Bank zu setzen.

Die beiden Männer nicken sich kurz zu. Diese wortlosen Rituale zwischen Männern habe ich nie verstanden. Oma schenkt Kaffee ein.

„Oma sagt, du hast etwas zu berichten?", wende ich mich an Jochen.

Der nickt. „Ja, ich wollte dir die Neuigkeiten gleich erzählen. Aber wie ich sehe, waren deine Gedanken sowieso woanders."

„Nun sag schon!" Ich beschließe, diese Spitze zu ignorieren. „Was gibt es?"

Jochen verzieht den Mund. „Die Beschuldigte wurde dem Haftrichter vorgeführt, und es wurde Untersuchungshaft angeordnet. Bei der Durchsuchung ihrer Wohnung wurden Werkzeuge, Material und eine Anleitung zum Bombenbasteln gefunden." Er dreht sich zu mir und sieht mir tief in die Augen. „Du hattest absolut recht. Sie war es."

Sehe ich da so etwas wie Anerkennung?

„Die Kollegen in Hessen sind ebenfalls informiert und rollen nun ihre alten Fälle neu auf. Wir kriegen sie dran."

„Das ist doch gut", konstatiere ich.

„Ist es bei euch immer so aufregend?", meldet sich Chris zu Wort.

„Gelegentlich", brummt Jochen.

Ich spüre, wie Chris Jochen und mich mustert, als mich das Klingeln an der Tür aus den Gedanken holt. Als ich aufstehen will, um zu öffnen, ist Oma schon unterwegs.

Wenige Augenblicke später erscheint sie wieder, und hinter ihr taucht Jago auf.

„Möchtest du auch noch einen Kaffee?", fragt sie ihn, und er nickt. Dann rutscht er zu Chris auf die Bank.

Oma schenkt ihm ein und setzt sich dann auf ihren Platz mir gegenüber. Ich betrachte schweigend die Runde. Chris sieht unvermittelt zu mir. „Du willst gar nicht nach Boston kommen, nicht wahr?"

Ich suche seine Augen und meine, Tränen darin zu entdecken. Dann schüttele ich langsam den Kopf.

„Nein, ich bleibe hier. Hier gehöre ich hin."

***

Möchten Sie wissen, wie es weitergeht?

Nach dem Buch ist vor dem Buch. Jedes Mal, wenn ich eine Geschichte von Biene Hagen beendet habe, schwirrt mir bereits eine Idee für ihre nächste Herausforderung im Kopf herum.

Dies ist auch jetzt der Fall. Besonders denke ich aber darüber nach, wie es mit Jochen und Biene weitergehen sollte. Haben die beiden eine Zukunft? Ich habe mich noch nicht entschieden. Sie können mir aber gerne Ihre Gedanken dazu senden. Rufen Sie einfach vera-nentwich.de/kontakt auf und lassen Sie mich wissen, wie sich die Zukunft von Biene und Jochen vorstellen.

Möchten Sie zu den Ersten gehören, die erfahren, wann und wie es weitergeht? Dann tragen Sie sich für meinen Newsletter ein und Ihnen entgeht nichts mehr. Einfach QR-Code scannen und E-Mailadresse angeben.

Ich freue mich darauf, von Ihnen zu hören.

Ihre

Vera Nentwich